U0437519

超能

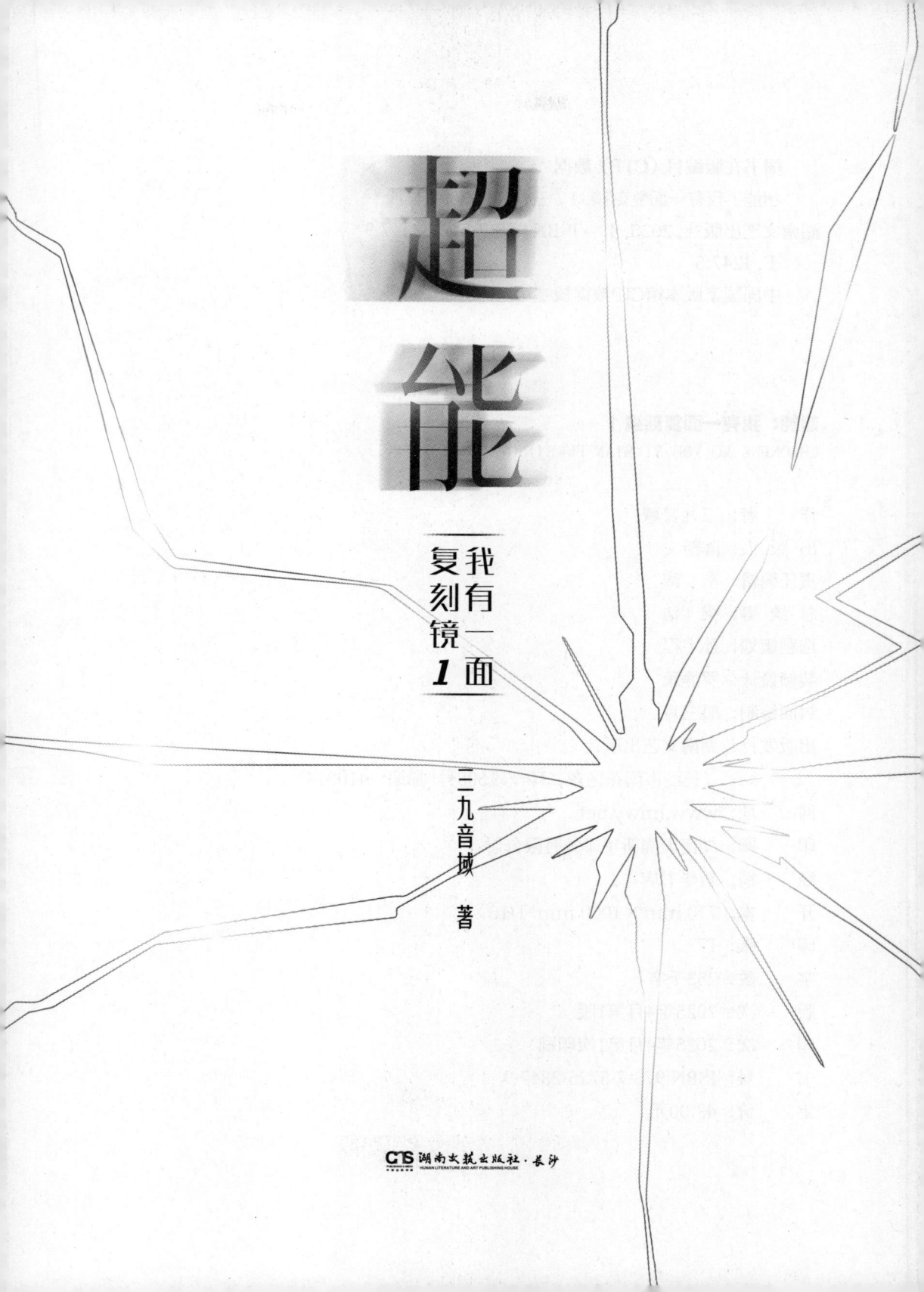

我有一面复刻镜 1

三九音域 著

湖南文艺出版社·长沙

图书在版编目（CIP）数据

超能：我有一面复刻镜. 1 / 三九音域著. -- 长沙：湖南文艺出版社, 2025. 4. -- ISBN 978-7-5726-2347-9

Ⅰ. I247.5

中国国家版本馆CIP数据核字第2025KY5166号

超能：我有一面复刻镜1

CHAONENG WO YOU YI MIAN FUKEJING 1

作　　　者：	三九音域
出 版 人：	陈新文
责任编辑：	李　阔
总 统 筹：	梁　洁
选题策划：	孙宇程
装帧设计：	罗静颖
封面绘制：	殷三月
出版发行：	湖南文艺出版社
	（长沙市雨花区东二环一段508号 邮编：410014）
网　　　址：	www.hnwy.net
印　　　刷：	湖南天闻新华印务有限公司
经　　　销：	新华书店
开　　　本：	710 mm×1000 mm　1/16
印　　　张：	17
字　　　数：	253千字
版　　　次：	2025年4月第1版
印　　　次：	2025年4月第1次印刷
书　　　号：	ISBN 978-7-5726-2347-9
定　　　价：	48.00元

目录
Contents

Chapter 1
001

第一篇
初试非花

Chapter 2
015

第二篇
危机来临

Chapter 3
060

第三篇
勾陈救命

Chapter 4
101

第四篇
大战朱厌

Chapter 5
130

第五篇
加入学院

Chapter 6
205

第六篇
第一次任务

本故事
纯属虚构

Chapter 1

第一篇
初试非花

"等我到了再打团！"

"我控住了，冲啊！"

"哎，别上啊，就你一个冲什么冲！"

"喂，撤撤撤，别上了！"

华灯初上，大排档内如往常一样喧嚣热闹，对面歌舞厅霓虹灯闪烁，映出一片花花世界。

此时，在大排档角落的一个饭桌旁边，几个男生都黑着脸，一片死寂。

啪！李涛猛地一拍桌子，懊恼地看向旁边的一个男生："不是我说你，一个辅助怎么就敢一打五呢？谁给你的勇气？"

"嘿嘿，估计是江咏樱给的勇气。"

"哟，你们看，千明的脸都红了。"

几个男生顿时乐了，纷纷打趣起来。

纪千明"老脸"一红，也不反驳，只是用余光偷偷地看向隔壁桌的一道倩影。

一身雪白的连衣裙，一张标准的瓜子脸，气质淡雅出尘，整个人在霓虹灯的照射下更平添了几分魅力。那一颦一笑牵动着纪千明的心弦。

纪千明心一横，举起了手中的杯子，故意提高音量，看着众人："来，哥几个走一个！"

其他人面面相觑，脸色古怪：这只是饮料啊！

不过很快李涛反应过来了，露出一副"兄弟我懂"的表情，大声说道："千明，我不行了，我真的喝不下了，你放过我吧。"

他边说边冲着其他几人挤眉弄眼，嘴巴努了努，看向江咏樱。

"放过小弟吧。"

"千明哥厉害！"

"我……我真的不行……哕……"

纪千明嘴角猛抽：好家伙，你们的表演也太用力了吧。

江咏樱听到了这边的动静，一双美眸好奇地打量着纪千明。

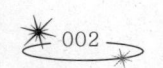

"你们这就不行了？我还没开始呢。"纪千明察觉到江咏樱的视线，面色如常，淡淡地说道。同时他把手悄悄地放到了桌前，竖了一个大拇指。

众人热情不减，纪千明看着眼前的几个好兄弟，心中不是滋味。高中生活转瞬即逝，这次离别宴后大家各奔东西，不知道何时才能再相见。

待众人再次碰杯，这次离别宴也到了尾声，大家开始陆陆续续地散场，只剩下桌上一片狼藉。

纪千明见江咏樱起身离开，急急忙忙跟兄弟们告了别，带着书包跟了出去。

"你们说，千明他是不是打算……"一个男生看着纪千明匆匆离去的背影，若有所思。

"估计是了。"李涛嘿嘿一笑，"我亲眼看到这小子鬼鬼祟祟地往包里装了一朵玫瑰。"

众人露出一副"果然如此"的表情。

分别在即，眼下都要各奔东西，纪千明打算给自己一个交代。

"嗯，你们看，他没喝完的饮料落这里了。"

"还真是，要不咱给他送过去？"

"走走走，悄悄跟过去。"

"嘿嘿……"

几人交换了一下眼神，笑容逐渐张狂，拎起饮料瓶鬼鬼祟祟地跟了上去。

夜渐深，马路上大部分店家已经关门，各色的霓虹灯招牌照亮了人行道，周围一片寂静。

纪千明远远地跟在江咏樱几人的后面，内心狂跳，脑中在不停地模拟接下来的场景。

不远处，江咏樱和她的小姐妹正聊得热火朝天，银铃般的笑声时不时地传来，她们丝毫没有注意到身后跟着的纪千明和他的亲友团。

"哎，你们说，千明怎么还不出手，我这都等困了。"

"这小子就是太磨叽，要不咱直接上去把她们拦下来？"

"算了算了，这事还是交给他自己吧。"

正当亲友团替纪千明急得团团转的时候，几人走到了一片开阔的广场上。这里人影稀疏，几盏路灯把广场照得半明半暗，是一处难得的静谧之地。

纪千明心一紧。这么开阔的视野，人家随便一个回头自己就暴露了，到时候要是被误会了就说不清了。他一咬牙，直接从包里掏出一朵玫瑰。这还是他特地去附近最好的花店挑的，一朵蓝色的玫瑰。

正当纪千明壮起胆子准备行动的时候，一群人簇拥着一个男生冲到了江咏樱一行人的面前。

那个男生穿着一身笔挺的西装，梳着整整齐齐的头发，手里还捧着一大束红色玫瑰。

"江咏樱，自从我……之后，我不断提升自己，现在我终于有资格站在你面前！这九十九朵玫瑰……江咏樱，我想对你说……"

纪千明一愣：这台词怎么这么熟悉？这不是我的台词吗？

江咏樱怔怔地望着眼前的男生，面色娇羞，然后从他的手里接过玫瑰，微微地点了点头。

男生背后的亲友团爆发出热烈的欢呼声，一拥而上，簇拥着二人，像是众星捧月，热闹非凡。

纪千明怔怔地站在原地，看着那个男生。

这男生，他知道，是本地某大学的一个知名人物，成绩很好，是年级第一，还有很多头衔，如足球队队长、学生会主席……对方是皓月，他连星辉都算不上，顶多算"火星子"。

纪千明真没想到会半路杀出个程咬金，还是个各方面都比他强的程咬金，心中不禁感到酸涩。

后面猫着的纪家亲友团的人全都僵住了。

过了一会儿，李涛看了看手机屏幕，上面有几个绚烂的大字——千明天下第一！

"要不我们上去看看那小子？"他边说边默默地删除了手机上的那几个字。

"算了，别给千明添乱了。"

就在这时，江咏樱看见了孤零零的纪千明。

"纪千明，你怎么在这里？"

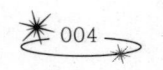

众人齐齐看向手里拿着蓝玫瑰的纪千明，面色古怪。

纪千明沉吟了一会儿，说道："我看你这花脾气不太好，火气太旺，这朵蓝玫瑰能去火消炎，正好让它九九归一，功德圆满。"

说罢，他直接把手中的蓝玫瑰插进那九十九朵玫瑰的正中间，随后扬长而去。他一套动作干净利落，不拖泥带水，竟有一丝高人风范。

"这人你认识？"那男生问江咏樱。

江咏樱深深地看了一眼纪千明离去的背影，摇了摇头，不知在想些什么。她手中的九十九朵红玫瑰中间，有一朵孤零零的蓝玫瑰。一阵风吹过，一片蓝色花瓣随风而起，飘向远方。

纪千明一拐过转角就狂奔起来，不知道跑了多久，不知道跑到了何方。直到大汗淋漓，精疲力竭，他才慢慢停下来。他双手撑着膝盖，不停地喘着粗气。他也算是给自己一个交代了吧，虽然这结果不太好。

休息了好一会儿，纪千明才开始打量四周。陌生的街道旁没有一家开着的店，连路灯都见不到几盏，估计快到郊区了，周围别说出租车了，连个人影都没有。

纪千明一阵苦笑，只能老老实实地原路返回。

突然，一辆车从街道的另一边飞驰而来。一个穿着华丽的年轻人，一手开车一手搂着一个女人，目光还时不时瞥向那女人。

"华少，前面有人！"女人大叫道。

年轻人一愣，抬头看去，只见一个男生正缓缓走在人行道上，随即猛地刹车。

纪千明先听见了引擎的轰鸣声，接着一回头就看到一道刺眼的灯光向他闪来。

轮胎与地面摩擦发出的刺耳的声音在黑夜中响起，随后便是沉闷的撞击声。

一个瘦弱的男生在空中划过，落地之后翻滚了好几圈，然后躺在地上一动不动。

"这人哪里冒出来的！"年轻人骂骂咧咧地下车，看到躺在地上的纪千明，脸色一变，小心翼翼地把手凑到纪千明的鼻子下面一探，随后整个人一软，瘫坐在地上，脸色煞白。

"华少，华少！怎么样了？"车上响起女人的声音。

"完了，死人了！"年轻人念叨了几声，随后连滚带爬地上了车，给了女人一巴掌。

"都是你害的！"他死死地盯着女人，"刚刚发生的事给我当没看见，本少的手段你是知道的！"

女人吓得不轻，鲜红的嘴唇直哆嗦。她拼命地点头，不知是因为撞了人还是因为华少的威胁。

引擎声再度响起，这辆车疾驰而去，只有纪千明孤零零地躺在地上，被这夜色包围。

这时，一道银色的光覆盖在纪千明的胸口上，一个复杂的图案缓缓出现，古朴又神秘。

叮咚。

清脆的门铃声响起，正在沙发上闭目养神的黑衣男子猛地睁开双眼，流露出一丝警觉的神色。

"谁啊？"

"先生，客房服务。"一道男声从门外悠悠传来。

黑衣男子微皱眉头，缓缓起身，穿过奢华的客厅，站在门前，透过猫眼向外望去。

门外是一个穿着服务生衣服的男人，身材肥大，面色和善，看起来憨态可掬，正推着一辆餐车在门外候着。

黑衣男子思考了几秒，还是打开了门。

"先生，这是我们酒店为总统套房的客人免费赠送的夜宵。"胖子推着餐车进了房间，笑着说道。

"哦？"黑衣男子眉毛一挑，"都有什么菜？"

胖子一边伸手去掀盖子，一边说道："我们这儿有蒸羊羔、蒸熊掌、蒸鹿尾儿、烧花鸭……"

黑衣男子："……"

这屁大点儿的盘子能放这么多菜？

此时，胖子已经掀开了餐车上的盖子。黑衣男子瞳孔一缩，猛地向后退去。

那是一把黑色的手枪。

黑衣男子反应快，胖子的速度更快。

胖子快速抓住手枪，抬臂，瞄准，扣动扳机，一气呵成。

砰！砰！砰！

三声枪响，中间几乎没有停顿。三颗高速旋转的子弹呈品字形射向黑衣男子，封死了他的所有去路。

高手，这两个字在黑衣男子的脑海中闪过。他来不及多想，手背上螺旋状的纹路光华一闪，一个庞大的保险箱出现在他的身前。子弹撞上保险箱结实的合金门，擦出几道火花，随即反弹向别处。

咚！厚重的保险箱落在地面上，发出沉闷的声响。

黑衣男子站定，冷冷地看向胖子，毫不掩饰眼中的杀意。

手枪在灯光下让人不寒而栗，胖子却把玩着手枪，看着眼前的黑衣男子，一张脸笑得像朵菊花："幻想家，A级，序列排名37，果然是神奇的能力。"

听到胖子轻松地戳穿了自己的能力，黑衣男子丝毫不惊讶，反而饶有兴味地打量着对方："有意思，你们勾陈的人还给叶纹排了名？你是导师？"

"你猜？"胖子从口袋里掏出一根烟，"对了，你是怎么猜到我不是服务生的？"

黑衣男子顿了顿，缓缓开口说道："你猜？"

胖子嘿嘿笑了一声，狠狠地抽了一口烟，吐出一个烟圈，一副看穿一切的表情："你一定是在前台排班的地方记下了这家酒店所有服务生的脸吧。这种小儿科的东西，是个人就能做到。"

"不，这种高端酒店怎么可能有你这么胖的服务生？这不是很明显吗？"黑衣男子哑然失笑，开口说道。

胖子夹烟的手一抖，脸色黄得像吃了土一样，有些懊恼地瞪了黑衣男子一眼："你完了，小老弟。"

胖子深深地吸了一口气，眼神变得深邃，黑暗从他的脚下蔓延开来，像要吞噬一切。顿时，整个房间如同坠入冰窟一般，十分寒冷。

黑衣男子脸色大变，十分震惊："你……你是冥君！"

纪千明缓缓睁开眼睛，映入眼帘的是陌生的街道，染血的马路，还有天边渐渐泛起的鱼肚白。

他愣了几秒，猛地站了起来，双手在身上摸来摸去，喃喃道："头还在，腿也在……都在……"

不过，他还是觉得不可思议：奇怪，我不是被车撞了吗？怎么浑身上下一处伤口都没有？

咦？他眉头一皱，低头看向自己的胸膛，一个银色的图案安静地躺在他的左胸口。那是一个由很多细小的菱形花纹组成的复杂图案，有六个角，仿佛一朵雪花。

就在他仔细打量神秘图案的时候，只觉得天地一转，便进入了另一个世界。

这是一片灰蒙蒙的空间，无边无际，灰色的雾气在这片空间翻滚，让人觉得无比压抑。

纪千明伸手抓了抓，这灰雾似乎和平时的雾气没有区别。他低下头，也只能看见一片雾气，但是感觉脚下似乎有什么东西。

"奇怪，这到底是哪里？"他喃喃道，边说边弯下腰，用手去接触地面。

就在他的手触碰到地面的一瞬间，一道耀眼的光芒从他的脚底射出。准确地说，这个空间的每一寸地面上都射出了光芒，他不禁闭上了眼睛。

翻滚的灰雾在接触到光芒的瞬间疾速消散，一瞬间，整个空间的灰雾消失殆尽。

待光芒消失后，纪千明才睁开眼睛，一脸震惊，他的脚下是一面巨大的镜子，镜面上没有一丝污垢和划痕，清晰地映照出他震惊的模样。

什么情况？怎么会有这么一面镜子？这是梦吗？

就在纪千明完全摸不着头脑的时候，他注意到脚下的镜面上出现了几行小字：

起始魂气收集完毕。

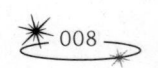

镜花启动。

开启初级能力——非花。

开启天赋能力——复刻。

魂气具象化功能开启。

纪千明认认真真地看完这几行小字，怔了几秒，随即狂喜起来。

系统！这就是小说中才会有的系统吧！

镜花？这应该和他胸前突然出现的神秘图案有关。这名字还挺有文艺气息的。不过没有使用说明吗？这玩意儿怎么用？

"给我介绍介绍。"他试探性地开口说道。

一秒，两秒，三秒……想象中的声音并没有出现，镜面上的字也没有丝毫改变。

纪千明不气馁，一句又一句话从他嘴里蹦出来。

"打开说明书。魔镜啊魔镜，谁是这个世界上最帅的人？"

不管纪千明说什么，镜面上依旧是那几行小字。

片刻后，他似乎发现了什么，微皱眉头，用手指碰了碰"非花"两个字。

一瞬间，一个弹窗出现在他的手指边。

原来，这面镜子带有触屏功能。

非花：改变具有反射性的物体表面的物理规则。

等级：1。

点评：可以在镜子上看想看的一切。

纪千明撇了撇嘴：人家的能力都是发出火焰雷霆、穿梭空间这种，我的怎么感觉这么没用呢。

好在他还有一个天赋能力，于是他兴奋地将手指点在了"复刻"上，又出现了一个弹窗。

看着那几行字，纪千明瞳孔猛地收缩，倒吸了一口气。

复刻：在持续接触叶纹一段时间后复刻其能力。

注1：复刻时间与叶纹的复杂程度有关。
注2：复刻后，能力重新设置，回到当前系统版本等级。
注3：该能力每一次能解锁一个复刻位置，最高可复刻六枚叶纹。
注4：当系统版本升级，已复刻的能力也会随之升级。
等级：1。
点评：这种神奇能力怎么被你碰上了？

纪千明既感到喜悦又疑惑不解：复刻能力，这听起来很厉害啊。只不过这叶纹到底是啥？是指我胸前的那种图案吗？不过，就算碰到了叶纹的拥有者，我该怎么接触到人家的叶纹？难不成用镜子给人家演电影吗？

纪千明长长地叹了一口气，郁闷地点了"魂气具象化"，一个弹窗出现了。

魂气收集：当人的情绪剧烈波动时，三魂七魄松动，人之魂气外泄，收集之后可用来进行版本更新。
当前进度：0/1000。
点评：震惊、恐惧、狂喜……嘿嘿，还有感情。

魂气？
纪千明若有所思。他以前常听老人们说，人有三魂七魄，在受到刺激的时候，魂魄会波动，严重的时候甚至会离体，危及生命。这系统能吸收魂魄散出的气息，进行版本更新？
他感到不可思议，觉得这最后一个能力有些离谱：算了，走一步看一步吧。
纪千明摇摇头，苦笑一声，缓缓地往家走去。

✦

"我说，你们看新闻了吗？一家酒店发生了爆炸！"
"这我知道，电器过多嘛。"

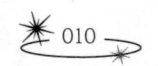

"嘿嘿，没那么简单。"李涛压低了声音，"我有个朋友当时就在那酒店的楼下，他说爆炸之前听到了枪声，而且他还看到一个黑影从楼上跳了下去，那可是在第三十八层啊！"

纪千明刚走进出租房，就听见李涛在和另一个舍友神神秘秘地交流。李涛的眼睛瞪得老大，像是听到了惊天大秘密。

"千明，你昨晚去哪里了，我俩可担心你了。"李涛见纪千明回来了，开口问道。

这出租房是纪千明和李涛为了迎接高考特地在外头租的房子，还有一个合租舍友叫作王文瑞。

"我昨晚临时有事，后来在一家招待所休息。"纪千明自然不可能说实话。

"千明，我今天下午两点的车，李胖下午也回去了，你啥时候回家？"王文瑞推了推眼镜，问道。

"我的东西还没有收拾，得再住一段时间。"纪千明含糊地回答。

他从没跟任何人提过，他是一个孤儿，从小在孤儿院长大，这处出租房是他唯一的居所。他若是搬出去，恐怕只能露宿街头了，毕竟总不能觍着脸再回孤儿院住吧。

因为他是孤儿，所以这个房子的租金有一半是政府补贴的，剩下一半则是他打工赚的。有时候他真的很羡慕李涛和王文瑞，无论发生了什么都有一个家在等着他们。而他，只有自己。

李涛拍了拍纪千明的肩膀，语重心长地道："你自己在这里住要小心啊，最近世道不太平，超人都整出来了。"

纪千明一愣：超人？

如果是之前，纪千明听到这句话会一笑而过，现在他却笑不出来了。因为他得到了镜花，了解到有神秘的叶纹存在，明白这个世界上真的有能力者存在。李涛刚刚说的爆炸会不会和这叶纹有关？

很快，他想到了自己前不久得到的能力。他现在根本用不了复刻这个能力，但是非花这个能力或许可以找机会试试，最好能有一个人去镜子面前。

于是，他眼巴巴地看向忙碌的两个舍友，可没过一会儿就沮丧起来，因为他们两个似乎都没有去镜子面前照照的意思。又过了一会儿，他终于等到了机会。

此刻，李涛正在洗漱台的镜子面前一边梳着头发，一边哼着歌，身体还跟着节奏扭动起来。

纪千明眼睛一亮，暗中使用自己的能力。

李涛还在哼着歌，思考着今天应该梳个中分发型还是三七分发型，抑或是大背头。

突然，他看到镜子中自己的背后出现了一个穿着白色长裙的女人。那女人用长长的黑发盖住了整个脸，苍白的双手正向李涛的脖子伸来。

"啊——"

惨叫声从卫生间传来，王文瑞听见后快步赶了过去，纪千明紧随其后。

李涛缩在一边，脸色煞白，颤颤巍巍地指着镜子，嘴唇直哆嗦："有……有女人！"

两人顺着他的手指看去，镜子里照出两人的身影，还有窗外的景象，但没有女人。

王文瑞踹了李涛一脚，骂骂咧咧地说道："你个李胖，瞎号什么？哪里来的女人？"

李涛爬了起来，仔仔细细地打量着镜子，喃喃道："难道我最近熬夜熬多了？"

纪千明憋着笑，就在这时，他注意到脑海中的镜面上跳出了两行黑色的小字。

收集李涛魂气：+5。
当前进度：5/1000。

纪千明若有所思：原来魂气是这么收集的。

他眼睛一亮，拍了拍王文瑞的肩膀，似笑非笑地说道："走吧，啥事都没有。"

当两人走出卫生间时，惨叫声再度响起。

"啊！一个男人！"

李涛面前的镜子中出现了一个脸色苍白，眼窝深陷，身穿古时候官

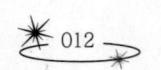

服的男人，正一蹦一蹦的，似乎要从镜子中跳出来。

这时，纪千明脑海中那面镜子上的文字又发生了变动。

收集李涛魂气：+7。
当前进度：12/1000。

就在纪千明暗暗高兴时，李涛连滚带爬地逃离卫生间，边跑边嘀咕："这都是什么啊，我回去就拜一拜。"

因为这个小插曲，李涛把原来下午五点的那趟车改成了下午两点的，并且一定要和王文瑞一起走。走之前，李涛郑重地握着纪千明的手，严肃地开口道："千明，你自己在这里一定要当心啊，这房子有些邪乎！"

纪千明只能在心里道：好兄弟，委屈你了。

下午，纪千明送走了李涛和王文瑞，屋子里只剩他一个人了，正好为他提供了试验能力的机会。事实上，在上午的时候，他的脑海中就已经有了很多想法。

他从抽屉里掏出一面小镜子，往空中一丢，胸前的叶纹微微闪动。只见镜子像被施了魔法一般，竟然稳稳地悬浮在空中。

纪千明不禁眼睛一亮。他刚才使用能力改变镜子的重力，使其悬浮在空中，果然，改变物理规则也包括改变重力。

不过，这个能力，他接触没多久，不怎么熟练，还需要多加练习。于是，他集中精神，控制镜子缓缓地左右移动、上下移动，然后准备控制镜子在空中翻转。

然而，在翻转的一瞬间，镜子突然剧烈地晃动，猛地摔到了地上，碎了一地。

纪千明摇了摇头，轻轻叹了一口气。自己还是心急了。

"具备反射性，具备反射性……"他沉吟几秒，去接了一盆水，然后使用非花这一能力。

片刻后，水面浮现出一个美女的身影。纪千明看得脸一红，赶紧挥手散去了画面。

很快,他又想到一个问题:我能不能控制水呢?

于是,他两只眼睛直勾勾地盯着水面,表情因过度用力而扭曲起来,然而无论他如何用力,水面并没有如同镜面一般飘起,只是荡起了涟漪。随后,他又将这个能力使用在窗户、地砖和电视屏幕上。

他尝试了几次后总结出一个规律:并不是具备反射性的物体表面的物理规则都能改变,能力展现出的强弱与物体自身的反射力有关。如之前,他可以用意念控制镜子移动,却只能让水面漾起涟漪,至于地砖和电视机屏幕,则没有任何反应。

不仅如此,具备反射性的物体表面呈现出的画面清晰度也与反射力有关。如之前,他能让镜面清晰地显示出那个女人和男人的形象,却只能让电视屏幕勉强显示出人物的轮廓。

纪千明不禁有些沮丧:好嘛,这能力用来变魔术应该挺不错,就是没啥战斗力。随即,他又想,是这种能力本身就受到了限制还是他没有掌控好?

突然,他眼睛一亮,随手捡起一块镜子的碎片转身向屋外跑去。

到了屋外,他搬来一块如西瓜大的石头摆在地上,紧紧地握着手中的镜子碎片,深深地吸了一口气,然后把镜子碎片朝那块石头甩去。只见镜子碎片边缘隐隐闪过一道蓝光,如一把掷出去的飞刀,给人一种十分锋利的感觉。

嚓!一个尖锐的声音响起,那块石头上出现了一道深深的划痕,足有五厘米深,压根儿不像是一块镜子碎片划出来的。

见状,纪千明倒吸了一口凉气。随即,他的脑海中闪过许多念头,嘴角抑制不住地上扬,然后他又开始练习起来。

不管怎么样,他得去多添置一些镜子了。

Chapter 2
第二篇
危机来临

暮色渐浓。

已经过了下班高峰期，路上零零散散的行人匆匆忙忙，急着回去与家人团聚。街上的车辆越来越少，街道也越来越冷清。

"喀喀，想不到那个人居然是冥君……再找不到地方处理伤口就真的要死了。"一个抱怨声突然响起。

这时，从一个偏僻的小巷中走出一道踉跄的身影。这是一个穿着黑色大衣的男子，他眉头紧锁，大衣被血浸染。他似乎与周边的黑暗融为了一体，让人难以察觉。

白天的街道上处处是行人，暴露的风险太大，任毅硬是咬牙在巷子的角落待了一天，直到现在才出来。他环顾四周，挑了一个方向，顺着街道的阴影踉跄而去。

"大山的子孙哟……"纪千明哼着小曲，手里拎着两个大袋子，一蹦一跳的，心情大好。他一想到自己身怀绝世能力，即将迎接美好的未来，就感觉自己要飘起来了。

过了一会儿，他住的那栋破旧小楼出现在他的眼前。当他走到楼下时，一道黑影从楼梯间的阴影中蹿出来，紧紧地贴在他的身后。他还没反应过来，一个冰冷的东西就顶在了他的后脑勺上。

"别动，这可是真家伙。"低沉的声音响起。

好快！纪千明顿时就流下了冷汗。他刚刚只觉得眼前一花，然后就被制伏了，之前因得到能力而带来的喜悦在这一刻消失一空。与此同时，背后隐隐传来的血腥味告诉他，这个男人绝对敢动手。他不禁在心中吐槽：被枪给顶着了，超能力还有什么用？

纪千明吞了一口唾沫，声音沙哑："好汉，我今天出门没带钱，微信扫码可以不？"

任毅一下子就噎住了，准备好的台词都用不上了。他缓了一口气，说道："别废话，开门回家，不要做蠢事，否则……"他的声音越来越低。

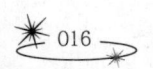

纪千明觉得后脑勺上那顶着他的东西越来越用力了。

"好好好……好汉，你别冲动。"纪千明僵硬地爬着楼梯，不敢有任何多余的动作。

就这样，两人走到了纪千明的家门口。因为紧张，纪千明开门时手直哆嗦，插了几次钥匙都没能插进锁孔，任毅在一旁看得气不打一处来。

嘎吱一声，门终于打开了。

两人一前一后走进屋，任毅反手关上门，把门锁死，随后迅速拉上了所有的窗帘，切断了电话线，他手中的枪始终指着纪千明。等一切完成之后，他盯着纪千明，恶狠狠地说道："有没有酒精、纱布？快给我拿过来！"

纪千明大气都不敢喘一下，急忙找出酒精和纱布，甚至还有一瓶云南白药和一瓶跌打损伤药。

任毅在一旁看得眉毛直挑：好家伙，东西准备得比我齐全。

此时，纪千明在心中感谢留下这些东西的李涛。李涛是足球队的，训练的过程中难免会受伤，因此在家中把东西备得整整齐齐。要是自己家里没有这个男人需要的东西，还不知道这男人会做出什么事情来。

"老老实实地待着，我警告你，别做多余的事！"任毅警告道。

任毅看着眼前头点得跟小鸡啄米一样的纪千明，逐渐放松了警惕，随后开始处理自己的伤口。

就在任毅专心处理伤口的时候，纪千明脸上唯唯诺诺的神态瞬间消失，取而代之的是一片冷静。之前，纪千明的害怕三分真七分假，就是为了让任毅放下警惕。纪千明虽然有时候胆小了点，但绝不蠢。眼前这个男人满身是血地在自己家楼下候着，身上带着枪，刚才制伏自己的动作也不是一般人能做到的。

纪千明大概能猜到这个男人为什么会出现在自家楼下。

对方受了伤，受伤原因不简单，不能去人多的地方，只能找人少、远离市中心、外表不起眼、安保工作薄弱、没有安装监控摄像头的地方，而纪千明居住的地方正好符合这些要求。

纪千明刚刚还注意到了这个男人右臂上的图案，和他胸口上名为镜花的图案十分相像。

如果这个男人只是一个简单的非法持枪者,以纪千明前不久掌握的能力,他完全能与对方周旋,但在看到男人右臂上的图案后,他提醒自己在摸清楚情况之前绝不能轻易动手。不过,他要如何确定那男人右臂上的是不是叶纹呢?

纪千明略作思考,而后眼睛一亮,谄笑道:"好汉,我来帮你吧。"说着,他的手向任毅摸去。

任毅一愣,没想到纪千明会这么做,随即眼中闪过一丝杀机。当纪千明的手碰到他右臂上的图案时,他猛地一蹬右脚,速度飞快,纪千明完全没有反应过来。

纪千明的胸膛被狠狠踢中,他从胸口上感受到一股巨大的力量,然后就被踢飞了。

砰!他就像一个沙袋落在地上发出了巨响,撞翻了茶几,又在地上翻滚了几圈,脸都白了,豆大的汗珠从额头上渗出来,捂着胸口哀号起来。

这回纪千明不是在演戏,而是真的感受到了痛苦。如果对方再用力一些,他的肋骨就会被踢碎。

纪千明眼中闪过一丝愤怒,随后用哀求的眼光看向任毅,委屈地开口道:"好汉,你踹我干吗?我就是想帮你上个药。"

其实,任毅现在的情况不怎么好。他刚刚那一脚太用力了,好不容易才止住血的伤口再次渗出鲜血。他脸色苍白,表情却十分凶狠。

"我告诉过你,别做多余的事!"他死死地盯着纪千明,手臂一抬,一把手枪出现在他手中。

✦

纪千明心头一震,他记得任毅刚刚把手枪放在了桌子上,怎么他手中又出现了一把?他用余光瞄向桌子,发现之前躺在那里的手枪已消失不见。

纪千明庆幸自己没有轻举妄动,这男人一定是个能力者。

两人对视了几秒。

任毅看着眼前如小白兔受惊似的纪千明,犹豫了一会儿,放下了

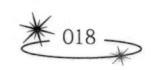

枪，再次说道："别再靠近我，这次只是个警告，下次……"

任毅的脸阴沉沉的，吐出的字令人不寒而栗。

纪千明冷汗直冒，意识进入了镜子世界中。此时，镜面上已经多了几行小字。

检测到已接触叶纹幻想家，是否开始复刻？

是，否。

复刻进度：0/120。

幻想家？

纪千明陷入了沉思：看名字，这个能力应该是把想象中的东西变成实物。不过若是这样，那个男人为什么不直接变出酒精和纱布，而要冒着风险去别人家门口候着呢？还有刚刚那把手枪，只看到了一把……或许他只能让一件物品出现……

突然，他又想到了其他事。如果这个男人是个能力者，是谁把他打成这副模样？是另一个能力者吗？

能力者之间的战斗、酒店爆炸、枪声、跳楼的人影……纪千明的眼睛越发明亮，一切似乎都串联了起来，不过，他还需要再观察观察。

此时，任毅已经处理好伤口了，缓缓起身，通过窗帘的缝隙打量外面的环境。

"你一个人住？"他瞟了一眼乖巧地候在一旁的纪千明，问道。

"对。"

"之前是去干吗？"

"去超市买东西。"

"东西呢？"

纪千明指了指地上的两个大塑料袋。

任毅蹲下来翻了一会儿，然后愣住了，半晌才开口道："你买这么多镜子干什么？"

纪千明心跳变快，却压低声音神神秘秘地道："我跟你说，这房子邪乎！"

任毅的神色顿时变得古怪起来：邪乎？

"好汉，你可别不信。"纪千明表情夸张，声音越来越低，眼中满是恐惧，"这屋子我租得特别便宜，因为这里以前发生过命案，我也是听邻居说的。据说这里原来住着一家三口，爸爸妈妈和一个小女孩。圣诞节那天，他们一家人高高兴兴地在家吃饭，突然闯进来一个男人，疯狂地攻击他们。就在那个男人要对小女孩下手时，警察来了，救下了小女孩。小女孩年纪小被吓坏了，警察问什么她都不开口，就在警察准备带她走的时候，孩子突然开口唱了一段歌谣。

"圣诞快乐啊圣诞快乐，
爸爸妈妈最爱妞妞。
圣诞老人来送礼啊，
爸爸妈妈去开门，
爸爸变成了圣诞老人，
妈妈也变成了圣诞老人，
呀，妞妞也变成了圣诞老人！"

任毅听到这里吓得浑身一激灵，觉得整个屋子的温度下降了许多，随即问道："然后呢？"

这时，纪千明的意识进入镜子世界，发现镜面上显示收集任毅魂气的数字在不断上升，不禁心中喜悦，不过他还是说道："警察当时没听懂，便带小女孩回了派出所。第二天早上，大家发现小女孩不见了，你猜怎么着？"纪千明一顿，而后说道，"后来警察在家里找到了小女孩，那时她早就没了气息，面目全非，旁边的一把水果刀上却有小女孩的指纹，所以……"

"所以她……"任毅的话说到一半停了下来，随后道，"你编故事呢？收起你的那些小心思吧。"他冷哼了一声，双腿盘坐在沙发上冥想起来。

纪千明起身从袋子里掏出一面镜子挂在墙上，边挂边念叨："明镜镇邪，妖魔退去，我只是个普通人，千万别来找我麻烦……"

在一旁冥想的任毅气得开口道："闭嘴。"

"哦。"纪千明说完不再开口。

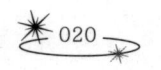

时间一分一秒地流逝,任毅缓缓睁开双眼,眼中闪过一丝怒意。

"那个死胖子!"他不禁在心中骂道,想不到这幽冥之力如此厉害,硬生生锁住了他八成的能力,即使通过冥想也无法化解这幽冥之力。

很快,任毅就愣住了,惊讶地看着挂在屋内的大大小小十几面镜子,圆的、方的……像一个精品店,不禁开口说道:"你摆这么多镜子做什么?"

此刻,纪千明像一只辛勤的蜜蜂,正拿着抹布抹地砖,累得满头大汗。原本有些脏的大理石地砖被他擦得锃亮。他抹了一把脸,开口道:"哦,听说镜子能镇邪,我就多挂了几面。"

任毅眼皮直跳,冷冷地看着纪千明,半晌之后缓缓开口:"你就安安分分地待着,我休息好了就走,不会伤害你的。这个就当作是给你的补偿。"然后,他手一挥,一根金条出现在他的手中,灯光下熠熠生辉。

纪千明咽了一口唾沫,看得眼睛都直了,但是他心里跟明镜似的,知道像任毅这种亡命之徒说的话不可信。

◇

一栋楼的楼顶,一个肥胖的人正背着手仔细地打量着四周,正是崔胖子,也就是冥君。

"竟然让那小子溜了,通过幽冥之力只能追踪到这里,这下该怎么找?"崔胖子看着下面密密麻麻的住宅楼,有点蒙。

"在那山的那边……"一阵铃声突然在夜色中响起,崔胖子掏出他的翻盖手机,按下接听键。

"陛下,我跟丢了。"一个浑厚的声音从手机的另一头传来,语气满是无奈。

"说了多少遍,不要叫我陛下。"崔胖子立即说道,随后严肃地道,"老张,我通过幽冥之力追踪到了一片住宅区,我怕他挟持人质,处理不好可能会伤到普通人的性命。"

电话那头沉吟了一会儿,道:"现在天眼不在你那边,不能帮你找出他的具体位置,你最好谨慎行事。二十六个小时之后,等天眼到达你

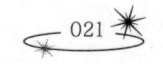

的上空，你再行动。"

崔胖子眉头紧锁：就怕那任毅等不了二十六个小时啊……他知道任毅冰冷残暴，为达目的不择手段，只怕在天眼到达之前任毅就会杀人灭口。

"对了，事情完成之后赶紧去一趟真江，那里需要人坐镇，我可能得两天之后才能到。"

"真江？那东西要出来了？"

"嗯。一定要尽快，上邪的那帮毒瘤已经到了。"

"行。"崔胖子痛快地答道。

"对了，"电话那头的男人突然想到了什么，"上次天眼抵达你那里的时候，感知到了波动，新的叶纹出世了，似乎落到了一个男生的身上，你去看看。若那男生心性不错，让他来我们学院。天眼正在核查他的身份，过一会儿我发给你。"

"算上之前的那个，这已经是这段时间的第二个了吧，想不到这小小的地方居然一下出了两个，有意思。"崔胖子说完挂了电话，一副若有所思的样子。

同一个地方出现两个叶纹，这种事情可不多见。随后，崔胖子摇了摇头：现在不是想这些的时候，现在最重要的是找到任毅，并且要在对方伤害人质之前找到他。

寒风刺骨，一个身影静静地坐在楼顶俯视人间，像一尊守护神。

"去把灯关了。"任毅瞟了一眼窗外，开口说道。

此时已是午夜，这栋小楼只有他们家亮着灯，实在有些显眼。

任毅想了想，从兜里掏出手机拨打了一个电话。

"没有，冥君出现了，我受伤了……嗯，我找了个地方疗伤……真江？那个东西要出世了吗？我知道了，我尽快出发。"

短短几句话让纪千明知道了一些信息。

冥君？应该就是打伤他的那个人吧。

真江？不就是隔壁市吗？他们去那里做什么啊？什么东西要出世了？

他隐隐觉得自己在接触那个世界了，不过他感受不到任何喜悦。对

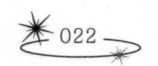

方能毫无顾忌地在他的面前打这通电话,说明他之前的判断是正确的,一旦这个人离开,他就要完了。他不能再拖了,必须采取行动。

就在任毅挂电话的时候,他的余光瞄到一个一晃而过的红色身影,他瞬间从沙发上一跃而起。

"谁?"他警觉地开口,然后视线缓缓地扫过屋内,借助屋外照进来的月光寻找着什么,生怕漏掉什么细节。

任毅的瞳孔骤缩,汗毛一根根立了起来,因为卧室的一面全身镜中,一个面目全非的身影站在那里,个子不高,是一个小女孩。小女孩嘴巴一咧,像是在笑,却无比瘆人。

任毅只觉得一道凉气从脚底升到了头顶,心脏都要从喉咙里跳出来了。那小子说的居然是真的!

不过,任毅不是一般人,手上的叶纹开始闪烁,一把手枪出现在他的手中。他不管会不会暴露,直接对着那面镜子连开三枪,把镜子打得稀烂。

寂静的黑夜中,这枪声十分刺耳。

楼顶上的崔胖子瞬间就站了起来,耳朵微动,随即死死地盯着一个方向。

"找到你了。"不过,这时崔胖子并不开心,这枪声代表了什么?任毅虽然被他锁住了八成能力,但是对付普通人绝对不需要用到枪,那里到底发生了什么?

他不禁加快速度朝枪声响起的地方飞去。

任毅长长地舒出一口气,随即面色阴沉得像块铁。那胖子定会闻声而来,这地方不能待了。

就在他转身准备离开的时候,对面的一面镜子中也出现了那个面目全非的小女孩的身影。通过对面的那面镜子,他还看到身后一左一右的两面镜子中分别浮现出一男一女的大人身影,一样面目全非。他们都咧着嘴,像在嘲笑他的无能。

任毅看着眼前这幕场景,只觉得头皮发麻,他纵横江湖数十年,什么时候遇到过这种情况?突然,他眼睛一亮。这些镜子都是纪千明买回来亲手挂上去的,小女孩的故事是纪千明说的,镜子里的人影是今晚出现的,哪有那么巧的事?那个小子有问题!

任毅把事情想通后，便不再管镜子里出现的东西了，只是后悔刚刚开了枪。那个胖子循着枪声，用不了多久就能寻到他。一想到这里，他便十分愤怒，准备找纪千明算账，却发现整个屋子突然陷入了一片黑暗。

他之前还能透过窗外的月光来看清屋内的场景，现在一丝亮光都没有了，什么都看不清。

任毅心跳加快：这黑暗怎么那么像冥君的领域呢？那胖子不会来得这么快吧？

随即，他摇了摇头：不，不对，若是冥君来了，自己绝不会完好地站在这里，是那小子！

任毅没有猜错，刚刚纪千明使用能力改变了屋内所有窗户表面的透射性，使得外面的光照射不进来。在这种情况下，屋内形成了一个纯粹的黑暗空间。

❂

"跟着我左手右手……"

响亮的歌声在屋内响起，吓得任毅一个激灵，朝着声源处连开了数枪。

歌声还在继续，任毅估计那小子应该把音响藏在了某个房间里。就在这时，一个锋利的物体划过他的小腹。

在肌肤接触到那锋利物体的一瞬间，任毅快速侧身，但还是被划伤了。他用手捂着伤口，立马原地趴下去。

嗖！又有两道锋利的物体从他的头上擦过，带下一缕头发。那到底是什么东西，刀片吗？

他明白这是一次蓄谋已久的袭击。纪千明利用镜子中的人影转移他的注意力，在他发现事情不对的时候已经制造好了黑暗空间。随后，纪千明隐藏了自己的位置，用音乐掩盖声响，然后发动进攻。

任毅想通后，在地上缓慢地匍匐前进。

"跟着我鼻子……"歌声还在继续响着，纪千明眉头紧锁，认认真真地听了一会儿，没有听到任毅的动静，估计任毅猜到了自己的意图，

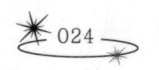

不敢轻举妄动，于是两人就这么僵持着。

纪千明耗得起，任毅却耗不起，毕竟冥君正在赶来的路上，随时都可能出现。

任毅一咬牙，他手臂上的叶纹再次闪烁，一个明亮的光团出现在他的左手中，顿时照亮了屋子的每一个角落。

突然，他猛地扑向一侧，三个明晃晃的物体从他的眼前划过，然后深深地刺入墙壁。他终于看清了袭击自己的暗器——破碎的镜片。果然，那小子的能力和镜子有关。

明亮的光芒很快就照到了躲在角落的纪千明。

任毅看到后立即让左手中的光团消失，同时，一把冲锋枪出现在他的右手中，接着，他双手拿着冲锋枪朝纪千明的位置扫射。

嗒嗒嗒的声音响起，纪千明瞳孔一缩，赶紧躲避子弹，不过还是感觉到有一颗子弹擦着他的耳边飞过去了。他没想到对方竟然能变出一把冲锋枪。他一咬牙，甩出一把碎片，祈祷一定要射中对方。

枪声戛然而止，任毅感觉大腿处传来一阵剧痛，他咬着牙摸黑拔出了镜子碎片，脸色惨白，眼中充斥着愤怒与怨恨。他不能再拖了，再这么下去，不等冥君过来他就得栽在这小子手里。他堂堂一个三阶能力者，栽在冥君手里就算了，现在居然被一个毛头小子弄得如此狼狈。顿时，他手臂上的叶纹大放光芒。

纪千明才喘了一口气，就看到任毅的右手上有深蓝色电光闪烁。这电光越来越多，很快就覆盖了任毅的整只手臂。

此时，任毅整只右手电光闪烁，头发一根根竖了起来，宛若暴怒的雷神。不仅如此，一根根黑线从他右手掌闪烁的电光中往外冒，缓缓缠绕在他的手上，不一会儿一只黑色手套逐渐成形。这些黑线沿着他的手臂向上蔓延，直到手肘部位。

深蓝色的电光令黑色手臂显得极为恐怖，却让室内不再一片黑暗。

任毅缓缓地转过头，脸上毫无血色，嘴角却有一丝笑容："只完成了十分之一，不过用来对付你足够了。"

纪千明早就被眼前一幕给惊呆了，过了片刻才回过神来。见任毅有所行动，他赶紧掏出一副墨镜，随后打了个响指。

一瞬间，镜子、窗户、地砖等发出了刺眼的光芒，就像打开了一百个强光手电筒，把整个屋子照得亮堂堂的。

任毅之前一直处在黑暗的环境中，突然而来的强光让他的眼睛感到剧痛，他死死地捂住眼睛。

这就是纪千明为任毅准备的招式，他把房间弄得那么暗是在为这一招做准备。之前他练习招式时，试过让镜面爆发强光，那场景就像太阳一样耀眼，让他终生难忘。

此时，任毅痛苦地坐在地上，感觉自己的眼睛已经废了，同时，他感知到冥君快要到达这里了，他已经无路可逃。

该死，该死！都是这个小子害的！

他不禁咆哮起来，右臂上的深蓝色电光越发耀眼。他手中出现了一个黑色的电光小球，上面散发出一股令人不安的气息。

刺啦——

室内的电视、电脑，以及其他电器同时发出声音，所有金属物体的表面都带上了静电，桌上的白纸一张张飘了起来……

"既然你那么想死，那就同归于尽吧！"任毅面目狰狞，看上去十分癫狂。

纪千明感受到了黑色小球散发出的气息，不禁汗毛竖起。在静电的影响下，他的头发也竖起来了。他赶紧跑进卫生间，掰下了那面半个人大小的镜子，然后拼命地往阳台跑去。

这时，原本的黑色电光小球变大了一些，而控制它的任毅头发已然花白，面容枯槁。他不计代价使用自己的能力，心神已经被幽冥之力反噬，生命力更是透支严重。

任毅狂笑，右手轻轻一握，砰砰砰的爆炸声响起，刺眼的白光照亮了这片夜色。

恐怖的能量直接把屋内的家具炸成碎片，令楼下的大树哗哗作响，这栋破旧小楼的墙壁上更是出现了一道恐怖的裂缝。一团火焰突然从纪千明家的阳台冒出，映红了天边。

"喀喀……"一阵咳嗽声在草坪上响起，一个狼狈的人影艰难地站

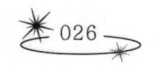

了起来，正是纪千明。

他在爆炸的前一刻让手中的镜子变得坚硬，然后直接从阳台上跳了下去，躲过了爆炸，饶是如此，他也感觉五脏六腑像被震碎了一般，极为难受。

他看着身边碎成了好几片的镜子，感到一阵后怕。要是刚刚再迟一步，他的小命就得交待在这里了。

突然，他瞄到了不远处的一个东西，眼睛一亮。

任毅的右臂！

任毅刚刚处在爆炸的正中心，若不是这只右臂特殊，它早就随爆炸消失了。现在，这只断臂上还有那个叶纹。

纪千明一路小跑过去，然后抱起断臂，把右手覆盖在叶纹上，意识进入镜子世界，镜子世界里的镜面又出现了文字。

检测到已接触叶纹幻想家。
是否开始复刻？
是，否。

纪千明毫不犹豫地选择了"是"。

就在他的手指触碰到镜面的那一刻，一个进度条出现在弹窗的下方，一点一点地挪动着。

看到那个进度条，他逐渐放松下来。一放松，鼻尖传来的味道就越发明显。

"哕……"纪千明还是没忍住，吐了。即使如此，他也还是没松手，复刻需要两分钟，他无论如何也得坚持下去。

就在这时，他感觉周围的温度下降了，一团黑影宛若陨石，瞬间出现在他的面前。

黑影逐渐变得清晰起来，是一个肥胖的人。

纪千明瞳孔一缩，不禁打了一个寒战，这是另一名能力者，很可能就是将任毅打成重伤的冥君。不过，这个冥君和他想象中的形象有些差别。

"唉，还是来晚了一步。"崔胖子看了看地面，又看了看楼上的大火，满脸懊恼。他转过头时却愣住了，只见一个浑身脏兮兮的男生抱着一只断臂半跪在地上狂吐不止，还时不时看向他。

　　崔胖子行走江湖这么多年，这种情景还是第一次见，顿时就乐了："小子，你抱着那破手干啥？"

　　"哦，我害怕，有个东西抱着我有安全感。"纪千明抹了抹嘴角，认真地说道。

　　崔胖子嘴角一抽，而后说道："你就是那个新出现的叶纹的拥有者吧。不过你这么弱，是怎么对付幻想家的？"

　　在他看来，纪千明很柔弱，而任毅好歹是三阶能力者，还是排名靠前的那种。就算任毅被他锁住了八成能力，也不是一个刚获得叶纹的毛头小子能对付的。

　　一旁的纪千明却听得心一颤：对方是如何知道的？之前，就连任毅都看不出来。即便如此，他仍装作一副什么都不知道的样子说道："叔叔，你在说什么？我只是个普通人。"

　　现在，纪千明不知道眼前这个古怪的胖子是敌是友，自然不可能直接承认。

　　崔胖子翻了一个白眼，说道："你先放下手里的东西，好吧？还有，你另一只手里攥着镜片。"

　　"哦。"纪千明见被胖子戳穿了，便干脆扔掉了手中的东西。如果对方真要对付他，他也反抗不了。

　　"你放心，我不是坏人。"崔胖子环顾一下四周，发现远处正有人往这里赶来，"此地不可久留，我们换个地方说话。"

　　纪千明翻了个白眼，心道：一般说这种台词的都不是好人。不过，他还是老老实实地跟了上去。

　　途中，他的意识进入镜子世界，往镜面上瞄了一眼，眼中闪过一丝喜色。

　　幻想家技能已复刻完成！
　　当前等级：1。

　　此时，在复刻那一行的弹窗上多了一个正在缓缓旋转的复杂图案，

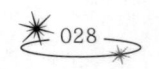

正是任毅的叶纹——幻想家。

哗哗哗——
水波荡漾，水汽从浴池中缓缓升起，在接触到天花板后凝结成一颗颗水珠，热气弥漫整个澡堂，温暖潮湿。
咕噜咕噜——
一串气泡出现在浴池中，一个白花花的人猛地从水下冒了出来。那人潇洒地一甩头发，抹了一把脸，感慨道："还是在澡堂泡澡最让人放松啊。"

"你说的换个地方就是带我来泡澡吗？"坐在一旁的纪千明无奈地说道。

"你还说？"崔胖子嫌弃地看了纪千明一眼，"你看看你之前都脏成什么样了？身上不是灰土就是难闻的气味，我受不了。"

纪千明沉吟了一会儿，指着水池缓缓开口："那你还咕噜咕噜？"

崔胖子一愣，随即脸色煞白，猛地站起身往岸上爬去，然后干呕起来。

纪千明看着眼前的一幕，不禁纳闷：这人真是冥君？

一段时间后，崔胖子缓缓坐在水池边，不再下水。他点燃一根烟吸了一口，说道："小子，我知道你有很多问题，你问吧。"

"你为什么要咕噜咕噜？"

"是不是过不去了？"

纪千明看到崔胖子硕大的身体抖了一下，随后狠狠地瞪了他一眼，觉得有点好笑。他心道：至少这胖子对自己没有恶意。随即，他的眉头微微皱了起来。他的问题太多，一时不知道从哪里问起。

纪千明沉思了一会儿，问道："叶纹到底是什么？"

崔胖子嘿嘿一笑，背过身来，指了指自己后背，说道："你快看这是什么？"

纪千明："……"

"不好意思，是这里。"崔胖子把手指稍稍上移，指向后背一处地方。那里有一个像是月牙的黑色图案。

"和你胸前的那个一样，这就是叶纹。"崔胖子转过身，"等你到了学校，会有专门的课程让你知道什么是叶纹，不过我可以简单地跟你讲讲。

"每一个叶纹都有特殊的能力，记录在册的叶纹共有三百六十一个。根据其危险程度，我们对它进行了划分，分别是C级（轻度危险）、B级（中度危险）、A级（高度危险）和S级（极度危险）。"

纪千明若有所思地点点头，再次问道："既然每个叶纹都是独一无二的，当一个叶纹的拥有者死亡，这个叶纹就会随之消失吗？"

"不是。"崔胖子摇了摇头，"在叶纹拥有者死后的二十四小时内，叶纹会自动消失。一段时间后，它会去寻找下一个拥有者。这个时间并不固定，有可能是一年，也有可能是一千年。"

◆

纪千明听着听着，觉得自己似乎漏掉了什么，愣了几秒，然后反应过来了，说道："你刚刚说等我到了学校是什么意思？我的高考分数还没出来呢，而且大学里什么时候教这些了？"

纪千明发现事情并不简单，心中有些忐忑。

崔胖子似笑非笑地看着纪千明，这表情令纪千明打了个寒战。

"纪千明，十八岁。1999年，你在孤儿院门口被捡到，由孤儿院抚养长大。成绩普通，在工厂里兼职过，没有不良记录。"

纪千明一惊：我被人家调查得清清楚楚了，不过我前两天才获得叶纹，他们怎么知道得那么快？

"纪千明，"崔胖子站起身，盯着纪千明一字一句地说道，"我正式通知你，你被勾陈学院录取了，录取通知书这两天就到。"

"哦。"纪千明回复，并没有犹豫。

他拥有了这样的能力，难道还甘愿上一个普通的大学，然后找一份普通的工作，靠着微薄的薪水度过一生吗？其实，他早就厌倦了过去的平淡生活，想成为一个不一样的自己，心里一直憋着一股劲。在拥有了镜花这个能力后，他觉得自己看到了一丝曙光。就目前的情况来看，眼前这个胖子以及他身后的组织并不坏，他们应该都是能力者。

勾陈学院？纪千明不禁嘴角微微上扬。

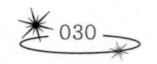

"要是我刚刚拒绝会发生什么？"纪千明好奇地开口问道。

"呵呵，"崔胖子神秘一笑，"相信我，你不会想知道的。"

纪千明嘴角一抽，不知道想到了什么，打了个寒战。

"对了，你的能力是什么？"崔胖子憋了许久，终于问了出来。他很好奇是什么样的逆天能力能让获得叶纹不久的纪千明干掉一个三阶能力者。

纪千明一挥手，浴池的水面上出现了一幅画面。

崔胖子死死地盯着池面，眼睛都看直了。

片刻后，崔胖子开口说道："千明，你这能力太帅了！"

纪千明翻了一个白眼，挥手散去了水面上的画面。

不过，崔胖子心中的疑惑更重了："你就靠这个干掉了对方？"

"当然不是。"纪千明差点笑出声，说道，"我的能力是改变具有反射性的物体表面的物理规则，还能操控被控制物的运动轨迹。"

纪千明只说了非花的能力，只字不提复刻的能力。对他而言，复刻能力是他最大的底牌。

崔胖子若有所思地点点头，却还是眉头紧锁，依旧没有想明白这能力凭什么打败幻想家这种能力。随即他摇了摇头，既然想不明白就不想了，于是起身向门口走去。

"该走了，我们还得赶时间。"

"去哪里？"

"真江。"

闪电在乌云中一闪而过，雨水瞬间倾盆而下，笼罩了整个长州。

距离长州市中心二十多公里的湖畔边，一座奢华的庄园静静地立在雨中。

庄园门口的保安亭。

"这雨什么时候才能停？看得人心烦。"一名中年保安看着外面的大雨骂了一句。

"行了老李。"另一名壮汉保安点燃了一根烟，悠闲地跷起二郎腿，"有了这么舒服的工作还不知足？一整天啥也不用干就给人守着家门，每个月还赚那么多钱，你还抱怨啥？"

老李嘿嘿一笑："也是，这老板出手就是阔绰。不过，刚才进去的是些什么人？"

"不知道，我们还是老老实实看门吧。"壮汉保安回复。突然，他的眉头微微皱起，眯着眼睛看向保安亭外。

滂沱大雨中站着一个穿着黑色雨衣的人，他看着这一切，一动不动。

"老李，你看那人怎么回事？快出去看看。"

"我说老赵，人家没准就想看看有钱人家的房子，你太大惊小怪了吧。"老李撇了撇嘴，不以为意。

老赵不禁说道："这荒山野岭的，谁跑来这里看房子！"说罢，他提上电棍，撑着伞走了出去。

雨很大，风也很大，一把伞根本挡不住。老赵走出去没多久，雨水就打湿了他的衣服，他摸了一把脸，大声喝道："你干吗？"

他走近了才看清，黑色雨衣下是一个男生。

这男生长得十分俊俏，神情却冷得像一块冰。他毫无感情地看着老赵，说道："我要进去。"

"小子，这里是私人庄园，不让进去，你再不走我就要赶你了。"老赵看到来者后，戒心放下了大半，提醒道。

"聒噪。"冷漠男生微皱眉头，迈开步伐径直朝铁门走去。

老赵的火气顿时就上来了，他按下电棍的按钮，走向冷漠男生。当他拿着电棍指向冷漠男生时，冷漠男生的左眼爆发出一道金光，他不禁愣住了。

冷漠男生缓缓抬起头，侧头看向老赵。

这时，老赵终于看清了那团金光，那是冷漠男生左眼中闪烁的金色符文。这个金色符文就是冷漠男生拥有的叶纹。

老赵感觉一阵寒意从脚底直接升到了头顶：那个冷漠男生究竟是什么人！

冷漠男生抬起右手，只见老赵手里的电棍飞了出去，静静地悬浮在雨中。

雨水淋在电棍上，溅出去的雨水带着电，老赵一时没有反应过来，被带电的雨水沾到身上，接着便晕倒了。

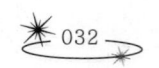

保安亭中的老李目睹了全部过程，拿起另一根电棍，准备去救老赵。

雨中的冷漠男生瞟了老李一眼，手指微动。

砰！

保安亭的门猛地一关，只听咔嚓一声，门被锁死了。

"怪物，怪物！"老李眼睛瞪得老大，整个人颤抖起来，随即眼睛一翻，昏了过去。

冷漠男生转过头，径直走向巨大的铁门。

咔嚓一声，三米多高的铁门像被一只无形的大手挤压，扭曲变形，出现了一个可以容纳一人通过的缺口。

冷漠男生左眼中的金光缓缓消失，黑色雨衣下的神色没有丝毫变化，雨水顺着雨衣落在地上，他像雨中的一个黑色幽灵，向庄园一步步走去。

✦

冷漠男生站在一间屋子的门口，听着里面的嬉笑声，心中的怒火越来越旺。

砰！

一声巨响，巨大的房门直接倒了下去，带起一片灰尘。

"谁？谁这么大的胆子！"豪华的室内，一个年轻男人大吼道。他身旁的几个女人更是吓得直哆嗦。

只见一个穿着黑色雨衣的冷漠男生静静地站在门口，左眼闪耀着金光，雨衣上的雨水滴在了昂贵的地板上。他面无表情地看着那个年轻男人。

"保安！保安呢？"年轻男人还在大叫。

"别叫了，他们来不了了。"冷漠男生回答道。

"你是什么人！你知道我是谁吗？你知道我舅舅是谁吗？"年轻男人还在叫嚣。

嗖！

一把锋利的匕首从冷漠男生的身上飞出去，停在了年轻男人的面前。

年轻男人吓傻了，身下顿时传出一阵恶臭。

"你还记得吕芳吗？"冷漠男生死死地盯着年轻男人，目光冷厉。

"我……我不认识啊！"年轻男人带着哭腔回答道。

冷漠男生眉头紧锁，沉思了一会儿，说道："你叫什么名字？"

"向云歌。"

"你骗我。"

"大哥……大哥，我真的叫向云歌啊，不信你可以看看我的身份证！"

冷漠男生的嘴角微微抽搐了一下，随即又是一副冷冰冰的模样，他开口问道："向冷风是你什么人？"

"他是我舅舅啊。"年轻男人回道。

"哦。"冷漠男生开口说道，"不好意思，找错人了。"

向云歌："……"

冷漠男生一伸手臂，停在向云歌眼前的匕首飞了回去。

看到这一幕，向云歌觉得快到嗓子眼的心脏又落了回去。

"就算你不是他，你们向家的人都不是好东西。"冰冷的声音再度响起。

闻言，向云歌感觉自己的心脏又到嗓子眼了。

"不过……"冷漠男生顿了顿，说道，"我答应过某人，不再随意出手。"

随后，他冷冷地瞟了一眼向云歌，然后抖了抖雨衣上的雨水转身离去。

当向云歌准备松一口气的时候，冷漠男生再度出现在门口，说道："对了，你知道向冷风去哪里了吗？"

"听说去真江出差了。"向云歌不敢耍花招，老老实实地说道。

"哦，知道了。"冷漠男生身影一晃，离开了。

"什么学院？情报真不靠谱……"

一阵骂声从雨中传来。

"各位旅客请注意，列车即将出发，下一站是真江站。"

优美的声音在车厢内回荡，列车缓缓开动，驶向下一个站点。

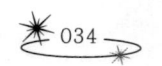

列车的一扇窗户旁坐着一个胖子和一个男生，正是崔胖子和纪千明。

崔胖子穿着一身休闲服，此时正舒服地躺在椅子上呼呼大睡，甚至还打起了鼾。

纪千明穿着一件灰色的卫衣，手里捧着一本杂志，似乎在津津有味地看书。其实，他的心思压根儿不在杂志上，而是在镜子世界中，他正在研究镜面上的变化。

复刻技能——幻想家：让幻想中的事物在现实世界中具象化。
注1：由能力等级判定事物是否能够具象化。
注2：根据能力者对该事物的印象深浅程度判定是否能够具象化。
注3：若判定失败，则会出现能力者印象最为深刻的事物。
等级：1。
点评：还在等什么？快去做白日梦吧。

纪千明琢磨着这技能，微微皱眉，感觉这能力的使用条件很苛刻。能力不够不能将事物具象化，不熟悉的事物不能具象化。

不过，能被具象化的事物未必都是现实世界里的东西。之前，任毅的电光右臂和他手中出现的光团就不像现实世界里的事物。也就是说，能力提升后可以让幻想中的事物具象化。

纪千明一想到那电光右臂就热血上涌，对他而言，那是个好能力，而且很酷。

不过，镜面的变化不止这些，"魂气具象化"这几个字的旁边不断出现弹窗。

收集任毅魂气：+5。
收集任毅魂气：+7。
收集任毅魂气：+6。
…………

收集任毅魂气的信息就有二十多条，足足给纪千明提供了近两百点的魂气。不过，显示信息的字的颜色有所区别：一小部分是黑色的，大部分是红色的，还有一条深红色的。那一条深红色的信息就给纪千明提供了很多的魂气。

看到这里，纪千明不禁陷入沉思中。李涛之前被吓到，魂气收集显示的字是黑色的，那么黑色代表恐惧；任毅当时很生气，魂气收集显示的字有很多红色的，那么红色应该代表愤怒。至于那条深红色的字的信息，纪千明认为是任毅死前强烈的不甘。

纪千明看着魂气收集这一栏的进度条，不禁苦笑起来：这进度才到一半，啥时候系统才能升级呢？

纪千明退出了镜子世界，拍了拍熟睡中的崔胖子。

崔胖子在椅子上磨蹭了一会儿才悠悠地睁开眼，说道："要到了吗？"

"嗯。"纪千明回复。

崔胖子打了一个哈欠，看着窗外的景色，突然想起了什么，说道："对了，你的录取通知书已经到真江了，到时候你自己去拿。"

纪千明点了点头，隐隐觉得这次真江之行有大事发生。不光是他们，连任毅背后的组织也要去真江寻找东西。

什么东西要出世了？难不成那里还镇着什么东西？

纪千明想了一会儿想不清楚，索性不想了。他现在只是个菜鸟，天塌了有高个子顶着，他操什么心。

"对了，你们学校到底是干啥的？培养学生行侠仗义吗？"纪千明突然想起来自己对即将进入的学校一无所知，不由得问道。

"不是你们，是咱们。"崔胖子翻了一个白眼，"勾陈学院存在的意义是守护。"

"守护什么？和平吗？"

"可以这么说，但是和你想的不一样。我们存在的意义不是去消灭邪恶的能力者，而是为了抵挡一群人的入侵，或者说是一群东西。"

崔胖子不知道想到了什么，眼中突然涌现出怒意。他死死地攥着拳头，这节车厢的温度顿时下降了许多。

纪千明咽了一口唾沫，不禁紧张起来："抵挡什么？"

崔胖子意识到自己的情绪失控了，深深地吸了一口气，车厢内的寒气逐渐散去。他看着纪千明，眼神十分认真："对现在的你来说，接触这些还太早了，你只需要知道守护是我们存在的意义，也是叶纹诞生的缘由就行了。"

纪千明似懂非懂地点点头，心里纳闷：叶纹诞生的缘由到底是什么？勾陈在替人类抵挡什么？

火车缓缓停下，乘客们纷纷拿上行李准备下车，崔胖子也拎着行李在排队。

就在这时，纪千明注意到了崔胖子刚刚用过的餐板，上面刻有一个小小的字，不知道是崔胖子有意刻下的还是刚刚情绪失控无意中刻下的。

纪千明眯起眼睛，那是一个所有人都认识的字——神。

◆

"真江站到了，请要下车的旅客抓紧时间下车……"

"一会儿到了酒店，你自己待着，我要出任务。"崔胖子拖着行李，嘱咐道，"你要是有什么急事就打这个电话，如果打不通就去泽心找我。还有，拿录取通知书的地方我也写在上面了。最近这座城市不太平，平日尽量少出门。"

说着，崔胖子递给纪千明一张房卡和一张字条。

纪千明一愣，而后问道："你不住酒店吗？"

崔胖子摇了摇头，苦笑道："这里形势严峻，我要做的事太多，估计一时半会儿回不来。"

两人走到高铁站的出口，崔胖子突然停下脚步，看了看表，似乎在等待什么。

"这小妮子每次都不准时。"崔胖子嘀咕着。

在拥挤的高铁站，两人这一等就等了十多分钟。

突然，一阵嗡嗡的引擎声传来，由远及近。一辆红色的敞篷车像一道红色的闪电，带着大片飞扬的尘土向他们飞速驶来。响亮的音乐从车里传出，嚣张至极。

刺啦——

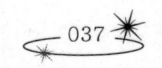

刺耳的摩擦声响起，这辆红色敞篷车在高铁站出口前方的空地上画出一道优美的弧线，随即稳稳地停在目瞪口呆的纪千明面前。

一个一头金色长发的女人从车上下来，她身材高挑，戴着墨镜，脸蛋精致。她的出现吸引了在场所有人的视线，大家都目不转睛地盯着她。

"不好意思啊崔主任，我来晚了。"金发美女看着崔胖子，露出一个俏皮的笑容。

"算了算了，我已经习惯了。"崔胖子无奈地笑着，摆了摆手。

"这位是？"金发美女注意到了一旁一脸震惊的纪千明，好奇地问道。

"这是纪千明，准新生。"崔胖子笑嘻嘻地拍了拍纪千明的肩膀，"千明，这是你的学姐，朴智敏。"

"学姐好。"纪千明老老实实地鞠了一躬。

"新生？"朴智敏先是一愣，然后摘下墨镜，仔仔细细地打量着纪千明。

半晌之后，她露出了一个甜甜的微笑，伸出右手，开口说道："千明小学弟，欢迎来到勾陈学院。以后要是学校里有人欺负你，你就报我的名字，虽然我们学校没有几个人。"

纪千明脸一红，僵硬地伸出手，轻轻地握住朴智敏的右手，然后又撤回。

"好了智敏，别逗他了，咱们还有正事要做。"崔胖子看到纪千明的窘态，笑呵呵地说道。朴智敏点点头，两人上了车。

纪千明见两人上了车，愣住了。那辆敞篷车只能坐两个人，那他坐哪里？

随即，纪千明开口问道："我坐哪里？"

崔胖子眉毛一挑，笑道："谁说你要坐车的？地址都给你了，自己去坐公交车吧。"

纪千明愣住了。

朴智敏看着纪千明一脸茫然的表情，扑哧一声笑了出来，冲着他摆了摆手。

随后，引擎声再度响起，这辆红色敞篷车卷起一片烟尘，扬长

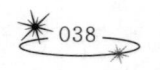

而去。

纪千明呆呆地看着这辆红色敞篷车远去，然后看了一眼手中黑金色的房卡，上面刻有几个水晶字体——富喜来酒店2101。

"那个小学弟真有意思，我已经很久没有见过新生了。"朴智敏的嘴角微微上扬。

此时，这辆车升起了顶盖，原本响亮的音乐也没有了。

"那小子不错。"崔胖子笑了笑，而后说道，"情况怎么样了？"

朴智敏神情严肃，说道："不太好。情报部门传来消息，这次上邪会来了大概两百多个暴徒，部分人带有武器，还有三个核心成员，傀儡师也在赶来的路上。"

"哼，藏头露尾的家伙。"崔胖子眉头紧锁，神色冷峻。

"前两天，我们的人和他们打了个照面，云逸还受伤了。"朴智敏眼中闪过一丝怒色，"这帮浑蛋，神都快入侵了，他们居然还在当搅屎棍！不过，我这次这么招摇地来接你，他们肯定都知道你来了，应该会收敛些。"

"既然我来了，那他们再怎么收敛也没用。这次，我要让他们有来无回。"崔胖子冷冷地说道。

一个小时后，纪千明总算到了富喜来酒店。一路的颠簸，他差点把胆汁给吐出来了，便一直在心中吐槽崔胖子。

此时，纪千明仰着脖子看着面前这栋高耸入云的酒店，不禁在心中感慨道：看来勾陈学院真不错，学员不仅能开敞篷车，还能入住顶级酒店。

他步入酒店，穿过华丽的大堂，进入电梯，按下"21"，随即，电梯快速上行。

"二十一层到了。"一个甜美的女声响起，电梯门缓缓打开。

这一层总共有六间房，纪千明找到了最里面的2101房。当他准备刷开房门的时候，斜对面2102的房门突然打开了。

纪千明转头看去，然后怔住了。只见一个个子不高的女生走了出来，一头银白色的长发垂至腰间，像一道银色的瀑布。

纪千明不是没有见过银发的女生，但眼前这个女生的银色头发有点特别。

银发女生察觉到了纪千明的视线，微微转头看向纪千明。雪白的肌肤，冰雕玉琢般的脸蛋，宛如一名银发精灵。

在看到银发女生的正脸后，纪千明觉得自己的心跳变快了。

银发女生只是冷冷地看了一眼纪千明，然后转头看向室内。紧接着，另一个人走了出来，是一名高贵冷艳的女子。

岁月似乎没有在这名冷艳女子的脸上留下痕迹，外人猜不透她的年纪。她就像一位俯视众生的帝王，令人心颤。

后来，纪千明甚至想到了一个词——威势，是的，那是一名很有威势的女子。

"咦？"冷艳女子见到一旁的纪千明，眼中多了一丝探究。

在冷艳女子的注视下，纪千明汗毛直立，赶忙收回视线，掏出房卡在门上刷了一下。

咔嚓一声，纪千明的身影消失在门后。

"师父，那个人有问题吗？"银发女生见冷艳女子一脸思索的表情，开口问道。

冷艳女子摇了摇头，深深地看了斜对面的房门一眼，转身离开。

◇

2101房。

纪千明透过猫眼看到银发女生和冷艳女子离开，悬着的心终于放了下来，舒了一口气，开始打量起这间屋子来。

奢华的客厅内摆着一套整整齐齐的欧式家具，一旁的酒柜里陈列着几排红酒，室内影院、超大浴缸……

纪千明看得眼睛都亮了起来，心道：勾陈学院的人出差，待遇都这么好吗？他站在巨大的落地窗前，看到了大半个真江，心中不禁充满了对勾陈学院的向往。

兴奋的纪千明这里看看，那里摸摸，玩得不亦乐乎。待他玩够了，便往大圆床上一躺，舒服地闭上了眼睛。

作为一个孤儿，他之前住过的最豪华的酒店是一家三星级酒店。当

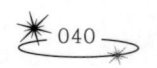

时为了参加一项学科比赛,他和李涛拼了一间房,足足花了五十元。

突然,纪千明想到了幻想家能力,他还没有使用过这个能力。于是,他从床上一跃而起,闭上眼睛,开始尝试使用这个能力。

不超过能力范围,自己熟悉的……纪千明想了一阵,开始在自己脑海中勾勒一件东西的形状。

此时在镜子世界中,幻想家这个叶纹图案正在闪闪发光。

仅仅片刻,他感觉怀里多了个东西,睁开眼一看,只见一个书包静静地躺在他怀里。那是陪伴了他整个高中生涯,他最熟悉的书包。

成功了!

纪千明十分高兴,而且这次将书包变出来没费什么力气。

他顿时玩心大起,将笔、枕头、台灯等东西挨个儿变了一遍。当然,当他变出一样东西时,之前变出来的东西就会消失。

纪千明又想到了一点:我现在能不能把电光右臂变出来?

其实,他一直有这个念头,即使知道实现的可能性不大,也还是想试试。于是,他闭上眼睛,开始回忆电光右臂的模样。

片刻后,他再次睁开眼睛,愣住了,一朵蓝玫瑰出现在他的眼前。他知道自己不太可能变出电光右臂来,但是也没想过会变出这朵蓝玫瑰。

纪千明静静地坐在床上看着这朵蓝玫瑰,宛如一尊雕塑。原来,他印象最深刻的竟然是这朵蓝玫瑰……

他的心头泛起一阵苦涩,过去种种在脑海中浮现。明明只是前几天发生的事情,现在却有一种恍如隔世的感觉。他清楚地认识到,从选择和崔胖子离开的那一刻起,他就再也回不到之前的平凡生活了。

他摇了摇头,将这些杂念抛到脑后,从口袋里掏出一张字条。字条正面是一串电话号码,反面是一个地址——宗泽路七里巷43号。

纪千明简单收拾了一下,准备出门。突然,他又想到了什么,转身从书包中掏出三面小镜子放进口袋,这才安心地出门了。

咔嚓一声,整个房间陷入一片寂静。

黄昏时分,淡黄色的阳光洒在街道上,路上行人匆匆,马路上堵得水泄不通,刺耳的鸣笛声此起彼伏。

纪千明站在一个巷子口，抬头望着路牌，这里就是七里巷。

他顺着巷子往里走，挨家挨户地数着门牌。这巷子十分老旧，墙壁上的灰色砖石参差不齐，还缠绕着一大片藤蔓。里面开的店不多，多半是一些烟酒店和五金店，其余的都是严丝合缝的卷帘门。卷帘门上都长有青苔了，一看就是许久不曾有人来过。他一路走来几乎没有看到其他行人，整条巷子显得既破败又冷清。

走了一会儿，纪千明停在一家店门口。这家店门口的门牌上覆盖了一大片铁锈，但还是可以依稀看到"43"这个数字。

只见这家店的店门紧闭，一块大大的纱布遮住了透明的玻璃门，透过纱布可以隐隐看见里面的粉色光芒。

纪千明脸色铁青，只想把某人狠狠地揍一顿。他按捺住转身就走的冲动，硬着头皮走了进去。

叮当，门上铃铛响动。纪千明只觉得一股古怪的味道迎面而来，随后见到了这家店的真面目。

在粉色的灯光下，是一个小小的位于店面中间的柜台，柜台两侧分别放着一个生锈的铁架，上面摆放着很多商品。纪千明瞟了一眼那些商品，准备转身离开。

这时，一个穿着白色背心，摇着蒲扇的老大爷出来了。

"小伙子，来买什么啊？我这里什么都有，包你满意！"老大爷中气十足的声音响起。

纪千明开口说道："我不是来买东西的，而是来拿我的录取通知书的。"

"哦？"老大爷眉毛一挑，认认真真地打量了纪千明半晌，然后从柜子下面掏出两个包裹，问道，"你叫什么名字？"

"纪千明。"纪千明老老实实地回答道。

"喏，这是你的录取通知书。"老大爷戴上老花镜，辨认了一会儿，将其中一个包裹递给了纪千明。

纪千明接过包裹，感觉十分复杂。

"小伙子不错，好好努力。"老大爷拍了拍纪千明的肩膀，"以后有什么要买的来我这里，我给你打折。"

"谢……谢谢大爷。"纪千明只得道谢。

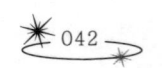

叮当，门上的铃铛再次响起，两人同时望去，只见一个冷漠男生走了进来。

冷漠男生环顾了一下店铺，神情没有丝毫改变。

"我来拿录取通知书。"冷漠男生开口说道。

老大爷眉毛一挑："姓名？"

"张凡。"

◇

老大爷点了点头，将另一个包裹递了过去，一双眼睛却直勾勾地盯着张凡的左眼。

"天赋异禀，真是天赋异禀啊。"老大爷喃喃自语。

张凡接过包裹，确认了一番，转身推门而去。

纪千明看着出去的冷漠男生，心中闪过一个念头：他也是勾陈学院的新生？纪千明犹豫了片刻，跟了出去。

"那个，你也是勾陈学院的新生吗？"纪千明跑到张凡的身旁，好奇地问道。

张凡看了纪千明一眼，点了点头。

"那咱们应该是同学。"纪千明热情地伸出右手，"我叫纪千明。"

张凡微皱眉头，犹豫了一会儿，最后还是握了一下纪千明的手，开口说道："张凡。"随后，他继续向前走，头也不回。

纪千明却跟在张凡后面，一直问东问西，跟个好奇宝宝一样。

"你既然是勾陈学院的新生，那也有叶纹吧？"

"嗯。"

"你对勾陈了解多少？"

"不了解。"

"你住哪里啊？"

…………

张凡被问得停了下来，看着纪千明的眼睛，认真地开口说道："你最好不要再跟着我了，我要去的地方很危险。"

"行吧。"纪千明叹了一口气，停下了脚步。

看来，他从张凡这里得不到更多的信息了，不过张凡到底要去干什么呢？看着张凡离去的背影，他陷入了沉思。

市中心。

一栋高楼静静地屹立在这片黄金地带。在阳光的照射下，外表装有反射玻璃的高楼显得十分醒目，特别是那四个字：成远集团。

嘎吱——

会议室的大门发出沉闷的响声，一个戴着深蓝色面具的男人缓缓走了进来。面具上画着一只有獠牙的恶鬼，看起来极为瘆人。

"你迟到了，青獠。"会议室的沙发上，另一个男人声音沙哑地说道。

这个男人也戴着一个深蓝色的面具，上面是一个六芒星的图案。

青獠不耐烦地说道："就三个人的作战会议，有什么迟到不迟到的。"

一阵笑声从窗边传来，戴着玫瑰花纹面具的女人走到青獠的面前，把自己的一只手放在青獠的身上，妩媚地说道："哎呀，术士，你干吗要这么说我们可爱的新人？"

青獠猛地伸出手抓住女人的手臂，恶狠狠地说道："花鬼，下次再用你的手碰我，我就把它剁下来！"

"哦？你试试看啊。"花鬼的声音冷了下来。

"够了。"沙发上的术士缓缓起身，沙哑的声音响彻会议室，"上邪会不是让你们来内讧的，赶紧开始这次的作战会议，特使马上就到了。"

青獠和花鬼同时哼了一声，收起心中的杀意，各自找了位子坐下。术士拿出一张地图铺在桌上，用红笔在地图上画了个圈，说道："经过总部的计算，那东西的出世地点在这个地方。"

"泽心城？"花鬼喃喃道，"那地方是不是有个泽心寺？"

术士点了点头："不错，那个泽心寺可不简单，传说是古时候一位很厉害的人物建造的。他借泽心寺汇聚了江南地域的龙脉之气，专门用来镇压那东西。勾陈学院的人已经在泽心寺附近布置了结界，我们想要完成任务就得双管齐下。我们需要在市中心引发骚乱，青獠，这件事情

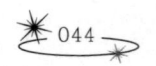

你来做。"

青獠冷哼了一声，说道："这种事情让那些无脑暴徒去做就好了，我不想做这么无聊的事情。"

"新人，谁叫你是最弱的？就你这二阶能力，去泽心寺给人家送菜吗？"花鬼阴阳怪气地说道。

"你！"青獠怒火中烧，死死地盯着花鬼，"你想死吗？"

砰！

术士在桌上猛地拍了一掌，巨大的声响在空旷的会议室内回荡。

"谁再挑事就给我滚出去。"术士冷冷地扫了一眼二人，然后清了清嗓子继续说道，"泽心我去，花鬼，你带一部分暴徒守在这里。这成远集团藏有我们完成任务的关键之物，你务必要给我守好。"

"好啦，人家知道了。"花鬼娇嗔道。

青獠眉头紧锁，沉思了一会儿，开口说道："听说这次冥君来了，我们挡得住他吗？"

不等术士开口，一个低沉的声音从会议室的门口传来："冥君交给我。"

三人齐齐看去，只见一个戴着白色哭脸面具的男人站在门口，他身上散发出的气息令在场的三人喘不过气来。

傀儡师！

三人的脑海中同时闪过这个名字。

纪千明手里抓着一块手抓饼，一边吃着，一边漫步在夜晚郊区的街道上。

其实，倒不是他喜欢吃手抓饼，而是他跟崔胖子出来的时候身上就没多少钱了。

崔胖子走之前除了房卡和字条啥也没留下，纪千明掏了半天书包才掏出了几块钱，只够买一块手抓饼。他不禁腹诽：这崔胖子带自己出来都不对自己负责吗？

就在他胡思乱想的时候，几辆摩托车如同一道道闪电从他的身边飞驰而过，带起的水花正好溅在了他的手抓饼上。他眨巴着眼睛，一时间没有反应过来。

片刻后，纪千明反应过来，一股怒火从他心中升起：我最后的钱买的手抓饼，就这样被你们糟蹋了？！要是那崔胖子几天不回来，我不得活活饿死？

一想到这里，纪千明猛地一回头，叫骂道："你们有本事别走，给我回来啊！"

突然，那几辆摩托车停了下来，车上的人交谈了几秒，又齐刷刷地往回开。

纪千明看到这一幕，傻了，然后转头就跑。

很快，那几辆摩托车追上了纪千明，一个漂移挡住了他。

一个长脸男从车上下来，盯着纪千明，恶狠狠地说道："小子，刚刚是不是你在喊？"

"几位大哥，你们在说什么？"纪千明眨巴着眼睛，无辜地看向长脸男。

"老大，不会错的，就是他在喊。"一个一头黄毛的男人下了车，用公鸭般的嗓子说道。

"要不算了，你们难道忘了下午那个男生？他一个人就能对付八十多个弟兄，邪乎得很。我现在看到他这个年纪的小孩就心里发怵。"一个大汉开口劝道，看向纪千明的眼中带有一丝恐惧。

◇

纪千明一愣，脑海中突然冒出张凡的身影，鬼使神差地开口说道："大哥，我大胆地猜想一下，那个男生是不是长得特别帅？整个人冷冰冰的，说话又很不客气？"

三人齐刷刷地看向纪千明，满脸震惊。

大汉全身哆嗦起来，说道："你看，我就说这小子不简单！"

"你和那个男生是什么关系？"长脸男小心翼翼地问道。

"哦，他是我老大。"纪千明见众人脸色变了，挺起胸膛，中气十足地说道。

那三人倒吸了一口凉气，互相看了看。

接着，黄毛男飞速从口袋里掏出一个对讲机，用公鸭嗓拼命地吼

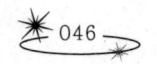

道:"我们发现了那个男生的同伙,我们发现了那个男生的同伙!在关前街移动公司的对面,兄弟们快来!"

"收到!我们正在宝塔山公园附近追那个男生,现在立刻派一队人过去,援兵马上到达!援兵马上到达!"

纪千明蒙了,没想到事情会发展成这个局面。

那三人警惕地看着纪千明,手上拿着家伙,缓缓围住纪千明。

见状,纪千明心道:这下玩大了,我可不是张凡啊。但事已至此,他也只能咬牙硬上,于是他甩出一片镜子碎片。

那三人只觉得眼前闪过一道亮光,紧接着一道刺眼的光芒亮起。他们觉得自己的眼睛快瞎了,赶紧捂着眼睛弯下腰号叫起来。

"啊!这是什么!"

"我的眼睛!"

"呜……"

纪千明手中突然出现一根木棍,然后向三人挥去。

仅仅片刻,那三人都倒在了地上。纪千明看了看手中沾了不明液体的木棍,觉得有点恶心,心中一动,木棍消失了。

就在这时,他听见了引擎声,似乎有很多辆摩托车开了过来。他抬头看向远处,黑压压的一片,一群人开着摩托车驶向这里,车上的人还拿着各式各样的武器,一副凶神恶煞的样子。

纪千明顿时汗毛倒立,急忙骑上一辆摩托车,往宝塔山的方向疾驰而去,希望能碰到张凡。

轰隆轰隆……引擎声不断。

郊区的这条街道上,纪千明开着摩托车奔驰在前面,后面跟着一群开摩托车的人。听着身后的引擎声,纪千明心想:以前怎么没听说真江有这么多开摩托车的。

突然,纪千明瞳孔一缩,看到前方的十字路口有几辆摩托车朝他疾驰而来,似乎想拦下他。他胸口上的叶纹微微闪烁,一面小镜子从口袋里冒了出来,正对着前方的那几辆摩托车,然后爆发出一道刺眼的光芒。

"啊,我看不见了!"

"什么玩意儿这么亮!"

一阵叫骂声响起，随即响起了刺耳的刹车声，前方已是人仰车翻的场景。

纪千明眼睛一亮，口袋里的另外两面小镜子也缓缓冒了出来，三面小镜子环绕着纪千明，镜子正面背对着他。

一眨眼的工夫，镜面爆发出刺眼的光芒。

"墨镜！我的墨镜呢！"

"啊，我看到太阳了！"

"我的眼睛！"

又一阵喊声响起。

纪千明就像黑夜中的一轮太阳，如流星一般划过街道。原本紧跟在他身后的摩托车，现在都与他隔了一段距离，那些人生怕被那刺眼的光芒伤到眼睛。

就在纪千明刚刚松了一口气的时候，他突然意识到一个严重的问题：宝塔山到底在哪里？

成远集团。

一阵振动声响起，术士缓缓起身接电话。

"什么事？"

"冷漠男生？好，我知道了。"

几句话之后，术士挂了电话，托着脑袋似乎在思考什么。

"怎么了？"花鬼见术士沉默不语，好奇地问道。

"暴徒那边出事了。"术士沙哑的声音响起，语气中带着一丝疑惑，"据说是一名男生闯进了他们的聚集地，还打伤了一半人。现在，宝塔山那边也打起来了。"

扑哧——花鬼不禁笑出了声。

"一帮废物。"青獠不屑地开口，"两百多个人连个男生都抓不住，还好意思称暴徒？他们不是有枪吗？"

术士瞥了一眼青獠，像是在看一个呆子。

"用枪？枪声一响，事情的性质就完全不同了。现在顶多算是聚众打架，枪声一响就叫恐怖分子袭击！"术士沉吟了一会儿，继续说道，"在计划开始之前，绝对不能节外生枝。青獠，你去宝塔山把那个男生

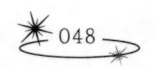

抓回来。记住，不要引起太大动静。"

青獠脸色难看，眼中隐隐闪过一丝怒气，心道：让我去对付一个普通男生，瞧不起我是吧？等我的能力到了三阶，看我怎么对付你们！

他攥紧拳头，冷哼一声，大步向门外走去。

"那男生有什么特征？"低沉的声音突然从会议桌的另一边响起，只见傀儡师靠着窗户，月光洒在他那张惨白的哭脸面具上，瘆人无比。

术士略作思考，说道："听说那男生的左眼能冒出金光，他应该也是一名叶纹能力者，不过具体是什么能力还不清楚。"

"为什么刚刚不提醒青獠？"花鬼似笑非笑地开口。

术士冰冷的面具上寒光闪动，漠然说道："新人太锋利不是什么好事情。"

左眼金光？傀儡师似乎想到了什么，转头望向窗外，面具下的嘴角微微上扬。

难道是他？

纪千明此时很头疼。

他骑的这辆摩托车的油已经不多了，他身后却还跟着一群人，再这么下去他只有被打的份儿。他虽然不知道宝塔山在哪里，但是记得在酒店俯视真江的时候见过一座山，上面有一座宝塔，那应该就是宝塔山。

纪千明凭借自己的记忆以及方向感朝宝塔山驶去，一段时间后就到了宝塔山的山脚，然后弃了摩托车，往山顶上狂奔。

跟在他身后的摩托车都停了下来，车上的人拎着五花八门的武器下了车。

"那小子上去了！"扛着锄头的一个壮汉指着纪千明的背影喊了一声。

"还敢往山上跑，真是不知死活。"耍着蝴蝶刀的干瘦男子冷笑了一声，"都给我冲，今天不抓到那小子，谁都别想回去。"

众人应了一声，黑压压的一片往山上跑去。

纪千明听到身后震耳欲聋的喊声，不由得打了个哆嗦，欲哭无泪。对他而言，这是一场体能拉锯战。他的身体素质不是很好，以至于他与身后一群人的距离正在逐渐缩小。

就在纪千明快绝望的时候,他终于到了山上的公园门口。在这里,他又看到了一片黑压压的人影。这些人和他身后的人是一伙的,数量明显更多。

一个冷漠男生站在这群人面前,他的身边还躺着一些人。这些人要么痛苦地捂住肚子,要么痛苦地哀号。

月夜之下,冷漠男生左眼亮似星辰。

❀

公园门口的众人听到声响,齐刷刷地回头看向纪千明。

被一百来双眼睛盯着,纪千明的背后直冒冷汗。他咽了一口唾沫,拔腿跑向张凡。

等到了张凡的身边,纪千明开口说道:"同学……不是,老大,你究竟惹了一群什么人啊?"在这种情况下,张凡作为他未来的同学,是他唯一能并肩作战的人。

张凡一愣,万万没想到会在这种情况下遇到纪千明。他有些摸不着头脑,不知道自己什么时候变成纪千明的老大了。他正准备询问,猛地转过头,看到一群人跑了过来。

"果然,你们两个就是一伙的。你是老大是吧?我倒要看看,你究竟有什么能耐?!"一个干瘦男子大喊道。

张凡瞟了一眼这个干瘦男子,左眼的金光越发耀眼。他一点也不畏惧这群暴徒,在气势上甚至压过了对方。

几个胆小的人被张凡的气势吓到了,不禁吞了一口唾沫。

那个干瘦男子大叫一声:"咱们两百多个人还怕他们两个小子?都给我冲!"

话音刚落,一群人都冲了上去。

纪千明何时见过这种大场面,脸色瞬间变得煞白,小声地开口说道:"他们人太多了,我们跑吧!"

张凡冷冷地看着眼前的暴徒,摇了摇头:"跑不掉的,他们山下有摩托车。我们得想办法在山上对付他们。"

说罢,张凡左手虚抓,干瘦男子手中的蝴蝶刀一顿,随后不受控制

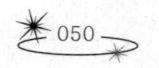

地飞向张凡。只见蝴蝶刀围绕张凡旋转，把冲在最前面的几个人吓得一个踉跄。

张凡就这样带着蝴蝶刀如一道幻影冲入人群，所过之处，哀号声一片。

一个壮汉举起一根粗大的铁棍，狠狠地砸向张凡的后脑勺。张凡稍稍侧身，左眼中的金色叶纹跳动。

一瞬间，壮汉手中的铁棍不受控制地往侧面移动，然后重重地砸在了地上，震得他虎口发麻。他感觉眼前一花，然后看到一只拳头出现在他的眼前。拳头还没碰到他的脸，他就感受到一股力量撞击在他的鼻梁上。

"啊！"壮汉惨叫一声，捂着鼻子倒在了地上。

一个壮汉倒下了，后面还有很多个壮汉冲了过来。

张凡冷哼一声，左眼顿时绽放出强烈的光芒。他猛地一甩右手，十几个暴徒手中的武器都飞了出去。球棍、啤酒瓶……密密麻麻的武器井然有序地悬浮在张凡的身前，对准蜂拥而至的人。

见状，暴徒们愣在原地，一时间没反应过来。

片刻后，一个人大声喊了一句："快跑啊！"他的声音还在发抖。

其他人这才反应过来，拔腿就跑。

"去。"张凡表情冷峻，向前挥动右手。

嗖嗖嗖！

悬浮的武器化作一道道闪电射向人群，哀号声再次响起。

张凡冷冷地看着四散奔逃的暴徒，缓缓举起右臂。他的这个动作把暴徒们吓得脸色煞白，暴徒们直接扔掉了手中的武器，往山下狂奔。

一边的纪千明看得瞠目结舌。他知道张凡很强，但没想到这么强。此时，月色下这道冷漠的身影已经深深地刻在了他的心中。

"好强……"纪千明不禁喃喃道。难道这就是勾陈学院准学员的平均水平？

目前来看，他拥有的叶纹——镜花，具有的能力比不上张凡拥有的叶纹具有的能力，不过他相信镜花，相信拥有系统的他未来一定不会比张凡差。更何况，他掌控的能力中还有一个复刻的能力，若是他把张凡的能力复刻了……

就在纪千明思考的时候，张凡左眼中的金光逐渐消失，他缓缓朝纪千明走来。走到纪千明跟前时，他一个踉跄，险些栽倒在地。

"老大，你怎么了？"纪千明连忙扶住张凡。借着月光，纪千明看到了张凡苍白的脸色。

"精神力使用过度。"张凡微皱眉头，额角流下几滴汗水，"快跑，他们很快就会回来。"他再怎么强也只是一个一阶能力者，之前操纵那么多武器已十分勉强，之后举起右臂只是为了吓走剩下的人。

纪千明赶紧扶着虚弱的张凡往另一条山路走去，没走一会儿，一个声音从远处传来。

"哼，果然是一群废物，连两个毛头小子都收拾不了。"

闻言，纪千明心里咯噔一下，然后和张凡同时抬头看去，只见黑暗中缓缓走出一个戴着深蓝色面具的男人，面具上画着一个有獠牙的恶鬼，在月光下显得狰狞恐怖。

真江，一条无名小巷。

深夜，绝大部分的店铺已大门紧闭，路灯忽明忽暗。

一阵香气从小巷的深处飘来，小巷的尽头还开着一家面馆。面馆不大，两三张桌子就占用了大半空间，墙上掉了一大块墙皮，陈设十分老旧。

哧溜！

一个中年男人大口大口地吸着面条，热气从碗中升起，香气四溢。

"啊！真爽！"中年男人放下被他舔得干干净净的大碗，满脸享受，"真江这地方虽然不大，但是锅盖面倒是一绝！"

中年男人穿着一件米色的风衣，头发乱糟糟的，嘴角附近满是胡茬，一副不修边幅的样子。

此刻，他的对面坐着一个戴着眼镜的年轻人，穿着一身西装，斯斯文文的。他推了推眼镜，无奈地开口说道："陛下，我们这么光明正大地溜号真的好吗？"

◈

中年男人咂了咂嘴，笑道："有那崔胖子坐镇，哪儿还用得着我

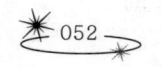

操心？"

"这倒也是，老师虽然平日里不着调，但关键时刻还是很靠谱的。"年轻人点了点头，突然想起什么，从公文包里掏出两份文件，"陛下，这是那两个新生的资料，请您过目。"

中年男人摆了摆手，笑道："我说你个庆叨叨，跟了我这么长时间还不知道我最怕看这些烦琐的文件吗？你直接挑重点念给我听就行了。"

"是。"年轻人恭恭敬敬地应了一声，清了清嗓子。

"张凡，二十岁，父亲在他三岁时去世，由母亲吕芳抚养长大。他十六岁那年收到过国外知名大学的破格录取通知书，被誉为百年一遇的天才少年。"年轻人眉毛微挑，这种天才少年极为罕见。

"同年，他被查出患有一种罕见的怪病，只能搁置学业。为了给他治病，家里倾尽家产。他十九岁时承受不住剧痛的折磨，更不忍继续拖累家人，趁护士不注意于当年9月4日跳楼，之后家里为他举办了丧礼。"

念到这里，年轻人倒吸了一口凉气，按捺住好奇心，继续念下去："9月20日一早，守墓人发现张凡的棺材被掀开了，里面空空如也，棺材盖在距离棺材二十几米处被发现。之后，有人看到张凡返回家中。据悉，张凡发现母亲吕芳不知所终便去寻找。据张凡舅舅称，吕芳去找高中同学向冷风借了钱之后便消失了。"

年轻人突然停了下来，因为张凡后面的资料都被画上了一条条黑线。他不禁眯起了眼睛，这种处理手段一般是高层为了隐藏一些机密时用的。不过，他还是第一次在一个新生的资料上看到这些。这是为了隐藏什么？这个张凡做过什么值得被列为高级机密的事情？

向冷风，向冷风……这个名字怎么这么耳熟呢？年轻人沉思了一会儿，终于想到了。

向冷风是上邪会的特使之一，是一名傀儡师。

年轻人看向中年男人，犹豫了一下，开口说道："陛下，这向冷风——"

中年男人的脸色一直没有变化，他打断年轻人的话，淡淡地说道："张凡的不用念了，念念另一个小家伙的吧。"

年轻人看到中年男人的神情，心中闪过一个念头，却没有开口多问。他能跟随这位大人这么久，自然知道什么该问什么不该问。

"纪千明，十八岁，1999年被人送到了孤儿院，普通高中毕业生，成绩中等，无不良记录。"

随后是一阵沉默，中年男人愣了半晌，而后开口问道："没了？"

"没了。"年轻人脸色古怪，将资料翻了个遍，也只看到这一句话。

"他们去过秦老那里了？"

"去过了。"

"秦老怎么说？"

"秦老对张凡的评价是'天赋异禀，真是天赋异禀啊'。"年轻人认真地学着秦老的语气。

"纪千明呢？"

年轻人嘴角一抽，而后说道："秦老说'小伙子不错，好好努力'。"

"行吧，我知道了。"

看着眼前戴着诡异面具的男子，纪千明觉得一股寒意从脚底升起，身上的汗毛一根根竖了起来。

"快跑！"张凡见到青獠，脸色又白了几分。

纪千明回过神，和张凡一起狂奔起来。

一阵狂风刮过，带起一片沙石，纪千明只觉眼前一花，那个深蓝色的面具就出现在他的眼前了。

"跑？跑得掉吗？"

一个声音从面具下传来，电光石火之间，一只青色的手臂突然从斗篷下伸出来。

纪千明瞳孔一缩，头猛地往后一仰，同时，在镜子世界中，镜面上的幻想家叶纹亮了起来。仅仅片刻，一根铁棍出现在他的手中，他挥舞着铁棍砸向那只手臂，把那只手臂打偏了，手臂擦着他的小腹划过去。

纪千明用力过猛，控制不住自己的重心，重重地摔倒在地上，扬起一阵尘土。

"喀喀喀！"纪千明咳了几声，迅速从地上爬起，一双眼睛紧紧盯着眼前的男人。

借着月光，他看清了刚刚袭击他的手臂——通体青色，肌肉鼓起，关节处长有锋利的倒刺，狰狞可怕。

"他是上邪会的核心成员青獠。"虚弱的声音从地上传来，张凡单手撑地，死死地盯着对方。

"上邪会？"纪千明一愣，这名字他是第一次听说。

"豺狗们的聚集地。"张凡冷冷地开口说道，"里面的核心成员都是能力者，最低的也是二阶能力者，每个人几乎无恶不作，死不足惜。这个青獠是上邪会的新人，是二阶能力者，我们不是没有机会除掉他。"

二阶能力者！

纪千明眉头紧锁，如临大敌。虽然他之前与三阶能力者幻想家任毅对战过，侥幸活了下来，但主要靠的是运气。若任毅当时不是受了重伤觉得自己逃不了了，选择了自爆，那他现在就不会在这里了。

现在，眼前的这个男人没有受重伤，是全盛状态下的二阶能力者，他们两个一阶能力者打得过吗？

"不是没有机会？就凭你们？"青獠冷笑起来，"刚才那一下，我连十分之一的实力都没拿出来，你们哪里来的自信？"

话音刚落，他身上的肌肤开始变成青色，身体扭曲起来，衣服下面似乎有什么东西在动，原本瘦小的体形变得壮实，整个人更是拔高了半米。

咔嗒！他脸上的深蓝色面具发出一声轻响，一道裂缝出现，一眨眼的工夫，面具裂开摔在了地上，现出了一张青色的狰狞鬼脸，鬼脸的嘴边还有两根长长的獠牙，看上去阴森可怖。

嗖——

纪千明倒吸了一口凉气，没想到一个活生生的人在他的面前变成了一个青面獠牙的恶鬼。

一旁的张凡不禁微微皱眉，不是被青獠变身吓到了，而是觉得战胜对方的概率变低了。青獠的实力比他想象中的还要强。

"现在，你们觉得还有机会吗？"青獠露出一个笑容，嘴角都快咧

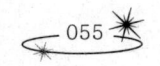

到耳根了。接着，他粗壮的右腿在地面上狠狠一跺，整个人如利箭一般快速冲向纪千明二人。

张凡冷哼一声，手指微动，一根钢管从地上升起，向青獠飞去。青獠看着飞来的钢管，眼中闪过一丝轻蔑，继续冲向纪千明二人。

砰的一声，钢管砸到了青獠的额头，却像砸到了坚硬的岩石表面，倒飞了出去。

一瞬间，青獠已经出现在张凡的身前。

◊

青獠狰狞一笑，侧过身，狠狠踢出一腿，一道青色腿影袭向张凡。

好快！

张凡瞳孔一缩，急忙用双手抵挡，同时，左眼中的叶纹金光一闪，一道精神力将他全身裹住。

砰！张凡如一颗发射出去的炮弹，撞在一棵粗壮的大树上，竟然撞断了树干。

"喀喀喀！"张凡挣扎着从地上爬起来，咳出了一大口血，俊俏的脸上毫无血色。他没想到青獠的力量这么强大，若不是他用精神力裹住自身，刚刚这一下不死也得断上几根骨头。

"老大！"纪千明立即跑向张凡。

"小子，这么急着送死？"青獠见纪千明冲来，眼中寒光一闪。

其实，纪千明十分冷静。他一边跑向张凡，一边用右手拍口袋。一面镜子从他的口袋里冒了出来，咔嚓一声，镜子碎成了七块，边缘还闪着光芒。他胸前的叶纹银光闪动，镜子碎片快速飞向青獠。

青獠站在原地，冷冷地看着飞来的碎片，毫无闪躲的意思："就凭这镜子碎片也想伤我？"

纪千明见状心中一喜，他没想到青獠这么自大，要知道这些镜子碎片不是一般的镜子碎片，这可是经过强化后的镜子碎片。

很快，五块镜子碎片刺破了青獠的青色皮肤，刺入肉中。不过，青獠顾不上这个了，因为剩下的两块镜子碎片径直朝他眼睛飞来。

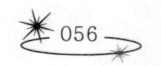

毒辣的小子！

青獠暗骂一句。要是被刺中了眼睛，他绝对会瞎，毕竟他再厉害也不能强化他的眼睛。

他右手的指甲迅速变长，像是五把锐利的刺刀。他右手一挥，五道寒光一闪，两块镜子碎片不知飞到了何处。

"你居然敢伤我？"青獠愤愤地说道，同时处理了肌肉里的镜子碎片。一道红光从他的眼中闪过，显然，他动怒了。

这时，纪千明已经到了张凡的身边："老大，你没事吧？"

"喀喀，问题不大。"张凡抹了抹嘴角的鲜血说道，死死地盯着暴怒的青獠。

"啊！"青獠仰天长啸，眼睛变成了红色，身体又大了一圈，撑破了上衣，身上的青色肌肉充满力量。不仅如此，他的额头上还出现了两根赤红的角，上面隐隐有红光流转。

纪千明和张凡脸色一变：坏了，这家伙居然还能变身？

"很好，你们彻底激怒我了！"阵阵寒气从青獠的嘴中冒出，他恶狠狠地开口说道，"我要把你们都吃掉！"

纪千明直勾勾地看着青獠，大脑在飞速运转：我的口袋里只剩两面镜子了，我杀伤力最强的一招对青獠似乎并没有多大效果，张凡身受重伤，接下来该怎么办？

张凡注意到此时的纪千明仿佛变了一个人，与白天没心没肺的样子截然不同，现在的他像一匹狼，一匹隐忍着时刻在寻找机会的狼。

"老大，你还能控制那些砍刀和酒瓶吗？"

"可以。"

"好，我有一个计划……"纪千明靠近张凡说起他的计划。

片刻后，张凡微微皱起眉头说道："太冒险了。"

"不冒险我们就没有胜算。"纪千明看着远处的青獠，淡淡地说道。

青獠对上纪千明的视线，看着神情淡然的纪千明，突然心悸：这小子居然能让我感觉到危险……

青獠不是第一次遇到这种情况了，变身后的他仿佛有了一种野兽的直觉，能感知到即将到来的危险。这种直觉曾不止一次救过他的命。他犹豫了，想着自己要不要相信直觉转身离去。

就在这时，他看到纪千明朝他飞奔过来，还对他比了一个不雅的手势。纪千明的身后还飘浮着一些武器。

见状，青獠心中升起一股无名邪火，完全忽略了他的直觉。他怒吼一声，猛地一踏地面，飞速奔向纪千明，速度比之前更快。

纪千明胸口的叶纹还在闪烁，他身后飘浮的那些武器已经被他的能力强化了，上面隐隐有蓝光流转。

他之所以让张凡控制这些武器，是因为它们都具备反射性，他可以通过镜花的能力强化这些武器，让它们对青獠造成伤害。其实，他也可以操纵这些武器，不过他没有这么做，一是因为这些武器的反射性不是特别强，他不容易控制；二是因为接下来的操作将会十分危险，他没有把握能做好。

张凡脸色苍白地坐在地上，左眼金色光芒闪烁，仔细地控制着纪千明身后的那些武器。他手指微动，那些武器排成一条线，越过纪千明飞向青獠。

青獠挥起利爪狠狠地劈向迎面而来的酒瓶，咔的一声，酒瓶碎了。青獠再次挥爪，蝴蝶刀也碎了。就在他的利爪即将碰到砍刀时，砍刀突然消失了。他瞳孔一缩，却因惯性继续冲向前方。

纪千明的镜子世界中，幻想家叶纹爆发出强烈的光芒，他原本空空如也的右手中出现了那把消失的砍刀，上面深蓝色光芒流转。

与此同时，张凡左眼中的金色光芒更加耀眼了，他的右手在空中猛地一扯，另一把砍刀突然出现在青獠的身后，上面同样有深蓝色光芒流转。

两把砍刀同时袭向青獠，砰的一声，青獠倒在了地上，眼睛还睁着，他至死都想不明白自己怎么会栽在这两个小子的手里。

此时，纪千明紧绷的神经才松懈下来，整个人一软，坐在了地上，想到当初崔胖子的提醒，他哀号道："我错了胖子，我真的错了，我应该听你的话好好地待在酒店。"

一旁的张凡嘴角微微上扬，正准备说什么，又喷了一口血。

"老大，你还好吧？要不要叫救护车？"纪千明爬起来跑到张凡的身边。

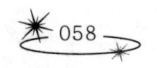

"我没事，"张凡摆了摆手，"找个安静的地方休养一下就好了。"

纪千明点了点头，一边扶起张凡，一边说道："那去我那里吧，不是我吹牛啊，那总统套房……"

一夜苦战后，两个男生相互搀扶着，慢慢地朝山下走去，东方天边泛起了鱼肚白。

许久之后，另一边的石阶上突然出现一个人影。

他看着一片狼藉的地面以及青獠的尸体，用手托着下巴，似乎在沉思。

朝阳下，一张白色哭脸面具十分显眼。

Chapter 3
第三篇
勾陈救命

泽心城，泽心寺。

一群身穿白色制服的人正忙碌着，有的拿着仪器四处探测，有的在临时架起的棚子中交流收集到的数据，有的将一根根小旗插在土里……

一个身材浑圆的胖子站在寺顶俯视井井有条工作着的人，手里端着一个陶瓷茶缸，还时不时打个哈欠。

噔噔噔……急促的高跟鞋声响起，一个身穿火红色长裙的金发美女出现了。

"老师，出事了！"朴智敏眉头紧锁，将手中的平板电脑递给崔胖子。

"唉，年轻人就是性子急，有什么事慢慢说嘛。"崔胖子抿了一口茶，悠悠开口。

"技术部的人计算发现，那东西出世时间比原来提前了四十八小时。"

"什么？"崔胖子手一抖，茶缸险些掉在地上，"四十八小时？距离现在还有多久？"

"还剩14小时26分钟。"朴智敏准确地报出时间。

崔胖子脸色铁青，喃喃自语："不应该啊，这不科学，怎么可能提前这么多……"

"老师，接下来怎么办？三才迷踪阵布置好了，四象混天阵才布置了一半，困敌的六合太微阵和杀敌的七星诛邪阵还没开始布置，这样下去的话……"朴智敏没有再说下去，后果会怎样她相信自己的老师很清楚。

崔胖子沉吟了几秒，然后说道："传令下去，所有人立刻停下手头的工作，四象混天阵不用布置了，全部去给我布置七星诛邪阵，务必在它出世之前将七星诛邪阵布置好！"

"是，老师。"朴智敏接到命令，迅速下楼布置任务。

"这次麻烦大了……"崔胖子皱着眉头看向远方，不知在想些什么。

富喜来酒店，2101房。

丁零丁零！

闹钟响起，一只手从被子里伸出来，摸了半天才关掉闹钟。

半晌之后，纪千明缓缓从床上坐了起来，迷茫地环顾四周，乱糟糟的头发像鸡窝。他愣了好一会儿才清醒过来，用袖子擦了擦嘴角的口水，缓缓下床洗漱。

纪千明走进客厅，看到张凡盘腿坐在地上，闭着眼睛以一种奇特的韵律缓缓呼吸，不禁开口问道："老大，你怎么在地上坐着？"

几秒之后，张凡睁开了眼睛，淡淡地说道："我在冥想。"

"冥想？"纪千明突然想到当初任毅也做过相同的事情，便问道，"那有什么用？"

"冥想能够快速恢复你的精神力，也能锻炼精神力，经常这么做对提升叶纹能力有好处。"张凡答道。

纪千明点点头，原来这是用来提升能力的修炼方法。然后，他眼睛一亮，看向张凡，满脸期待："你能不能教教我？"

"可以。"张凡点了点头，"冥想其实很简单，盘膝坐下，脑袋放空，在脑海里幻想一块水晶，同时控制好自己的呼吸，腹部发力，每一次吸气七秒，呼气八秒。"

纪千明根据张凡所言，盘膝坐下，脑袋放空，放空……几秒之后，他的头开始往下沉，似乎在打鼾。

张凡嘴角一抽，用力地咳嗽了一声。

纪千明猛地惊醒，认真地看着张凡，开口说道："我梦到水晶了。"

张凡："……"

他眼前这个人真是昨晚运筹帷幄将一名二阶能力者算计得死死的那个纪千明吗？

片刻后，张凡开口："我一直有个疑问，你为什么要叫我老大？"

纪千明轻咳几声，表情有些尴尬："这个叫法的来历有些复杂……不过你看啊，我要是直接叫你张凡或者同学，是不是听起来很生分？要是叫小凡或者小张又很奇怪。在我们老家，老大不一定是指大哥的意思，朋友之间也可以这么叫，显得关系比较亲密。"

听到"朋友"二字，张凡看了纪千明一眼，然后淡淡地说道："我对人际交往不感兴趣，你想怎么叫都行。"

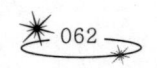

纪千明松了一口气，然后想到了什么，开口说道："对了，你昨晚怎么跟那群摩托车族对上了？"

"他们不是普通的摩托车族，而是上邪会的外围组织，自称暴徒。"张凡说着突然一顿，脸上露出一丝尴尬，接着又说，"我本来想去找仇人，结果走错路一不小心闯进了他们的老巢，后面就起了冲突……"

纪千明听得瞠目结舌，心道：一次迷路就能演变成这样，这真是……

片刻后，纪千明说道："我听说叶纹根据危险程度分成四个等级，老大你这么厉害，叶纹的等级应该很高吧？"

"这个我也不清楚……"张凡沉吟了几秒，"我的能力似乎被封印了一部分，我的脑海中根本没有叶纹的具体信息，只知道可以用精神力来控制物体，这个叶纹编号B-98。"

"B级，中度危险……不会吧，这么强的能力居然只是B级？"纪千明一脸难以置信。如果张凡拥有的叶纹只是B级，那么极度危险的S级叶纹会有怎样的逆天能力呢？

"那他们说的一阶、二阶又是什么？"纪千明眨巴着眼睛，像一个好奇宝宝。没办法，谁叫崔胖子告诉他的信息太少了，连冥想这种最基本的修炼方法都没有提过。一想到跟着香车美女潇洒离去的崔胖子，他就气不打一处来，也不知道崔胖子现在怎么样了。

张凡缓缓说道："那是指对叶纹能力的掌控等级，掌控等级越高，代表能使用的能力越多。比如我们，对叶纹能力的掌控程度是百分之一，便是一阶能力者。二阶能力者对叶纹能力的掌控程度是百分之五，三阶能力者对叶纹能力的掌控程度是百分之十五，四阶能力者对叶纹能力的掌控程度是百分之三十，五阶能力者对叶纹能力的掌控程度是百分之六十。"

说到五阶能力者后，张凡没有再往下说了。

纪千明等了半晌，然后疑惑地开口问道："没有六阶能力者吗？"

"目前，六阶能力者只在理论上存在，代表对叶纹能力的掌控程度是百分之一百，意味着这个阶段的人已经完全被叶纹同化，脱离了人的层次。"

原来如此，纪千明暗自记下。现在，自己对镜花的掌控程度是百分之一，若是完全掌控了，那会是怎样一番情景？

突然，纪千明想到了一点。严格来说，他的镜花与系统有关，那镜花有没有被记载在叶纹种类之中？如果有，镜花的上任拥有者是谁？如果没有，那它到底是什么来历？

纪千明越想越觉得扑朔迷离，他的那个镜子世界实在太神秘了。

张凡见纪千明沉默不语，以为他受到了打击，犹豫了一会儿，开口说道："虽然六阶能力者只是理论上存在，但五阶能力者是真实存在的。五阶能力者又被称为皇级强者，数量极其稀少，目前整个地球上都不足十人。"

"整个地球上都不足十人？"纪千明瞪大了眼睛，觉得不可思议。地球上有多少人，居然连十个皇级强者都没有？

"那我们华夏有多少？"纪千明急切地问道。

张凡缓缓竖起四根手指说道："我们华夏差不多拥有世间半数的皇级强者，这四位皇级强者的称号分别是炎帝、冰皇、风祖、雷神，我们一般称他们'四皇'。"

"炎帝、冰皇、风祖、雷神……"纪千明喃喃自语，将这几个名字刻在脑中。

"和其他国家的皇级强者不同，我国四皇拥有的叶纹有思想，而且不会消散。"

"什么意思？"纪千明感到迷糊。什么叫叶纹有思想？什么叫不会消散？

"这四个叶纹很特殊，又叫帝纹，千年之前就出现了。它们代代相传，存在的意义是守护华夏。一般来说，叶纹拥有者殒命后，该叶纹就会消失一段时间，然后出现在下一任拥有者的身上，但这四个帝纹不会消失一段时间，在上任拥有者殒命的瞬间，它们就会出现在下一任拥有者的身上。

"除此之外，一般的叶纹拥有者起初都是一阶能力者，而帝纹拥有者不同，他们从获得帝纹的那一刻起便是五阶能力者，也就是皇级强者。虽说帝纹的传承方式不一样，但是帝纹拥有者都有一个共同点——愿意为了守护某样东西而献出生命。"

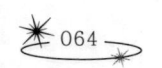

张凡语气中满是敬重。

"天命所归，代代相传……"纪千明受到震撼，感觉自己隐约接触到了这个世界真实的模样。

"老祖宗有规定，凡我华夏子民见到四皇，须用敬语相称。"

"敬语？"纪千明一歪脑袋，"什么敬语？"

"陛下。"

"陛下……"纪千明喃喃道。

☼

这时，张凡看了一眼墙上的钟，然后缓缓站起来往门口走去。

"你去哪里？"纪千明急忙起身，"外面不太平，别忘了还有暴徒在追杀我们。"

张凡从门口的衣架上取下自己的黑色外套，淡淡开口说道："我要去找人。"

"找仇人？"

"嗯。"

"我和你一起去。"

张凡一怔，转过头看到纪千明一脸认真地看着他。

"我们是朋友，你是我老大。"经过昨晚的事后，纪千明就把张凡当成朋友了。

张凡沉默许久，冷冷地说道："我不需要朋友。"

纪千明万万没想到会听到这样的回答，只觉得一盆凉水从头上浇了下来。

张凡打开门，头也不回地走了出去。

门口传来一句话："我的仇人很强，你会送命的。"

纪千明愣在原地看着张凡离去的方向，许久之后，他的脸上露出一个灿烂的笑容。

成远集团。

一个巨大的落地窗旁，一个戴着六芒星面具的男人回过身，沙哑的声音从面具下传来:"都安排好了?"

花鬼轻笑一声:"人家早就安排好啦。成远集团一共五十一层,层层都有暴徒看守,连只苍蝇都别想飞进来。"

"那个地方呢?"

"那个地方当然由人家亲自去守啦。"

术士点了点头,淡淡开口说道:"算算时间差不多了,估计勾陈的人正忙得焦头烂额。我马上就要出发了,你务必守好那个地方。"

"咦?我们的小新人似乎没能回来呢。"花鬼突然想到了什么,声音哀怨起来,"人家还是很想他的呢。"

"哼,那个废物,"术士冷哼一声,"不用管他。虽然那个冷漠男生不简单,但现在还是完成任务重要。"

就在这时,术士突然微皱眉头,心里闪过一丝疑惑:奇怪,特使去哪里了?自从上次开完会,他就再也没见过特使,心中不免有些担忧。若是他一个人去闯守卫森严的泽心寺,那还是有些困难的;若是特使在,那就有九成九的把握。

随后,他摇了摇头。特使的任务是拦住冥君,至于其他的,他没必要也没那个权力去管。

正午。

喧嚣的城市被太阳烤得火热,街道上行人匆匆,大街上不知哪家店正放着欢快的音乐,显得十分热闹。

马路旁的一处树荫下,一个冷漠男生静静地站着,显得和这个世界格格不入。

张凡看了一眼手机,上面是两天前收到的一条信息:天眼于7月26日下午2点43分19秒观测到傀儡师,在真江学府路8号,距离下次观测还剩七十二小时。

他抬头望去,前面是一家普普通通的咖啡厅,店面不大,从外表来看已经有些年头了,玻璃门的上方有几个褐色的大字——曼猫咖啡厅。

张凡在门口观察了许久,随后推门进入。

"欢迎光临!"

电子声音响起,一股浓郁的咖啡豆香气扑面而来。室内是标准的西

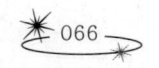

方咖啡厅风格，褐色的基调，零零碎碎的几张木桌，三三两两的客人在里面坐着。

一个穿着西装看杂志的男人，一个穿着绿色格子衫的程序员，还有三个谈笑风生的女大学生。

张凡扫视一圈，口袋中握着刀片的手缓缓松开，随便找了个靠窗的位置坐下，微微叹息：这只是一家普通的咖啡厅。

天眼在观测傀儡师的时候，他或许只是刚好路过这里，或许停下来在这里买了一杯咖啡。

要说这里是他的安全屋，这概率实在太低了。

嘎吱——

老旧的吧台门一响，一个年轻的服务生走了过来，微笑着说道："先生，您需要什么？"

"一杯拿铁，不要加糖。"张凡开口说道。

"好的。"服务生应了一声，转身离去。

张凡怔怔地看着窗外，不知在想些什么。

时间一分一秒地过去，窗外不知走过了多少行人，日渐西斜，时近黄昏。

不对！张凡猛地回过神。过了这么久，他的咖啡为什么还没来？为什么没有人进出？

他抬起头，瞳孔一缩。只见屋内那几个人不知何时站了起来，一双双呆滞的眼睛齐刷刷地盯着张凡，脸上毫无表情。张凡的汗毛一下就竖了起来，他迅速起身，死死地攥着手中的刀片。

"傀儡师！"他心中怒火燃烧，愤愤地喊道。

"你终于发现了。"穿着西装的男人开口说道，声音毫无感情，就像一个机器人。

"这里真是你的安全屋？"

"安全屋？"程序员的脸上露出一个僵硬的笑容，"明知道你们勾陈有天眼，谁敢用安全屋？"

张凡眉头一皱："那你是怎么找到我的？"

"从你离开酒店起，我就一直跟着你。"服务生低沉的声音响起。

"而且你……"

"不是一直在……"

"找我吗？"

三个女大学生依次开口，六人同时狞笑起来，令人头皮发麻。

"你给我出来！"

张凡左眼中的金色叶纹猛地亮了起来，右脚往地上一踏，室内所有的桌子通通向后挪动了三尺，留出一片空地。

"只敢用傀儡和我说话，这就是大名鼎鼎的上邪四特使之一吗！"张凡怒吼道。

就在这时，后厨的门帘微动，隐约可以看到一个戴着白色哭脸面具的男人站在那里。

"一阶能力者，口气倒是不小，我如你所愿。"一个声音从面具下传来。

"向冷风！"张凡呼吸急促，心中怒火燃烧，"你还记得吕芳吗？"

傀儡师微微侧头，似乎在回忆什么，半晌之后开口说道："你是说那个要钱不要命的女人？"

"你再说一遍试试？"张凡咬着牙，死死地盯着傀儡师，左眼中的金光越发亮眼。屋内的桌子、椅子开始微微震动，吧台上陈列的瓷杯、刀叉、咖啡豆更是直接飘了起来，仿佛有一只无形的大手在操控咖啡厅里的一切。

"你把她怎样了？"张凡咬着牙问道。

"你和她是什么关系？难道你就是她拼了命也要救的宝贝儿子？"傀儡师饶有兴味地问道。

张凡没有回答，只是死死地瞪着傀儡师。

"真是抱歉。"傀儡师手一摊，淡淡地说道，"她死了，我杀的。"

✡

闻言，张凡心中似乎有什么东西轰然坍塌，全身不禁颤抖起来。

对于这个答案，他其实是有心理准备的。当初，勾陈学院的人告诉他这个消息的时候，他虽然暴怒、绝望，但心中还存有一丝侥幸，想着万一是他们弄错了呢。现在，他从傀儡师的嘴里听到了事实，一个他不愿意相信的事实。

"母亲……"张凡不禁回想起自己躺在病床上，被病痛折磨的那些日子。

那时，母亲温柔地抚摸他的脑袋，哄他入睡；在医生建议放弃治疗的时候，母亲四处筹钱为他治疗。

"小凡，妈妈一定会筹到钱把你的病治好。"

他还记得双鬓花白的母亲坐在床边，温和地对他说过的话。

母亲……

张凡眼角湿润，无穷的力量从他的左眼中涌出。金色叶纹疯狂地旋转着，隐隐有黑线缠绕，这些黑线最终组成了一个微型法阵。

砰！

张凡体内传来声响，仿佛有什么东西冲了出来，一道强悍的精神力从他的身体内弥散开来。

傀儡师面具下的瞳孔一缩，随即又恢复镇定，淡然说道："你突破到二阶又如何？我们之间的差距是你无法想象的。"

张凡没有理会傀儡师，只感觉自己突破到二阶后，对叶纹能力的掌控程度提高了一大截。于是，他打算使用精神力控制屋内的一切。

他猛地挥出右拳，咖啡杯、玻璃杯、餐刀、咖啡机，连桌椅都飞了起来，飞向傀儡师。

傀儡师后退一步，一道巨大的银色身影出现在他的面前。

这道身影几乎塞满了咖啡厅，浑身上下泛着金属光泽，头上有一只红光闪烁的巨眼。这是一只由纯金属打造的巨猿。

"六号傀儡——独眼金刚。"傀儡师悠悠开口，"收手吧，你的攻击破不了它的防御。"

傀儡师手指微动，像在操控着什么。只见独眼金刚眼中的红光猛地一亮，它挥起粗壮的右臂，把飞向傀儡师的所有东西拍得稀烂。

独眼金刚张开巨嘴，像在咆哮，两只手臂不断地拍击自己的胸膛，发出咚咚咚的声音。

张凡脸色铁青，没想到他的招式就这么被独眼金刚轻而易举地化解了。

这个独眼金刚还只是六号傀儡，那是不是意味着还有五号傀儡、四号傀儡……甚至是一号傀儡？

"该结束了。"傀儡师挥了挥手，独眼金刚消失了，"我还有重要的事要做，没工夫陪你玩。"

张凡见独眼金刚消失，眼睛一亮，用精神力包裹住自己，猛地冲向傀儡师。

五米、四米……一米，二人之间的距离逐渐缩小。

张凡手一翻，一个刀片出现在他的手中。

"唉。"

一声叹息响起，张凡瞬间被定在空中。

张凡觉得自己的身体动不了了，似乎被一根根透明的丝线控制住了。他手中的刀片离白色哭脸面具已经很近了，却无法再前进。

张凡瞳孔一缩，一脸难以置信。

"都说了我们之间的差距太大，你怎么就不信呢？"傀儡师的声音从面具下传来。

他缓缓伸出两根手指动了动，张凡的身体便不受控制地动了起来，像一个在扭动的玩具。随后，张凡又笔直地站在地面上，像一个即将接受长官检阅的士兵。

张凡心头涌出一股无力感：这样恐怖的敌人如何战胜？

"放心吧，你的能力很有意思，我不会杀你。"傀儡师瞥了一眼张凡，不紧不慢地向门口走去，"不过，你以后的日子应该不会好过。"

话音刚落，张凡的身体动了起来，十分自然地跟在傀儡师的后面，脸上还带着灿烂的笑容。

张凡没想到傀儡师竟然连表情都可以控制。他已经用尽了全身力气，可毫无作用。

突然，咖啡厅的玻璃门上爆发出刺眼的光芒。

傀儡师的眼睛被刺痛了，他赶紧用一只手捂住眼睛。张凡也想捂住眼睛，可是他动不了，甚至都不能闭上眼睛。

"欢迎光临！"电子声音再次响起。

傀儡师想也没想，右手一挥，独眼金刚再次出现在他们二人面前。

铿铿铿的声音响起，几块镜子碎片深深地插入了独眼金刚的手上。

傀儡师透过指尖的缝隙，隐隐看到了一个男生的轮廓，他的身后悬浮着七块爆发耀眼光芒的镜子碎片。

　　"老大，我来救你了！"

　　张凡眼前还是白茫茫的一片，没有反应过来。当听到这个声音时，他心中一惊，不禁大喊道："你来做什么？快跑！"可是别人完全听不到他的声音。

　　刺眼的光芒缓缓散去，纪千明出现在傀儡师和张凡的面前。他神情冷漠，淡淡地扫了二人一眼。

　　其实，这是纪千明装出来的。他此刻外表冷漠，内心激动万分，没想到还能轮到他出手救人。

　　不过在看到张凡的表情后，纪千明愣住了：老大到底是哭还是笑？

　　此时，张凡的脸上还保持着灿烂的笑容，他的眼角却有两道泪痕。

　　纪千明心想：老大难不成是被我感动得哭了？原来老大内心如此柔软。

　　"你是什么人？"傀儡师被纪千明的气势唬住了，警惕地开口。

　　"解决你的人。"纪千明此刻犹如一个演技很好的演员，冷冷地开口说道，看傀儡师就像在看一只蚂蚁。

　　唰的一声，独眼金刚突然发起进攻，用粗壮的巨手拍向纪千明。

　　纪千明瞬间就被拍到了墙壁上，然后倒在了地上。

　　见状，傀儡师沉默起来。他还以为来了个狠角色，结果一招就被放倒了。

　　"纪千明！"张凡心头一跳，大声喊道。

　　纪千明从地上艰难地爬了起来，脸上挂着彩，指着傀儡师说道："你偷袭，无耻！"

　　傀儡师懒得搭理他，一挥手，独眼金刚消失了，然后他微微动了动手指，说道："你既然来了，就跟着这小子一起走吧。"只见纪千明噌的一声立起来，像是被什么东西操控了。

　　纪千明一脸难以置信，心想：这是什么能力？竟然能直接控制人的身体？老大也是被控制了吗？

　　想到张凡刚才的状态，纪千明明白了，不过还是不解：老大为什么要傻笑呢？

很快，傀儡师用实际行动替他解答了这个疑惑。当傀儡师走出咖啡厅时，身后跟着两个傻笑的男生。

◇

成远集团，第五十一层。

花鬼一只手撑着脑袋，正百无聊赖地坐在一张椅子上，她的身后是一扇巨大的金属门。

金属门高四米，宽七米，通体呈暗灰色，不知是用何种金属打造而成的，一条条粗壮的铁锁缠绕在上面，一丝丝寒气从门后面透出来。

"这里面到底是什么东西。"花鬼打了个寒战，嘀咕道。

据术士所说，这扇门后面的东西是一个月前总部派人押送来的，就连他也不清楚是什么。押送的特使叮嘱过，任何人不得打开此门，说这扇门后的东西是这次任务的关键，绝对不能出差错。

难道是什么宝物？

玫瑰花纹面具下的眼睛滴溜溜地转，她缓缓起身，伸出手指向金属巨门试探性地点去。

一股刺骨的寒意从指尖迅速蔓延到全身，花鬼感觉像是堕入冰窖一般，浑身一震，连忙后退了数步，吐了一口气。

怎么这么冷？

嘎吱一声，就在她思索的时候，另一扇暗门被缓缓打开。

花鬼猛地回头，只见傀儡师走了进来，身后还跟着两个少年，傻呵呵地笑着。

花鬼见到这诡异的情景，不由得一愣，而后问道："特使，这两个是？"

"干掉青獠的小子。"傀儡师淡然开口，"他们的能力很有意思，等我回来带他们去总部好好研究一番，你给我把他们看好了。"

花鬼饶有兴味地打量着两个男生，看了看纪千明，又看了看张凡。

花鬼走到张凡的身旁，一只手缓缓抬起张凡的下巴，轻佻地说道："小弟弟，长得挺俊啊。"

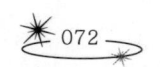

张凡眼中闪过一丝怒色，努力将头闪到一边。

见状，花鬼更兴奋了，这儿摸摸，那儿摸摸，像在研究刚收到的玩具。

纪千明在一旁看得目瞪口呆。

"够了，他们是宝贵的实验品，不要乱动。"傀儡师冷冷地说道。

闻言，花鬼一怔，随后冷哼一声，将手从张凡的脸上拿开："知道了，特使大人。"

接着她从腰间掏出一个对讲机，按下一个按钮，悠悠开口："五十层上来两个人。"

没过多久，两个全副武装的暴徒出现了，两人穿着厚厚的防弹服，漆黑的头盔上配备了最先进的夜视仪，手中还握着冲锋枪。

"去，把这两个小家伙关起来，给我派人看好了，这可是特使大人点名要的人。"花鬼阴阳怪气地说道，强调了"特使大人"四个字，然后悄悄看向傀儡师。只见傀儡师静静地站在那里，白色哭脸面具下不知是何表情。

"是。"两个暴徒应了一声，分别给张凡和纪千明戴上了金属锁，然后转动机关，将其锁紧，最后将冲锋枪分别顶在张凡和纪千明的身后。

傀儡师微微挥手，张凡和纪千明觉得身上一轻，控制他们的力量消失了。

纪千明发现能动了，准备破口大骂，却看到张凡冲着他摇了摇头。

这时，傀儡师冷冷地说道："别耍花招，不然……"

于是，纪千明硬生生把话给憋了回去，脸色铁青。

两个暴徒押送着张凡和纪千明往门外走去，张凡面无表情地回过头看了一眼傀儡师，不知在想什么。

看到二人被送走，傀儡师开口说道："算算时间，我该出发了。花鬼，你好自为之。"他直接转身离去，看都不看花鬼一眼。

花鬼看着傀儡师的身影，冷哼了一声，然后又坐到了椅子上。

"你们说这是怎么回事？怎么就封锁景区了呢？"

"我可是大老远赶过来的，结果连山的影子都没见着！"

"连军队都来了，不会是里面有恐怖分子吧？"

泽心寺景区之外，一群游客正叽叽喳喳地讨论着。

原本热闹非凡的旅游景区已经被彻底封锁，以泽心寺为中心，方圆十公里范围内的道路都有军队把守，不允许任何人进入。这片区域已经成了一片军事禁区。

在这严密的守卫下，一道身影却突然出现在这里。一个戴着六芒星面具的男人——术士，从山脚下的密林中走出，冷冷地看着远处驻扎的军队。

术士弯下腰，用一根树枝在地面上画了一个繁复的图案——由极其规则的几何图案构成，像西方流传的某种炼金阵。

他双手合十，随后一只手猛地按在炼金阵的中心，丝丝黄色电光从法阵上冒出。一道耀眼的光芒闪过，术士消失不见了。

泽心寺景区内，一个个身穿白色制服的身影正忙碌着，把一面面小旗以一种玄奥的规律插在山腰上。这些小旗子，有的插在地上，有的插在石头缝间，还有的直接插在了树上。

山顶一个帐篷中，一个手臂上打着石膏的年轻人正苦着脸来回踱步。突然，帐篷的帘子被掀开，一个胖子笑嘻嘻地走了进来，身后还跟着一个金发美女。

年轻人见到胖子，眼睛一亮，兴奋地叫道："老师！"

崔胖子看到云逸手上的石膏，眼中闪过一丝怒意，随后开口说道："云逸，你的伤怎么样了？"

闻言，云逸眼中的兴奋消失，取而代之的是懊恼。他微微低下头说道："只是普通的骨折，没什么大不了的，就是这两天不能再作战了。"说着，他的脸上露出一丝苦笑。

崔胖子点点头，拍了拍云逸的肩膀，赞赏道："你小子可以啊，竟然跟术士打成了平手。虽然他只是三阶能力者，但是在三阶能力者中算顶尖的了。"

"老师，你别捧我了，那哪能叫平手啊？人家根本就没受伤。"云逸抬头，笑得比哭还难看。

"云逸学弟，你的能力本就不适合战斗，能打成那样已经很不错了。"一旁的朴智敏笑着鼓励道。

云逸的脸上闪过一抹红晕，他看向朴智敏，眼中又恢复了神采，重

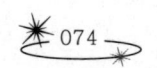

重地点了点头。

崔胖子收起笑容,郑重地开口说道:"云逸,我知道接下来的要求很过分,但是现在的局势十分危急,我们需要你的能力。你不用有心理负担,也不用立刻回答我,你有拒绝的权利。"

"老师!"云逸开口说道,眼中满是坚定,"我是勾陈学院的学生,勾陈学院的学生没有孬种!你直接告诉我需要做什么吧,我什么都不怕!"

崔胖子浑身一震,沉默了半响才开口说道:"云逸,这次那东西出世的时间突然提前,四象混天阵还没有布置好,如果它就这么出世,会给社会造成混乱,令人们产生恐慌。我们需要你的能力来制造一片大雾。"

崔胖子张开双臂,比了一个大大的圆:"一片环绕泽心寺方圆十公里的大雾,让外界看不到里面。"

云逸沉吟了几秒,重重地点了点头:"我知道了,我一定会把这件事处理好的!"

崔胖子拍了拍云逸的肩膀,深深地看了他一眼:"好孩子。"

说罢,崔胖子和朴智敏转身离开帐篷。走出帐篷,崔胖子回头看了一眼,冷冷地说道:"那个术士……"

"放心吧,老师。"朴智敏眼中闪过一丝寒光,"敢伤我的学弟,我不会轻易放过他!"

◆

山腰上,戴着六芒星面具的术士突然从地下钻了出来,一个踉跄,险些摔倒在地上。

术士脸色铁青,皱着眉头看向山顶,喃喃道:"这就是勾陈的三才迷踪阵?勾陈九阵之一,果然名不虚传。"

他之前使用了遁地术,试图直接到达山顶,结果一头扎进了三才迷踪阵,被困了足足一个小时才绕出来,而且还回到了最初的地方。

他沉思半响,眼中闪过一丝决绝,心道:既然不能偷偷上去,那就硬闯。

他从口袋里掏出一个罐子，里面是某种生物的血。他把手指上沾上血，俯身在地面上仔仔细细地画着炼金阵。

这个炼金阵，他足足画了五分钟，对精神力的消耗也十分大。当画完最后一笔时，他身影一晃，差点栽倒在地上。

此时，地面上有一个巨大的红色图案，半径两米，线条复杂至极，隐隐泛着红光，令人不寒而栗。

术士休息了半响，随后缓缓起身，仔细地检查了一遍，将右手食指放到嘴边，一口咬下去，鲜血顿时从指尖流了出来。他双手合十，两只手掌猛地往炼金阵上一按。

轰隆——

一道闪电从天而降，直接劈在法阵中心。电光闪烁，一扇暗红色的大门突然出现，悬浮在空中，无数惨叫、哀号声从门后传来，让人头皮发麻。

残暴的地狱守卫，
鲜血与黑暗的神灵，
我以六十一种生灵的鲜血召唤，
祈求您再次于人间降下灾难，
让愚昧的世人为您献上恐惧吧！
伟大的柏洛斯！

术士半跪在地上癫狂地咆哮，张开双臂，一副十分虔诚的模样。

咚咚咚！

沉闷的声响从暗红色大门的后面传来，像有什么东西在回应术士的召唤。

砰！

暗红色大门轰然打开，一道巨大的黑色身影从门后跃出，重重地落在了地上。

这是一只六层楼高的巨大生物，外形和狗差不多，身上有一层长毛，三个凶恶的脑袋猛地扬起，发出一声吼叫："嗷——"

吼叫声传到了山顶上，众人齐刷刷地抬头，面面相觑。

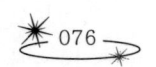

正在泽心寺内商量对策的崔胖子和朴智敏猛地转头，死死地盯着一个方向。

"老师，我去吧。"朴智敏转身冲着崔胖子说道，眼中闪过一丝寒光。

崔胖子微微皱着眉刚想说什么，朴智敏精致的脸上露出一个灿烂的笑容，她说道："老师，您有更重要的敌人要对付，不是吗？我已经不是当年事事都要您操心的学生了，您就在这里守着吧，那边交给我。"

崔胖子犹豫半天，最后叹了一口气，郑重地说道："万事小心！"

朴智敏俏皮一笑，手边瞬间出现了一个银色的手提箱。她按下把手上的按钮，一阵机械声从手提箱中传来。

咔嚓一声，只见手提箱的外表开始变化，两秒后一杆银色的长枪被她紧紧握在手中。枪杆长五尺，梭形枪头，枪头下一缕红缨随风飘荡，枪尖寒光闪烁。

"老师，我去了！"朴智敏潇洒一笑，如同闪电般向山下冲去。

崔胖子站在原地，目送朴智敏离去，露出一个欣慰的笑容。

山腰上。

一道巨大的黑影腾空跃起，随后落入树林之中，笔直地向前冲。周围密集的树林被拦腰撞断，扬起一片灰尘。

戴着六芒星面具的术士稳稳地站在三头犬的背上，抬头望向隐约可见的山顶，逐渐皱起了眉头。

按三头犬的速度，从山腰到山顶只要几十秒，但现在已经过去了近五分钟，山顶依旧在前方。

"这三才迷踪阵真是麻烦。"术士骂了一声，这必然是那法阵在作怪。他的任务是破坏勾陈的计划，若是他连山顶都上不去，还谈什么任务？他可丢不起这脸。

就在他准备行动的时候，一道寒光从山顶冲了过来。

三头犬察觉到有人逼近，前爪猛地拍在一块巨大的岩石上，岩石瞬间变成粉末，它借力改变了方向。

砰！

一杆银色长枪插在了三头犬原本要前进的路上，一声巨响，地面上竟然出现了一个五米多深的大坑。

好可怕的力量！

术士瞳孔一缩，若不是三头犬察觉到了，他恐怕当场就得受重伤。

就在这时，一道倩影从空中跃了下来，轻盈落地。

"枪来！"那道倩影喝道。随即，深深插入地面的银色长枪剧烈地颤抖起来，然后飞回她的手中。来人正是朴智敏。

此时，朴智敏一袭红色长裙，金色的长发十分飘逸，手中长枪指地，英气十足。

术士突然想到了什么，不禁说道："你是勾陈的女武神！"

"哼。"朴智敏冷哼一声，一甩手中长枪，用闪着寒光的枪尖指着术士，"就是你伤了我学弟？"

术士一愣，随即冷笑道："你是说那个可以控制天气的小子？实力不怎么样，花样倒是很多。"

闻言，朴智敏的眼中闪过一丝怒意，背上的叶纹闪闪发光，一尊巨大的武神像在她身后若隐若现，散发出一股强大的威势。一道淡淡的红光在朴智敏的眼中流转，她就如武神降临。

术士双腿一软，险些跪下去，他拼命站稳，咬着牙低吼道："叶纹武魂，A-14！"

"就让我来看看你的实力如何！"说罢，朴智敏右脚一踏，地面竟然直接龟裂开来，她像一支离弦的利箭，径直冲向三头犬。

"嗷嗷嗷——"三头犬察觉危机来临，发出怒吼，猛地向朴智敏扑去。

虽然三头犬的身躯比朴智敏大了十几倍，但是朴智敏毫不退缩，她左脚点地，腰部一转，手中银色长枪对着三头犬挥去。

铿！尖锐的撞击声回荡在山腰，一人一兽的脚下出现了一个深坑，利爪与长枪带出的风将周围的树叶吹得沙沙作响。

一击之下，三头犬连退数步，朴智敏只是退了两步便稳住了身形，朴智敏竟然占了上风。

当三头犬冲向朴智敏时，术士已经从三头犬的身上跳了下来。他现在看着眼前这一幕，面具下的嘴角不禁一抽。

这女人是什么怪物？和三头犬比拼力量，竟然赢了！

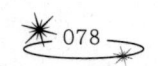

朴智敏提起长枪，眼中露出一丝轻蔑，淡淡开口道："不过如此。"

✡

"嘿嘿……"术士沙哑的笑声从面具下传来，"女武神又怎么样？我还没出手呢。"

说着，他从口袋中掏出一副白手套，不紧不慢地戴在手上，手套表面有不同的图案，就像他之前在地上画的炼金阵，看上去十分神秘。

朴智敏眉毛一挑，手中的长枪发出嗡鸣声，后背微微拱起，准备再次发起攻击。

术士站在原地低声念着什么，右手套上的红色图案迅速亮起，一个足球大小的火球出现在他的手上。火球烈焰翻腾，将术士戴的六芒星面具照得通红。只见术士右手一挥，火球疾速飞向朴智敏。很快，又有两个火球出现。三个火球呈"品"字形，围住了朴智敏。

朴智敏冷哼一声，右手发力，银色长枪连刺三下，每一次都刺在了火球的核心部位。

砰砰砰！火球逐渐消散。

朴智敏没有停顿，径直将银色长枪刺向术士。

术士瞳孔骤然收缩，想也不想左手猛地向地上一按，整个人竟然沉入了地下。

一击刺空，朴智敏停下来，微皱眉头，疑惑地开口："遁地术？"

就在这时，术士出现在距离朴智敏五米之外的地方，脸上有一丝残忍的笑容，他轻轻地打了个响指。

嗡！

一个巨大的红色炼金阵在朴智敏的脚下浮现出来，里面蕴含着恐怖的能量。

朴智敏的眼中闪过一丝震惊。突然，一道火光亮起，瞬间将她吞噬，紧接着就是一连串的爆炸声。

轰轰轰！

一朵蘑菇云从山腰升起，引得山顶众人纷纷侧目。

泽心寺顶，崔胖子瞳孔骤缩，准备向山下冲去，此时，一个没有感情的声音在他的身边响起。

"我劝你不要乱动。"

崔胖子脸色顿时变得煞白，缓缓转过头，只见一个穿着勾陈学院白色制服的年轻人正站在他的身边，像一个机器人般开口。

"傀儡师！"崔胖子咬牙切齿地说道，"你是怎么突破三才迷踪阵的？"

"谁说我通过三才迷踪阵了？"年轻人僵硬地扬起嘴角，"我只是在另一座山头控制了你的部下，直接让他混了进去。"

崔胖子冷哼一声，说道："你这样做没有任何意义。你的本体离这里太远，只能操控这个傀儡，根本不是我的对手。"

"哦？"年轻人闪电般掏出一把手枪，顶在自己的太阳穴上，"即便你的部下为此丢掉性命也没关系吗？"

看着脸色铁青的崔胖子，年轻人大笑起来："我根本不用和你战斗，只要掌握你的弱点，你便不得不就范。你冥君最大的弱点就是妇人之仁！"

"藏头露尾的卑鄙小人！"崔胖子心里涌上一股怒意，眼中满是挣扎，双拳紧握。

与此同时，一片黑暗从他的脚下蔓延，此处顿时如同冰窖，寒冷彻骨。

半晌之后，他缓缓松开拳头，黑暗逐渐消失。他看着爆炸的方向，眼中满是担忧。

智敏，你一定要平安无事啊！

术士看着爆炸后的遍地狼藉，冷笑道："女武神又如何？还不是被我玩弄于股掌之中！"

就在他得意时，却发觉一旁的三头犬依然死死地盯着前面，浑身肌肉紧绷，一副如临大敌的样子。

术士心一沉，有一种不祥的预感。

只见漫天的烟尘像被一只大手搅动，开始旋转起来，速度越来越快，竟然直接形成了一道龙卷风。周围的树叶被弄得沙沙作响，地面上的小石块随风而起，被卷入旋涡中。

在龙卷风的中心，一道手持银枪的红色倩影站立着。她一挑银枪，龙吟声从枪尖响起，龙卷风猛地散开。周围粗壮的树木被吹得拦腰折断，就连天上的云层都出现了一个大洞，像是天空被一击刺穿。

狂风呼啸，凶恶的三头犬微微俯下身子，四只利爪紧紧地抓住地面，对着前方不停地吼叫。术士则被吹得连退数步，他赶紧画了一个符文，这才站稳。

"这女人到底是什么怪物？"他不禁叫骂道，脸色铁青。

狂风散去，朴智敏身上的红裙变得破破烂烂，她毫不在意，只是冷冷地看着眼前的一人一兽。

"三阶能力者中的强者就这种程度吗？"她摇了摇头，嘴角露出一丝嘲讽，"就让你看看什么是真正的强者！"

她背后的叶纹光芒大放，那尊武神像再次缓缓出现在她的身后。与之前不同的是，这次的武神像更具象化，散发的威势也更强。

"请武魂附体！"她右手拿银色长枪指地，左手结手印，对着身后的武神像微微一拜。一道白光从武神像中飞进朴智敏的身体中，令她身上的气息大变。

一股强大的力量从朴智敏体内爆发出来，她神色冷峻，睥睨天下的眼神让术士心惊肉跳，也让他抬不起头来。

术士的脑海中迅速浮现出关于这个叶纹的信息：

叶纹武魂，A-14。该叶纹拥有者能够与死去的强者沟通，若能得到他们的认可，便能获得武魂守护，使用其最擅长的招式，甚至能让武魂直接附体，不过，这个能力使用的条件十分苛刻。

首先，这个强者生前必须经历过无数场战斗。

其次，获得认可并不代表武魂附体就会成功，稍不留神就会神形俱灭……

术士心想：这个女人现在是武魂附体的状态，不知道是哪位存在拥有如此威势？

"敢问阁下名讳？"术士勉强抬起头，大声说道。

朴智敏神色没变，提起长枪，低沉的男声从她的嘴里传来："长山赵龙，请战！"

◆

"赵……赵龙？"术士面具下的脸不禁抽搐起来。没想到，朴智敏竟然找到了赵龙的武魂，还得到了他的认可。

就在术士震惊之时，朴智敏一晃，瞬间消失在原地。

术士瞳孔骤然收缩：好快，跟原来完全不是一个等级！

他身旁的三头犬怒吼一声，打算进攻，左边的头却突然爆开，一杆银色长枪出现。

"嗷嗷——"三头犬的另外两个头疯狂咆哮，朝朴智敏狠狠咬去。

只见红色身影一晃，完美躲过了三头犬。

龙吟声响起，朴智敏快速刺出两枪，两道寒光分别落在三头犬剩下的两个头上。

砰砰两声，犹如爆炸一样，没了脑袋的三头犬倒向地面，巨大的身躯化成黑雾，渐渐消失。

术士不禁浑身颤抖起来，心中涌出一股无力感。三枪，她居然只用了三枪就解决了三头犬。这样强大的敌人，他还怎么打？

朴智敏面无表情地一甩手中的银色长枪，点点红色液体溅到了术士戴着的六芒星面具上。

术士猛地咬破舌尖，脚下出现一个巨大的炼金阵，他人一沉，进入土中。此时，他已经吓破了胆，不惜消耗精神力施展远距离遁地术。他在心里发誓，以后绝对不招惹这个女人。

就在他以为逃出生天时，一杆银色长枪刺中了他的胸口，他顿时发出痛苦的呻吟声。他一脸难以置信，回过头，看到地底被银色长枪弄出了一个长达二十多米的深坑。

他的一只手死死地捂住自己的胸膛，那里有一个黑色炼金阵。作为一个混迹江湖数十载的上邪会核心成员，他早就用能力改造了自己的身体。他的体内有两颗心脏，这一枪还刺不死他。

术士咬着牙，忍着剧痛试图将长枪拔出去。突然，他的动作停了下来，因为朴智敏已经到了他的身旁，冷冷地看着他。

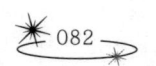

噗！朴智敏抽出了银色长枪。

术士痛得面部扭曲，还没叫出声，就感受到了朴智敏身上的恐怖能量。

朴智敏手握银色长枪，猛地向前一刺。

轰！

一道刺眼的白光从地底深处冲天而起，几秒后厚厚的云层中竟然出现了一个大洞，露出了耀眼的阳光。

术士在那道白光出现时就化成灰，消失殆尽了。

朴智敏嘴中发出低沉的男声："结束了，以后这种程度的敌人不要叫我出手，你自己解决。"

话音刚落，朴智敏身上强大的威势顿时消失。她腿一软，面色苍白，直接坐在了地上，大口大口地喘着粗气。她撇了撇嘴，小声说道："知道了，知道了，下次不会了。"

山腰上这么大的动静，泽心寺顶的崔胖子当然看到了，他的嘴角控制不住地上扬，随后哈哈大笑起来："傀儡师啊傀儡师，看到没？压根儿就不用我出手，不愧是我的学生，哈哈！"

"哼，又是个废物。"年轻人冷哼一声，缓缓放下手中的枪，冷笑起来，"别高兴得太早，我压根儿就没指望那个废物能完成任务，他不过是我用来吸引注意力的幌子，我的目的已经达到了。"

崔胖子的笑声戛然而止，神色一凛，问道："你做了什么？"

"嘿嘿，你猜？"年轻人笑了起来，随后身体一震，倒在了地上。

该死！崔胖子暗骂一声。傀儡师解除了傀儡操控，说明他的目的已经达到了。

突然，他脚下的寺庙摇晃起来。

成远集团。

两个全副武装的暴徒正拿枪指着两个男生，将他们带到了一间狭小的储物室。

"进去！"一个暴徒狠狠地踹了纪千明一脚。纪千明一个踉跄，摔进去了。

"你——"纪千明正要破口大骂，只听砰的一声，厚重的金属门已然被关上了。

"老大，他们欺负我。"纪千明眼巴巴地看向一边的张凡，委屈地说道。

张凡没有说话，站起身来仔细地观察起这间储物室。储物室不大，几个生锈的货架占了三分之二的空间，剩下的地方只够两人侧躺。厚厚的灰尘覆盖在地上，几张巨大的蜘蛛网悬在两人的头顶上。

纪千明见张凡不接话，便打算做自己的事。他试图将双手从金属锁中抽出，可不管他怎么做都挣脱不开。

于是，他的意识进入镜子世界，打算使用叶纹幻想家的能力。他闭上眼睛在脑中想象电锯的模样，然而睁开眼后并没有看到电锯。

纪千明一愣：怎么会这样？就算没有出现电锯，至少也会出现一朵花吧？

张凡注意到纪千明的神态，开口说道："这个是特制的禁神锁，能封住你的精神力，让你使用不了叶纹的能力。"

闻言，纪千明苦着脸，心想：能力都用不了了，这还怎么逃？

张凡看了一圈，然后盘膝坐下，闭上眼睛开始冥想。

"老大，你不慌吗？"纪千明见张凡如此淡定，不禁开口问道。

"慌什么？"张凡睁开眼睛说道。

"那戴着白色哭脸面具的男人要把咱们抓回去做试验啊！"纪千明打了个哆嗦。

"勾陈学院的人会来救我们的。"

✦

此时，纪千明都快哭出来了："老大，他们都去泽心寺那里等什么东西出世，谁会知道我们被抓了啊？"

"天眼。"张凡淡定地开口。

"天眼，那是什么？"

"天眼是勾陈学院的一颗特制卫星，专门用来监视叶纹的能力波动，以此来确定叶纹拥有者的位置。"

纪千明恍然大悟。难怪当初崔胖子知道我是叶纹拥有者，原来是天眼观测到了。

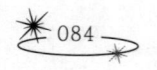

"那天眼是不是现在就能看到我们？是不是勾陈学院已经派人来救我们了？"纪千明一下蹦了起来，兴奋地开口说道。

"天眼的观测目标是整个地球，平均每七十二小时绕地球一圈。"张凡说道，"距离下次来到真江上空还有二十小时。"

闻言，纪千明的兴奋劲瞬间就没了，他颓然地坐到地上，心想：二十小时，我能等到那个时候吗？

纪千明突然想到了什么，问道："既然天眼能观测到叶纹的能力波动，勾陈学院为什么不直接找出上邪会的老巢，一举端了上邪会呢？"

"天眼的观测范围有限。一旦他们躲入地下五米深甚至更深的地方，天眼就观测不到。"张凡解释道，"更何况我们没有义务消灭上邪会，那是零号机构的事情，我们有更重要的敌人要对付。"

"零号机构？"纪千明眨巴着眼睛，等张凡解释。

张凡无奈地瞥了一眼纪千明，开口说道："既然有超能力恐怖组织，国家自然就有超能力反恐组织，零号机构是专门对付上邪会的一个机构。"

纪千明还想问，看到张凡已经闭上了眼睛，只好不再询问，不过他还是满心疑惑：明明老大跟我一样都是勾陈学院的新生，老大怎么知道这么多？

想了许久，纪千明还是想不明白，索性闭上眼睛，意识进入了镜子世界中。

在镜子世界，其他地方没有变化，但魂气具象化旁边多了很多弹窗。

收集李狗蛋魂气：+4。

收集王铁柱魂气：+7。

收集张伟魂气：+6。

…………

这些字还都是红色的。

他心中充满疑惑：这些人是谁？我怎么一个都不认识？红色的字啊，他们得有多愤怒啊。

他带着疑惑看到了最后一个弹窗，那是一条深红色的记录。

收集青獠魂气：+50。

纪千明心想：这应该是那个戴着青色鬼面具的男人吧，名字还挺形象的，不过在他之前，我什么时候得罪过这么多人？

突然，他的脑中闪过一幅一群骑摩托车的人的画面，不禁嘴角一抽。

他估算了一下，那群人加起来给他提供了近四百点的魂气值。那个魂气收集的进度条原本在五分之一的位置，现在到了五分之三的位置。

当他的意识退出镜子世界时，纪千明突然想到一个事。虽然禁神锁让他使用不了叶纹幻想家的能力，但是他还有一个叶纹——镜花，这个叶纹是随系统一起出现的，能力应该与系统有关，与一般的叶纹应该不同……

他不禁心脏狂跳，偷偷对禁神锁使用了镜花的非花能力。仅仅片刻，禁神锁表面浮现出一个美女的形象。

果然！纪千明大喜，对脑海中镜子世界的来历越发好奇。那个镜子世界让他拥有了像是叶纹却又不属于叶纹的力量，还有那个神秘的魂气收集……

不过，就算他能使用非花能力又怎样？这鬼地方连一面镜子都没有，虽然禁神锁具有反射性，但是不能让他做想做的事情。难道他要对外面看守的暴徒说自己想照镜子？

纪千明冷静下来，认真地思考着：镜子，哪里有镜子？

突然，他脑海中灵光一现。他记得被傀儡师操控时，曾见过这栋大楼的全貌，外表几乎全是反射性能极好的玻璃。

纪千明眼睛一亮："老大，我想到让勾陈的人来救我们的方法了！"

张凡睁开眼睛，疑惑地看向纪千明："你有什么方法？"

"嘿嘿，"纪千明一笑，"这个嘛，你到时候就知道了。不过，我必须先出这个房间，不然因为距离太远，我无法施展能力。"

张凡眼睛一亮："你的能力可以使用？"

纪千明点了点头，脑袋偏向外面，然后大喊起来："来人啊！快来

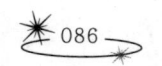

人啊！我这个禁神锁要炸啦！"

外面看守的两个暴徒脸色一变，互相对视一眼，打开门冲进去。

"鬼叫什么！"一个暴徒恶狠狠地说道。

只见纪千明手中的禁神锁变红了，像一块在火中炙烤的烙铁，仿佛随时要爆炸一般。

"我手里的这个禁神锁突然就成这样了，好烫！我的手要被烤焦了！"纪千明急得像热锅上的蚂蚁，嗷嗷直叫，"你们还愣着做什么？快给我打开啊，我可是珍贵的试验品。我要是出事了，你们担得起这个责任吗？"

两个暴徒愣愣地看着他手中通红的禁神锁，面面相觑。这是什么情况？没听说过禁神锁还会炸啊？

"你先忍着，我请示一下。"一个暴徒开口说道，随即就要去摸腰间的对讲机。

突然，他听到耳后传来一阵破空声，然后便被一个坚硬的重物猛地击在了后脑勺上，接着两眼一翻，直接昏了过去。

另一个暴徒循声望去，却发现那个冷漠男生冷冷地站在他身后。

"你们！"他反应过来，大喝一声，一只手迅速地摸向腰间。

砰！

又是干脆利落的一击，这个暴徒也应声倒下。

"唉，让你开就开吧，还请示。"纪千明看了一眼昏厥的二人，悠悠叹道。

◈

"赶紧走吧，他们隔一段时间就会汇报情况，咱们的时间不多了。"张凡看都没看地上那二人一眼，对着纪千明说道。

纪千明想了想，用嘴把一个暴徒腰间的对讲机叼了出来，然后夹在腋下。

于是，两人猫着腰，沿着墙边向屋外挪动。

储物室的外面是一条长长的走廊，两边是一扇扇紧闭的金属门，和之前关他们的那间储物室差不多。走廊上除了倒下的那两个暴徒，并没有其他人看守。

"你的能力需要多远的距离才能发动？"张凡眯着眼睛观察了一下，低声问道。

纪千明沉吟了两秒，说道："大概十米。"

其实，他也不知道自己的能力要多远的距离才能发动。他只记得当初在出租房吓李涛的时候，距离洗漱台上的镜子就是十米左右。

张凡点了点头，二人轻轻地朝走廊的一端走去。

前方是一大片办公区域，一张张办公桌整齐地陈列着，却没有一个公司职员，只有五个持枪暴徒在不同的方向站着，缓缓环顾四周。

纪千明眼睛一亮，发现经理办公室与普通办公区之间用反射效果不错的玻璃隔开了，而且经理办公室的落地窗便是这栋楼的外层玻璃。

纪千明碰了碰张凡，用眼神示意张凡看向经理办公室。

张凡微微皱眉，若有所思。现在知道了目标地点，但该如何越过面前的五个暴徒呢？

"我去当诱饵，你抓住机会绕过去。我们是上邪的试验品，他们不会拿我们怎么样的。"张凡沉思许久，轻声说道。

纪千明摇了摇头，猫着腰往来时的走廊退去。张凡见纪千明开始往回走，按捺住心中的疑惑跟了过去。

只见纪千明走到一处狭窄的木质小门前，停下了脚步，猛地按下门把手。嘎吱一声，木质小门打开，一股难以言喻的味道扑面而来。这是一个逼仄的空间，里面杂乱地放着拖把、扫把、马桶撅子等清洁用具。

这是清洁间。

张凡一愣：来这里干吗？躲着吗？

一旦暴徒发现他们逃脱，定会派人进行地毯式搜索，这么显眼的地方根本藏不住。

张凡正打算开口说话，纪千明却拉着张凡躲了进去。

纪千明低声开口说道："老大，一会儿我用这个对讲机汇报我们逃走的消息，让这一层所有的暴徒反方向去寻。到时候，我们只要在这里等他们离开，就能接近经理办公室。"

张凡眼睛一亮，点了点头，他不得不承认纪千明的鬼点子比他多多了。

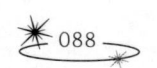

纪千明清了清嗓子，按下对讲按钮，低声说道："五十层那两个少年逃脱了，五十层那两个少年逃脱了。他们正向北侧的楼梯移动，所有五十层的兄弟立刻前来支援！"

"收到，马上就来！"

纪千明心中一喜，得意扬扬地笑了出来。

"不对啊，八号你什么时候变成男人了？"就在这时，一个充满疑惑的声音从对讲机中传来。

闻言，纪千明和张凡愣住了。

他们突然想到之前看守的一个暴徒自始至终都没说过一句话，而且那两个暴徒从头到脚都裹得严严实实的，连一根头发都看不到，谁能想到其中一个居然是女的。

"不好，八号、九号已经被干掉了！五十层全员戒备，立刻展开地毯式搜索，务必将他们二人找出来！"

一个声音低沉的男人迅速下达命令，随后对讲机里响起一连串"收到"。

纪千明隐隐听见向他们跑来的声音，顿时慌了起来："老大，现在怎么办？"

张凡死死地盯着眼前的木门，整个人肌肉绷紧，迅速进入备战状态："走一步看一步吧。"

纪千明咽了一口唾沫。对方可是有冲锋枪的，这要是被打上一枪，人就直接没了。

脚步声越来越近，张凡身体微拱，耳朵微动，像一个伺机而动的猎人，等待猎物的来临。

突然，他的眼睛射出一道光，整个人向木门狠狠撞去。

砰！木门被撞开。

一个持枪暴徒刚刚从这扇木门前跑过，听到声响猛地回头，只见一个冷漠男生出现在他眼前。

张凡看都没看持枪暴徒一眼，仿佛早就预料到了持枪暴徒的位置，身影一闪，将手中的禁神锁狠狠地砸向持枪暴徒。

一声惨叫响起，持枪暴徒的面罩被一击而碎，人随之倒了下去。

纪千明在一旁都看呆了。

"快走！"张凡见纪千明愣住了，喊了一声。

纪千明反应过来，拔腿就往办公区跑。

此刻的办公区只剩下一个暴徒了，他见到狂奔的二人一愣，随后猛地抬起枪，扣动了扳机。

砰砰砰！一颗颗子弹朝纪千明和张凡飞去。

纪千明和张凡猛地扑向地面，一个翻滚就到了办公桌底下。

"你快去，把他交给我！"张凡喊道，随即他将手中的禁神锁朝上方一举，一连串的子弹打到禁神锁上面，发出了刺耳的声响。

接着，张凡迅速在办公桌下穿梭，看了一眼手中的禁神锁，上面竟然连一个弹痕都没有。不知道禁神锁是用什么做的，竟然如此坚硬。

纪千明听到张凡的喊声，一咬牙，微微起身，然后朝经理办公室的门口狂奔。

和张凡纠缠的暴徒注意到了纪千明，转过身朝纪千明的方向扫射。

"趴下！"张凡的声音响起。

纪千明想也没想闪电般趴了下去，一串子弹就在他的头顶上方飞过，他吓出了一身冷汗。

这时，张凡猛地从办公桌下蹿了出来，双脚在桌上狠狠一蹬，径直向暴徒跃去。暴徒被张凡撞倒在地，两人扭打起来。

◈

终于，纪千明跑进了经理办公室，他胸口上的叶纹镜花开始发出亮光。

"老大，快进来！"纪千明冲着张凡大喊。

张凡干掉那个暴徒后，在办公桌之间快速跳跃，很快就进入了经理办公室。

纪千明关上门，开始使用菲花能力。仅仅片刻，二人的身影就消失在经理办公室。

几个持枪暴徒猛地冲进了办公区域，四下张望起来。

"奇怪，我明明听见这里有枪声，怎么连个人影都没有？"

"三号！"一个暴徒发现了地上的一具尸体，惊呼道。

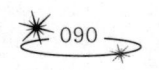

"他们来过这里，"最后面的一个男人皱着眉头开口说道，"现在应该跑向别的楼层了。立刻通知四十九层的弟兄，让他们迅速警戒！"

"不用通知五十一层的花鬼大人吗？"

"花鬼大人已经知道了。他们要是敢上五十一层，那才是自寻死路。"那个男人冷笑起来。

经理办公室内。

纪千明一屁股坐在地上，大口大口地喘着粗气。对他而言，刚刚发生的一切实在太危险了。他做梦都想不到自己有一天会被人拿着冲锋枪追着跑。

"他们看不到我们？"张凡见几个暴徒的目光扫过这里，又转头向别的地方看去，就像根本看不到他们一样。他还是第一次见纪千明使用能力，不禁有些疑惑。

纪千明笑着解释道："我的能力是改变具有反射性的物体表面的物理规则，他们现在看不到我们了。"

张凡点了点头，随即问道："求救信息已经发出去了？他们能看见吗？"

纪千明露出了一个灿烂的笑容："放心吧，老大，他们一定会看见的。"

"你们看那是什么？"

"这栋大楼居然有显示屏，我还是第一次见。"

"勾陈救命？这是什么意思？"

"估计是广告吧。这栋大楼好像是一家重工企业，勾陈应该是新产品的名字。"

"哦，原来如此。"

只见矗立于市中心的成远集团大楼表面的玻璃上，有几个巨大的红字——勾陈救命。

每一个字几乎都有五层楼高，最后还有一个感叹号，感叹号更是直接跨越了八个楼层。

在太阳的照耀下，这几个字很显眼。

市中心的一条马路旁，两个人正愣愣地抬头仰望这几个大字，嘴角抽搐。

"陛下，这是？"一个戴着眼镜的年轻人，背着一个长长的木匣子，嘴巴张得老大，眼中满是震惊。

他旁边站着一个穿着一件米色风衣的中年男人，中年男人怔了半响，然后扑哧一声笑了出来，说道："有意思，真有意思。我们勾陈的名字还是第一次这么张扬地出现在世人的面前。"

戴眼镜的年轻人张了张嘴，不知该说什么。若是这一幕被勾陈学院里那几个混世魔王看到了，肯定有一种找到了知己的感觉吧。

"庆叨叨，我们的两个小朋友似乎遇到危险了，你去帮他们一把。"中年男人微笑着说道。

"可是陛下，我不在的话……"戴眼镜的年轻人犹豫地开口，指了指自己背后的木匣子。

"你搞定了再来找我就行。怎么，对我的实力不放心？"中年男人眉毛一挑，笑道。

戴眼镜的年轻人连忙摇了摇头，恭恭敬敬地答道："陛下，那您一定要小心，我这边会尽快结束的。"随后，他背着巨大的木匣，朝成远集团跑去。

中年男人静静地看着那鲜红的几个字，不知道在想什么。

"师父，您看那里！"

富喜来酒店，2102号房。

银发女生指着不远处的大楼，冲着一名高贵冷艳的女子说道。

"勾陈救命？"女子眉毛一挑，"这是勾陈的哪个小辈搞出来的？竟如此张扬。"

银发女生盈盈一笑，眯着月牙般的眼睛望向成远集团的大楼，轻轻说道："我倒是觉得很有意思呢。不知道是什么样的人才能想出这种主意。"

女子沉吟了两秒，说道："我们过去看看吧，毕竟是勾陈的人，能帮就帮。"

"是，师父。"银发女生眼睛一亮，答道。

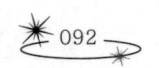

成远集团，第五十一层。

花鬼眉毛一挑，冷冷地开口说道："你是说找遍了整个大楼都没能找到他们？"

"是的，大人。"对讲机中的声音有些颤抖，"我们已经派全部人手去搜寻了，相信不久就能——"

"废物！"面具下的花鬼脸色铁青，打断了对方的话。若是特使知道她连两个男生都看不住，加上她之前没给特使好脸色看，回总部后她肯定没好果子吃。

她冷哼了一声，从椅子上站了起来，回头看了一眼紧闭的金属大门，心想：离开一阵应该没事吧？

她沉吟了几秒，下定决心，径直往暗门走去。

第五十层。

纪千明悠闲地躺在舒适的老板椅上，一双腿搭在桌面上，看着屋外的暴徒焦急地搜索他们的样子，心情大好。

与此同时，他发现镜子世界中魂气具象化旁边多了很多弹窗，那些字都是红色的。

收集李易魂气：+3。

收集蔡旭魂气：+5。

收集路悍魂气：+4。

…………

纪千明此刻真想出去跟他们挨个儿握握手，感谢他们对自己的魂气做出的贡献。

张凡静静地站在一边，仔细地观察窗外的情况。

突然，一片花瓣顺着通风管道飘了进来，在空中打了几个转，晃晃悠悠地落在纪千明的鼻子上。

纪千明随手拨了下来，丢在一旁，疑惑地喃喃道："不对啊，这五十多层的高度，通风管道里怎么有花瓣？"

就在纪千明疑惑的时候，一个戴着玫瑰花面具的人缓缓走进了办公区域。

"大人。"几个暴徒见到来者,齐刷刷地低下头,恭恭敬敬地问候道。

花鬼踩着高跟鞋,猛地踹向一个暴徒,暴徒浑身一颤,软绵绵地倒下了。

其他几个暴徒看得脸色一变。

纪千明脸色瞬间煞白,张凡也是眉头紧锁,死死地盯着花鬼。

"一群废物,人家就在你们的面前都找不到。"花鬼冷冷说道。

随后,她缓缓转过头,看向纪千明。

✦

纪千明冷汗瞬间就出来了,立马从老板椅上跃下来,如临大敌。

"有意思,是幻术类的叶纹吗?"花鬼眯着眼睛,从她的角度看去,这就是一个没有人的房间。

花鬼一挥右手,几片红色花瓣如闪电般快速射出,速度完全不比子弹慢。

砰砰砰!撞击声响起,几片花瓣在触碰到玻璃的一瞬间就被弹飞了,只在玻璃的表面留下了几道白色的痕迹。

花鬼皱着眉头。这一击的威力她心里最清楚,杀伤力绝对不在子弹之下。这普普通通的办公室玻璃竟然能挡下?难不成是防弹玻璃?

她迅速得出结论:其中一个少年的能力一定与镜子有关。

花鬼猜得没错。

纪千明在花鬼抬手的那一刻便瞬间强化了玻璃的硬度,这才抵挡住了花鬼的攻击。

花鬼冷哼一声,小腿上叶纹闪烁,一大片玫瑰花瓣突然出现,射向经理办公室。

一片片花瓣就像一柄柄利刃,不断地射向办公室有玻璃的一处地方,很快那处玻璃的表面出现了一大片白色痕迹。

"老大,我快顶不住了!"纪千明咬着牙说道。

这么多的花瓣集中攻击一块区域,让他难以招架。

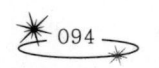

咔嚓！一道巨大的碎裂声响起，那处玻璃被彻底击碎，纪千明和张凡出现在众人眼前。

几个暴徒瞪大了眼睛。他们之前一直不明白花鬼说的是什么意思，现在看到突然出现的两个人便明白了，不禁倒吸了一口凉气。

接着，暴徒们齐刷刷地举起枪，对准了两个男生，就等着花鬼一声令下将他们打成筛子。

张凡见纪千明准备操控镜子碎片，冷静地开口："别冲动，这女人是个三阶能力者。"

纪千明一哆嗦：三阶能力者？那岂不是和任毅一个等级？

若对方是二阶能力者，他说不定还能拼一拼，可对方是三阶能力者，他还不如直接投降。

"哈哈哈，好姐姐，我们之间多半有些误会。我和老大就想跟兄弟们玩个捉迷藏，哈哈哈。"纪千明尴尬地开口，笑得比哭还难看。

花鬼冷冷地看着他，心中却十分惊讶。她原本以为是两人用特殊手段解除了禁神锁才能使用能力，此刻看来两人手上的禁神锁都好好的，也就是说他们当中有一个人不受禁神锁的影响。怪不得特使要带他们回去研究，既然这样的话，这两个小家伙确实不能死。

"小弟弟别怕，姐姐跟你们开玩笑呢。"花鬼轻笑着开口，声音之中带着一丝寒意，"来跟姐姐玩个猜拳游戏吧？"

纪千明眼睛一亮，他最擅长玩游戏了。

"好啊好啊，怎么玩？"

"你猜我能不能一拳打死你？"

猜拳是这么玩的吗？纪千明的笑容顿时僵住了。

"哦？我猜你不能。"一个女声悠悠传来。

花鬼一愣，环顾四周。屋子里除了这几个男的就只有她一个女的，哪里来的女声？

砰！一声巨响从窗外传来，紧接着是玻璃破碎的声音，办公区域所有玻璃窗户齐齐爆开，狂风顺着破口灌了进来，吹得屋内众人都有些站不稳。

狂风中，一名冷艳女子从一个破了的窗户外走了进来，白色的风衣被吹得猎猎作响，长发随着狂风飘动。紧接着，一名银发女生跟着走了进来，如黑宝石般的眼睛好奇地扫了一眼整个屋子，似乎在寻找着什么。

纪千明一愣，这不是酒店中住在他斜对门的那两个神秘人吗？他还清楚地记得当时的情景，冷艳女子仅仅是看了他一眼，就让他感觉很有压力。

她们都是能力者，是勾陈的人吗？

纪千明的眼睛顿时亮了起来，急忙冲二人挥手："前辈，是勾陈的前辈吗？是来救我们的吗？"

冷艳女子和银发女生闻声望去，冷艳女子眼中闪过一丝惊讶，随后嘴角微微上扬，淡淡开口说道："我们不是勾陈的人。"

闻言，纪千明整个人蔫了下去。

"但我们确实是来救你们的。"

这句话又让纪千明再次兴奋起来。

银发女生仔细地打量纪千明，一双美眸忽闪着，不知在想些什么。

"你们到底是什么人？"花鬼死死地盯着冷艳女子，一副如临大敌的样子，她从对方身上感受到了一股强大的威势。这可是五十楼，这两个女人是怎么从窗外凌空走进来的？

她扫了一眼窗外，微微皱起眉头，只见窗外悬浮着一个淡蓝色的物体。

那是冰块？

没等她想明白，冷艳女子转过头，瞥了她一眼。

花鬼的身体顿时颤抖起来，恐惧感在体内迅速蔓延，这一眼就压制住了她，让她动弹不得。

"你也配知道我是谁？"冷艳女子冷冷地说道。

纪千明和张凡都看呆了。这个冷艳女子仅仅一眼就制伏了花鬼，她究竟是什么人？

张凡身体一震，脑中突然闪过一个念头。

"师父，让我来吧。"银发女生主动请缨。

冷艳女子沉吟片刻，收回眼神，开口说道："也好，她的实力还凑合，给你历练历练不错。"

花鬼只觉得身体一轻，险些栽倒在地上，她不停地喘着粗气，后背

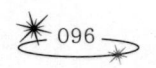

满是冷汗。

银发女生缓缓走到花鬼的身前，毫无表情地说道："出手吧。"

✵

花鬼心头升起一种强烈的屈辱感。

她自获得叶纹以来，从未被一个人的眼神击败过，现在却被那个冷艳女子一个眼神震慑住了。她心里很清楚那个女人不是她惹得起的，但是这个小妮子凭什么来挑战她？

一股怒火在她心里熊熊燃烧，她死死地盯着眼前的银发女生，小腿上的叶纹光芒闪烁。一大片玫瑰花瓣再次出现，如狂风暴雨般向银发女生卷去。

"小心啊！"纪千明大喊一声。

这些花瓣的威力他最清楚，若是被正面击中，只怕瞬间就会变成筛子。

冷艳女子眉毛一挑，微微侧头看向紧张兮兮的纪千明，眼中闪过一丝笑意。

银发女生听到这句话停了一下，随后一道白光在她锁骨上一闪。她右脚一跺，一根粗壮的冰柱直接从地上刺了出来，冻结了一大半玫瑰花瓣。

面具下，花鬼眉头紧锁，对方的能力果然和冰有关。冰系能力者是她的天敌，这一战她必须尽全力了。

剩下的玫瑰花瓣瞬间分成了三部分，化作三柄红色利剑分别从三个方向刺向银发女生，角度极其刁钻，封住了银发女生的所有退路。

银发女生精致的脸蛋上没有丝毫惊慌的表情，她一伸右手，一柄雪白的长剑出现了，然后她轻轻一挥。

只见一条晶莹剔透的冰霜之龙从剑身上飞出，长长的身躯裹住了银发女生的身体。三柄红色利剑撞在冰龙的身躯上，却没有留下任何痕迹。

冰霜之龙身躯一震，一层白霜开始在三柄红色利剑上蔓延。三柄红色利剑的进攻速度逐渐变慢，几次呼吸之后便冻成了冰块。

"这……这是什么手段？"花鬼看着冰霜之龙，眼中满是震惊。她从来没听说过哪个元素能力者可以做到这一点。

狂风之中，银发女生手持雪白长剑，一头银发随风飘荡，淡淡地开口说道："冰霜造物。"

纪千明看得瞠目结舌。花鬼可是三阶能力者，这个神秘银发女生竟然完全占了上风。难不成这个看似弱不禁风的银发女生也是三阶能力者？

"冰霜造物……"花鬼喃喃自语，随后想到了什么，猛地看向静静站在旁边的冷艳女子，眼中充满震惊，"我知道了，你……你是……"

嘀！

就在这时，花鬼腰间的对讲机突然响起，一个惊慌的男声传来。

"花鬼大人，一个戴着眼镜背着木匣的年轻人从一楼正门闯进来了，说是来找他的学弟，我们根本拦不住他啊！他已经一路冲到第六层了！"

此刻，花鬼完全没有注意对讲机里在说什么，她已然心如死灰，眼中充满绝望。

冷艳女子微笑着看向纪千明，开口说道："勾陈的人来寻你们了。"

纪千明眼睛一亮，他们总算等到了，看样子来的这位学长似乎异常勇猛。

"老大，你听见没，勾陈的人来了！"纪千明十分兴奋。

张凡心不在焉地点点头，视线在冷艳女子与银发女生之间打转，不知在想些什么。

银发女生微皱眉头，手中的剑尖指向花鬼，开口说道："为什么不打了？"

"打？"花鬼自嘲地笑了一声，指向冷艳女子，"就算我打得过你，能打得过她吗？打不打有什么区别？"

银发女生正想开口，只见眼前花鬼小腿上的叶纹突然亮起。

咻的一声轻响，花鬼化作一团玫瑰花瓣红云，顺着狂风飞向楼外。

"祈雪，她要逃了。"冷艳女子静静地看着化作玫瑰花瓣红云的花鬼，悠悠开口。

在冷艳女子开口之前，银发女生就注意到了花鬼的动向，紧跟着那团玫瑰花瓣红云跳了下去。

"等等，这可是五十楼啊！"纪千明见银发女生直接跳了下去，吓了一跳。

冷艳女子不紧不慢地说道："别急，她不会有事的。"

楼外，狂风呼啸。

一团玫瑰花瓣红云顺着笔直的高楼飞速往下冲，后面紧跟着一个手持雪白长剑的银发女生。

银发女生在玻璃表面上每踏出一步，脚下就会凝结出一小片冰块，狂风将她的银色长发吹得飞舞起来。

两道身影就这么在大厦外部的玻璃上疾速奔驰，二者之间的距离在不断缩小。

此时，在第三十六层的窗户旁，一个戴着眼镜、背着木匣的年轻人跨过一个暴徒的尸体，余光注意到一晃而过的两道身影，白净的脸上闪过一丝疑惑。

看着前面的那团红云，银发女生眉头紧锁："不能再让她逃下去了，距离地面太近会被人发现，必须速战速决。"顿时，她锁骨处的叶纹大放光芒。

银发女生手持雪白长剑，在身前画了一个白色的圈，轻轻哼了一声，一根巨大的白色光柱从圆圈中射出，速度极快。

一刹那，那团玫瑰花瓣红云便被这根巨大的白色光柱吞没。紧接着，一根巨大的冰柱出现，冻住了那团玫瑰花瓣红云，在太阳的照耀下，十分耀眼。

银发女生的动作没有停下来，她一只脚在玻璃上猛地一踏，整个人如流星一般挥舞着雪白长剑冲向巨大的冰柱，随后稳稳地站在玻璃上。

砰！

巨大的冰柱顿时爆开，化作一块块小碎冰随风向下飘去，那团玫瑰花瓣红云早已化作粉尘消失不见。

"咦，这大夏天的怎么有雪花？"街道上一个行人摸了一把脸，疑惑地说道。

"指不定是人家的空调水呢。"另一个人说道。

二人抬头望向天空，湛蓝的天空上挂着一轮硕大的太阳，正炙烤着大地。

在他们不曾注意的高楼上，一名银发女生静静地看着飘落的碎冰，手一挥，手中的雪白长剑便消失了。

一头银发在狂风中飞舞，她转过身，飘然离去。

大厦第五十层。

"这太猛了吧！"纪千明目睹了银发女生对付花鬼的全部过程，满脸震惊。

这就是三阶能力者吗？跟他们比起来，他就是一只小绵羊。

这时，银发女生从窗外轻轻跳了进来，看到了满脸崇拜的纪千明，脸上闪过一抹红晕，正打算说什么，电梯的电子音突然响了起来。

叮咚！

电梯门缓缓打开，一个戴着眼镜、背着木匣的年轻人四下张望了一下，看着一个方向直皱眉头，犹豫片刻才走了过去。

"庆涯，居然是你？"冷艳女子看到从走廊踱步而来的年轻人，有些惊讶地说道。

庆涯看向冷艳女子，不禁一愣，随即恭恭敬敬地行礼："勾陈文秘庆涯，拜见冰皇陛下，拜见冰皇传人。"

Chapter 4
第四篇
大战朱厌

冰皇？这个冷艳女子竟然是张凡提过的冰皇？

纪千明都不知道自己今天是第几次感到震惊了，他震惊地看向冷艳女子。难怪之前我被对方打量一眼就感到心颤，这就是我们华夏的皇级强者吗？

张凡毫不惊讶，因为他早就猜到了眼前二人的身份。

"你来了，那张景琰也来了吧？"冰皇美眸一转，问道。

"炎帝陛下已经去泽心城了，属下也准备去那里，定要在那东西出世之前赶到陛下身边。"庆涯瞄了一眼时间，答道。

话音刚落，整座大楼开始摇晃起来。

纪千明愣愣地说道："地震了？"真江这一带不在地壳板块边缘，按理说不该有地震啊？

庆涯脸色一变，冰皇却轻笑道："看来你是赶不上了呢。"

"冰皇陛下，属下有要事在身，先告辞了！"庆涯神色焦急，鞠了一躬迅速说道。

就在他准备离去的时候，突然想到了什么，看向纪千明和张凡："两位学弟，我还有事先走了，你们可以到泽心城找我们，勾陈的人都在那里。"

说罢，他化作一道残影，消失在众人的眼前。

地震越发猛烈，纪千明一个踉跄，眼看就要跌倒在地，一只雪白的手稳稳地扶住了他。

纪千明抬头望去，银发女生正笑眯眯地看着他，轻轻说道："我叫赵祈雪，你叫什么？"

"我……我叫纪千明。"

泽心城。

崔胖子站在地上，看着剧烈晃动的泽心寺，脸色铁青。

"老师！"朴智敏提着银色的手提箱，跑到了崔胖子的身边，"那东西要出世了？"

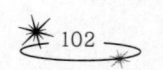

崔胖子点点头，正要说什么，一阵吼叫声从泽心寺地下传来。

"嗷——"

"快传令下去，让非战斗人员迅速撤离！"崔胖子冷静地下达命令，眼中闪过一丝黑光。

"是！"朴智敏应了一声，急忙转身让其他人员撤离。

大地的震动越发强烈，以泽心寺为中心，整个真江都在经历百年不遇的地震，尖锐的防空警报声在这座城市的上空回荡。

不明就里的当地居民不禁纷纷议论起来。

"什么，居然地震了？"

"我长这么大还是第一次经历地震！"

"所有人迅速离开建筑，寻找空旷的地方蹲好，不要慌乱！"

"你们有没有听到吼声？"

接到高层命令的相关工作人员正在安排居民有序地撤离。

"动作快点！上面下达了命令，务必在一个小时之内疏散这片区域的所有居民！"

在黑压压的人群之中，一名身穿制服的中年人大声喊叫着，因为长时间喊叫，他的声音已然十分沙哑，脸也变得通红。

一阵嗡嗡声从天空中传来，这名中年人眯着眼睛抬头看去，只见三架武装直升机呼啸而过，他不禁眉头紧锁。

"到底出什么事了？这是大批武装部队要打过来了吗？"他喃喃自语。

他只接到了疏散居民的命令，至于到底发生了什么，他并不清楚。

"你们看，武装直升机！"不知谁高喊了一声，人群顿时沸腾起来，不安的情绪开始蔓延。

"是不是要打仗了？"

"到底发生了什么？我们有知情权！"

"对！你们必须跟我们说清楚！"

原本井井有条的队伍突然变得混乱，隐隐有暴动的迹象。

中年人急得青筋暴突，正准备说什么，一只手突然轻轻地拍在他的肩膀上。

"没事的，这里交给我。"一个温和的声音从他身后传来。

听到这个声音，这名中年人觉得烦躁的情绪迅速消失，取而代之的是一片宁静。

他转头看去，一名身穿白色长袍的年轻人静静地站在他的身旁，露出一个和善的笑容。

"你是？"中年人疑惑地问道。

只见白袍年轻人从兜中掏出一个证件，中年人看后脸色一变，恭恭敬敬地敬礼："原来是少将，失礼了。"

他心中满是震惊。

什么时候有这么年轻的少将了？少将来这座小城市做什么？零号机构是什么部门，我怎么从来没听过？无论如何，章是作不了假的，或许这是国家机密吧。

白袍年轻人脱下白色手套，重重一拍，哄闹的人群瞬间安静下来，齐刷刷地看向这名白袍年轻人。

"大家不要惊慌，由于板块运动，真江这一片区域的地壳将发生短期震动，用不了多久就会结束。政府担心各位的安全，特地安排了三架武装直升机在这附近巡逻，只要听从指挥撤离，我保证大家的人身和财产都会很安全。"

白袍年轻人温和地说着，他的声音里似乎蕴含了一股力量，驱散了众人的负面情绪，令人安心。

众人听完后，井然有序地跟着相关工作人员撤离。

中年人长长地舒了一口气，正想对这位年轻的少将说些什么，却发现他眉头紧锁，看着武装直升机远去的方向，满脸担忧。

"你们说勾陈真的能降伏那个东西？那可是上古凶兽啊！"

武装直升机上，一个长有络腮胡子的中年男人放下手中的望远镜，神色有些不安。

"若是连勾陈都做不到，那我们去也没有用。"一个七八岁的小女孩拔出嘴里的棒棒糖，悠闲地说道，"别忘了，我们这次的任务是避免那东西出世，伤及人民群众，至于怎么降伏那东西，就不用我们操心了。"

"你看看，一个小姑娘都比你成熟，你这一把年纪活到哪里去了？

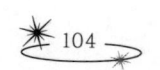

哈哈！"一个扎着马尾辫的女人豪爽地笑道。

中年络腮胡子男白了女人一眼，举起手中的望远镜继续观察。

◆

泽心寺。

剧烈的震动令整个泽心寺摇晃起来，庙宇内的金光越发暗淡，像是狂风中的烛火，随时可能熄灭。

崔胖子紧张地看着寺庙，暗自咽了一口唾沫。

突然，随着一阵震动，金光消失了。

震动的大地安静下来，一只巨手猛地从山顶上伸出，一掌将寺庙拍个粉碎。紧接着，一个似猿似狮的巨兽缓缓站起来，大片土石从山顶上滚落，扬起一片尘土。

那巨兽仰起头，挺起胸膛，张开大口咆哮起来："嗷——"

这咆哮声直接震塌了几座小山头，令一大片树林倒了下来。

"捂住耳朵！"朴智敏冲着身后的工作人员大吼一声，赶紧捂住耳朵，即使如此，她还是被震得头晕目眩。

此刻，他们距离声源处至少有五公里。

武装直升机上，小女孩哼了一声，将手中的棒棒糖奋力朝外面丢去，顿时，一个巨大的透明屏障出现了。

这个透明屏障足足有六七里长，将靠近泽心寺的居民区和那咆哮声彻底隔离了开来。

"不愧是萱萱，这么轻松就挡下了这恐怖的声音攻击！"中年络腮胡子男冲着小女孩竖起了大拇指。

萱萱嘴角一扬，心里喜滋滋的。

"等等，你们看那是什么！"扎着马尾辫的女人猛地指向天空。

天空中的云仿佛接收到了指示，剧烈翻滚起来，然后向中间收缩，形成一个环。

云环开始逐渐下降，距离地面越来越近。

武装直升机内的三人看着这宛若神迹的景象，满脸震惊，嘴巴都张得大大的，能塞下一个鸡蛋。

"这……这是什么能力？"中年男人揉了揉眼睛，确认自己看见的不是幻觉，"天上的云竟然自己变成了一个环？这是要干吗？"

"他们不想让外面的人看到里面！"萱萱突然想到什么，惊呼道。

在另一座山头上，云逸紧紧地闭着双眼，正专心致志地控制着天上的云，背后的叶纹光芒大放。

他的脑海之中再次浮现出崔胖子的叮嘱："一片环绕泽心寺方圆十公里的大雾，让外界看不到里面。"

想到这里，云逸眉头紧锁，双手在身前结印，然后大声喝道："云降！"

巨大的云环瞬间罩在地面上，成为一道环绕泽心寺的云雾之墙。无论风如何吹，这道云雾之墙都没有移动，像是被一只大手按住了。

云逸双腿一软，一口鲜血吐了出来，直接跪倒在地上。

"老师，我做到了。"他嘴角微微上扬，轻声说道。

崔胖子背着手站在巨兽脚边，周围已然是一片废墟。当看到那道云雾之墙时，他的脸上露出了欣慰的笑容。

巨兽仿佛察觉到了什么，低头看向自己的脚下，发现一个穿着黑衣服的胖子在傻笑。于是，它抬起巨大的右掌，狠狠地拍向地面。地面龟裂，带起一大片烟尘。当它再次抬起右掌时，一个六七米深的掌印出现在地上，里面却空空如也。

这时，崔胖子的身影出现在另一边。他有些后怕地拍了拍胸口，眉头紧锁，喃喃自语："这就是朱厌。"

朱厌见这惹人厌的胖子还在，准备再次行动时，却猛地抬起头，死死地看着一个方向。

正准备闪避的崔胖子一愣，因为他看到朱厌突然变得面目狰狞，双眼通红。它仿佛愤怒到了极点，对着一个方向狂吼："嗷——"

这一阵吼叫震得崔胖子的耳膜都要裂了，他不禁在心中骂道："它发什么疯！"

朱厌怒吼完之后，巨大的身体微微下弯，随后像一支离弦的箭朝一个方向冲去。

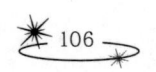

崔胖子一愣，随即脸色煞白。坏了，那是市中心。

不光是崔胖子，武装直升机上的三人也被吓了一大跳。从他们的角度看，朱厌发了疯似的向他们扑来。

"不好，它要去市区！"中年络腮胡子男反应过来，大声说道。

萱萱被气势汹汹的朱厌吓得小脸苍白，问道："那我们怎么办？我们也拦不住它啊。"

"市区？市区到底有什么东西让朱厌如此疯狂？"扎着马尾辫的女人眉头紧锁，大脑飞速转动。若是让朱厌闯入市区，那得葬送多少人的性命？

"你们看它的身后！"

萱萱和中年络腮胡子男顺着扎着马尾辫的女人手指的方向看去，一道黑影紧紧跟在朱厌身后。

"无论如何也不能让它闯进市区！"崔胖子对着对讲机大声吼道，"开启七星诛邪阵！"

"收到！"朴智敏掏出一个阵盘，然后双手结印，说道，"七星诛邪阵，起！"

一个巨大的蓝色法阵突然出现，七个刺眼的光点从法阵中冉冉升起，恐怖的能量弥散开来。

只见七个光点缓缓排成北斗七星的模样，一柄巨大的蓝色星光之剑出现在泽心城上空，剑尖直指狂奔中的朱厌。

朴智敏咬破舌尖，一口鲜血喷在阵盘上："疾！"

泽心城上空的星光之剑一颤，接着便如一支离弦的箭划过长空，飞向朱厌。

朱厌察觉到了危险，巨掌在地面上猛地一拍，借助反弹力，身子移向一侧。不过，星光之剑还是割破了它的手臂。

星光之剑仿佛有意识，见一击未中，剑身一转，再次袭向朱厌。

朱厌怒吼一声，没有躲避，双手汇聚赤色神力，然后直接抓向星光之剑。

哧！

星光之剑刺破朱厌的手掌，令朱厌无法再前进一步。

一阵剧痛从手上传来，朱厌痛苦得大声嚎叫。它两眼通红，强行将手掌从剑尖上抽出来，猛击剑身。

星光之剑嗡嗡直响，星光顿时暗淡了一些。

朱厌连续几掌拍打在星光之剑同一个位置，只听一声轻响，星光之剑竟被打断了，消失在空中。

✦

朴智敏猛地吐出一口血，面色煞白，震惊地看着朱厌："它居然破了七星诛邪阵！"

崔胖子神情严峻，眼中闪过一道黑光："七星诛邪阵不行，那就让我来会会你！"他肥胖的身躯顿时爆发出一股惊人的力量，一片黑暗光幕以他为中心瞬间覆盖了这片天地。

"天黑了！"萱萱惊呼道。

一股阴寒之气让武装直升机中的三人打了个寒战。

"不是天黑了，这是勾陈冥君的幽冥领域。"扎着马尾辫的女人指了指空中另外两架武装直升机，"你没发现吗？在这个领域中，直升机的螺旋桨都无法转动。"

只见三架武装直升机的螺旋桨仿佛被定格了一般，静静地停在空中。不仅是螺旋桨，武装直升机也像被嵌入了夜色中，纹丝不动。

看到这诡异的一幕，其他二人不由得倒吸了一口凉气。

"在这片领域中，一切都由领域的主宰，也就是冥君掌控。他一个念头，我们就会机毁人亡。"扎着马尾辫的女人继续说道。

"这就是S-13叶纹幽冥的能力吗？果真危险至极！"中年络腮胡子男打了个哆嗦。

在幽冥领域中，朱厌警惕地环顾四周，像是在寻找什么。

突然，它的头顶上方出现了一柄黑炎巨斧。这柄巨斧足足有十米长，上面燃烧着的黑色火焰给人一种阴冷之感。

朱厌猛地抬起右臂，手中的赤色神力瞬间变成一根赤色长棍，顶住了从天而降的黑炎巨斧。

手持黑炎巨斧的崔胖子眉毛一挑，地面上顿时出现一根根黑色的尖刺，向着朱厌的头刺去。

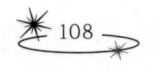

朱厌怒吼一声，猛地发力，架住十米长的黑炎巨斧，随即一个侧滚，躲开了黑炎巨斧。

"哼！"崔胖子哼了一声，双手合十，狠狠地拍向地面。

游荡在黄泉的亡魂，
吾以幽冥之主的身份召唤，
允诺尔等此战之后再入轮回，
魂起！

话音刚落，一只只苍白的手从地底争先恐后地钻出，源源不断的亡魂应召而来，汇聚成一只似人非人、似兽非兽的白色枯兽，它的身上伸出一只只手，极为瘆人。

"这到底是什么东西，太吓人了！"萱萱死死地捂着眼睛，差点被吓哭。

白色枯兽嘴巴张开，似乎在吼叫，但是听不到声音，随后它迅速冲向朱厌。

朱厌眼中流露出一丝厌恶，身子微微后仰，右手高高举起赤色长棍，棍子的一端化为尖刺。一阵破风声响起，赤色长棍被掷了出去。

只见白色枯兽的身体中间突然出现一个空洞，赤色长棍直接飞了出去。

仅仅片刻，白色枯兽就到了朱厌的身前，如潮水般的亡魂爬上朱厌的身体，张开大口要咬它。这个场景像极了群蚁噬象。

朱厌痛苦得嚎叫起来，四下翻滚，试图摆脱身上密密麻麻的亡魂，却完全没有效果。

见状，崔胖子眼睛一亮，向前迈步。每迈出一步，他的身形就比之前高大一分。九步之后，他的身形已然和朱厌一样大小。

他披着一件黑色的斗篷，右手高高举起黑炎巨斧，宛若一尊暗黑战神。

中年络腮胡子男看着威风无比的崔胖子，惊讶地说道："好厉害，那是什么？"

"那才是冥君真正的样子，竟然恐怖如斯，不愧是四阶的顶级强者，准皇冥君！"扎着马尾辫的女人感慨道。

就在这时，被亡魂噬咬的朱厌眼中闪过一丝嘲讽，右脚猛地一踏，身上如潮水般的亡魂被震飞，而它的身上竟然没有一丝伤痕。

"这朱厌居然会用计！"这个想法闪过崔胖子的脑海，一阵寒意笼罩了他。

"朱厌？"纪千明瞪大眼睛，一脸难以置信，"那不是《山海经》中的凶兽吗？它居然真的存在，还被镇在了泽心寺之下？"

冰皇看向泽心寺，点了点头："不错，事实上很多传说中的凶兽是存在的。朱厌更是被称为四大凶兽之一，据《山海经·西山经》记载：'又西四百里，曰小次之山，其上多白玉，其下多赤铜。有兽焉，其状如猿，而白首赤足，名曰朱厌，见则大兵。'"

"大兵？"纪千明不理解。

"大兵是会出现大型战争的意思，也就是说朱厌出世，即将有一场浩劫。"张凡淡淡地解释。

"战争？和谁？"纪千明问道。

冰皇、赵祈雪、张凡一怔，然后异口同声地说道："神界！"

闻言，纪千明心道：神，又是神。看来崔胖子所说的守护便是守护地球不被神界攻破。那神界到底是什么？

他正打算开口询问，冰皇却开口说道："走吧，我们也去看看这传闻中的朱厌到底是什么样子。"

"等等！"张凡突然开口，其他人顿时满脸疑惑地看向他。

"冰皇陛下，这成远集团一定有问题，很可能关系到朱厌。"张凡看向冰皇，严肃地说道。

冰皇眉头微皱，被张凡这么一提醒，她也察觉到不对劲。上邪会一向是个行动隐秘的组织，如今朱厌出世，上邪会居然特地留下人手守着成远集团，甚至让大量武装暴徒守在每一层。他们这么做到底是为了什么？

纪千明眼睛一亮，说道："你是说楼上那个古怪的大门？"

一般的企业怎么会在顶楼安装那么大一扇金属大门，还让三阶能力者看守？

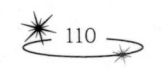

冰皇思考片刻，说道："走，带我去看看那个古怪的大门。"她知道任何与朱厌有关的细节都不能放过，否则将会有一场人间浩劫。

她的手在纪千明与张凡手上的禁神锁上一抹，禁神锁顿时变成了冰块。纪千明与张凡稍稍用力便扯碎了禁神锁。

张凡带着三人来到第五十一层，一扇金属大门出现在他们的眼前。

◇

这扇金属门高四米，宽七米，通体呈暗灰色，一条条粗壮的铁锁缠绕在上面，一丝丝寒气从门后面透出。

"这里面似乎挺凉快。"纪千明感觉到了一股凉意。他上次被傀儡师带来的时候没注意这一点，此时有种走进空调房的感觉。

冰皇走到金属大门面前，仔细打量起来。

这时，纪千明悄悄挪到赵祈雪的身边，小声问道："祈雪，冰皇陛下是你的师父？"

赵祈雪那一双美眸看向纪千明，觉得有些好笑，点了点头："是啊！"

"那你岂不是下一任冰皇？"纪千明瞪大了眼睛。他怎么也无法将眼前如瓷娃娃一般的女生与守护华夏的冰皇联系起来。

赵祈雪微抿嘴唇，凑到纪千明的耳边小声说道："理论上来说是这样，但是我希望那天永远不要来。"

纪千明不禁脸一红，但还是镇定地问道："为什么？四皇不是很威风吗？"

"四皇拥有的叶纹，也就是帝纹，很特殊，因此四皇的传承方式不一样。冰皇的传承是由现任冰皇选择传人，结成师徒后在徒弟的身体上种下一个子叶纹。这个子叶纹会随着徒弟精神力的增长而增长，但是能力不会超过四阶。只有现任冰皇死去，徒弟才能继承完整的帝纹，成为真正的冰皇。"

"你是说……"纪千明瞪大了眼睛，"只有你师父死了，你才能成为冰皇？"

赵祈雪脸上满是苦涩，点了点头："没错，四皇的传承方式就是这

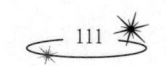

般残酷，因此我愿此生不成冰皇。"

纪千明一时间不知该说什么。成皇之日意味着师尊殒命，这未免太过残忍。

这时，一旁的冰皇眉毛一挑，嘴角上似乎挂着一丝笑意，随后伸出一根手指，点在金属大门上。只见大片冰霜从指尖蔓延开来，一眨眼就覆盖了整个金属大门。

冰皇用食指关节在门上轻轻一敲。

轰！

一声巨响，厚重的金属大门直接化作冰碴儿，瞬间坍塌。纪千明倒吸了一口凉气，心道：一指破门，这就是冰皇的实力吗？

大家一起往门后看去，只见一块三米高的正方形冰块静静地立在门后的地面上，似乎有一根红色的粗绳被封在里面，上面还带有一丝血迹。

"这是什么东西？"纪千明走上前，感受到了从冰块上散发出来的彻骨寒意，不禁打了个哆嗦。

他贴近冰块，发现冰块里面并不是一根绳子。那个东西的上面有红色的毛发，有千年老树的树干那么粗，有一侧尖尖的，上面还有一个倒钩，另一侧截面光滑平整，血迹就是从这里溢出来的。

冰皇沉思了半晌，一字一句地说道："这是朱厌的断尾。"

朱厌断尾？

其他三人一愣，然后看向冰块，确实有点像一条巨大的尾巴。

冰皇缓缓说道："传闻某位大拿在与朱厌交手时，曾一剑斩下了朱厌的尾巴，事后却发现地上的断尾不知所终，应该是有人盗走了。不知道当时盗走断尾的就是上邪会，还是后世多番易手之后被上邪会收藏。若是前者，那上邪会的历史也太悠久了。"

话音刚落，冰皇眉头紧锁，心想：上邪会为什么要把朱厌的断尾放在这里，他们的目的是什么。

张凡突然眼睛一亮，开口说道："他们想引诱朱厌进攻城区。"

闻言，大家心一颤，所有的线索都连起来了。

上邪会的意图就不在朱厌的身上，而是想利用刚出世的朱厌打破现有的人类秩序。他们在很久之前就开始布局，提前收购了这一栋市中心的大楼。这样既能掩人耳目，又能将出世后的朱厌引来城区。之后的事情就简单多了，派人去打乱勾陈的布置，让他们无法抵挡暴怒的朱厌。只要朱厌出现在世人面前，必然会引起社会乃至世界的恐慌，他们的目的就达到了。

"不好，快去泽心！"冰皇片刻就想通了一切，脸色阴沉，一掌狠狠地拍在冰块上，直接将冰块连同里面的断尾震成冰屑。

她右手轻轻一挥，一只巨大的冰凤出现在大家的面前。

泽心，幽冥领域内。

朱厌眼中充满嘲笑与不屑，汇聚了赤色神力的右拳如闪电般落在崔胖子的身上。

砰的一声巨响，四周的黑暗光幕竟然龟裂开来，灼热的阳光出现，天空上的黑暗很快退去。

身形巨大的崔胖子像炮弹一样被打飞出去，狠狠地撞在地面上，大地都震颤起来。

"不好，幽冥领域消失了！"中年络腮胡子男大惊。

三架原本在空中静止不动的武装直升机突然向下坠落。

千钧一发之际，下方的空气变得黏稠起来，三架武装直升机像落入沼泽一般，缓缓沉向地面。

这时，萱萱脖颈后的叶纹光芒疯狂闪烁，她那细细的眉毛几乎快拧在一起了。直到三架武装直升机稳稳地落在地面上，她才松了一口气，一脸后怕的模样。

"萱萱，你真是太棒啦！"扎着马尾辫的女人一把将萱萱抱在怀里，"刚刚我都以为要机毁人亡了！"

中年络腮胡子男依旧一脸凝重，看向冥君，心一沉。

朱厌刚才那一击实在太强了，不仅破了幽冥领域，还打飞了冥君。冥君估计坚持不了多久了，那身后的城市谁来守护？

"喀喀喀……"崔胖子吐了好几口鲜血，像一只泄了气的皮球，身形疾速缩小，最终恢复成正常形态，地面上的黑暗也开始散去。

"该死，这家伙的智商竟然这么高，还会装死，这下我是栽了。"崔胖子面色惨白，抬起头看向逼近他的庞然大物。此时，他完全动不了，一丝绝望涌上他的心头。

"嗷——"

朱厌双拳捶胸，像在庆祝自己的胜利。

它死死地盯着躺在地上的崔胖子，脸上浮现出狞笑，然后挥舞着硕大的拳头狠狠砸下去。

◇

就在崔胖子感到绝望的时候，一簇火星突然出现在朱厌的拳头前。

见状，崔胖子的脸上露出狂喜。

轰！那一簇火星突然爆开，一堵冲天而起的火墙出现在崔胖子的身前，挡住了朱厌那一拳。

这堵火墙墙高百米，向西方蔓延开去，似乎一眼看不到尽头。它仿佛一直屹立在此，神圣不可侵犯。

"炎、炎帝，炎帝来了！"中年络腮胡子男见到火墙，大喜过望。

"嗷——"朱厌手臂被灼伤，大吼一声，愤怒地向东方看去。

火墙之上，一个身穿米色风衣的中年男人迈步走来，他的手掌上跳动着一团火焰。他看都不看暴怒的朱厌一眼，径直走到崔胖子的身旁。

"陛下，你可算是来了！"崔胖子看到来人，眼泪都要出来了。

"对不起，我来晚了。"张景琰抓了抓乱糟糟的头发，有些抱歉地说道，"崔胖子，你可以啊，竟然跟朱厌斗了这么久。你有功，有大功！"说着，他拍了拍崔胖子的肩膀，崔胖子疼得直咧嘴。

"别拍了陛下，我浑身骨头都断了，再拍下去我就要碎了。"崔胖子艰难地说道，脸上的笑比哭还难看。

闻言，张景琰眼中闪过一丝光芒，随后笑呵呵地开口："等我解决了朱厌，回去请你喝酒。"

"喀喀，交给你了，陛下。"

"嗯。"张景琰缓缓起身，面无表情地看向朱厌，身上弥漫出一股恐怖的气息，自信地说道，"交给我吧。"

朱厌微微弯下巨大的身体，死死地盯着眼前的张景琰，直觉告诉他，这个男人很危险。

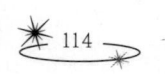

张景琰手掌一握，掌间跳动的火焰瞬间熄灭，一个炽热的火球覆盖了他的拳头。

他看着浑身紧绷的朱厌，淡淡说道："让我来见识一下神界凶兽的厉害吧。"然后，他猛地向前挥出燃烧的右拳。

只见一团比朱厌身体更大的拳形火焰出现了，远远看去像一块燃烧的陨石，带着无可匹敌的力量冲向朱厌。

朱厌大吼一声，赤色神力汇聚到它的右拳上，恐怖的能量波动从右拳上传来。它这一拳估计比刚才击破幽冥领域那一拳更厉害。

它身体下蹲，降低自己的重心，右拳砸向那拳形火焰。

砰的一声，大地被这两股力量波及，硬生生出现了一个半径三里的坑洞。

坑洞中，朱厌脚下是一道深深的沟。刚才那一击，它后退了数十米，张景琰只退了三步。

"力量挺强。"张景琰淡淡说道，一边甩了甩手。

朱厌死死地盯着这个击退它的男人，眼神逐渐变亮，像两颗红色星星。

"嗷——"它嚎叫着，双拳猛捣地面，赤色神力在它庞大的身躯上蔓延，煞气逼人。

这时，一大片乌云飘来，笼罩了这片天空，里面隐隐有电光游走。

砰！朱厌再次双拳猛捣地面，狂风四起，飞沙走石。

张景琰眯着眼睛，说道："开始认真了吗？"狂风将他的风衣吹得猎猎作响，他却如同磐石一般屹立不动。

乌云中游走的电光越来越多，一道闪电突然劈了下来，落在张景琰所站之地。

咔！

地面上被劈出一个深坑，里面还有点点星火，张景琰却不见了。

就在朱厌四下寻找张景琰时，一道火光出现在它的头顶，张景琰从中跃起，神色平静。

张景琰手一挥，一柄耀眼的炎之剑出现。他握着炎之剑向朱厌狠狠斩去，空中出现一个红色光环。

朱厌感知到了，赤色神力爆发，抬头向炎之剑咬去。

铿！金属撞击声响起，朱厌死死咬住炎之剑。

张景琰嘴角微微上扬，手中的炎之剑突然燃起熊熊火焰，像一个巨大的火球。

砰！这个巨大的火球在空中爆开，直接将乌云炸出一个大洞。

朱厌嘴上满是血迹，痛苦得嚎叫起来。

张景琰再次出现在火光中，身后出现了两只交叉相握的火焰手臂，火焰手臂顷刻间化作一把红色的大锤，挥向朱厌受伤的脸部。

朱厌怒吼一声，对着红色的大锤挥出利爪，空中顿时出现五道风刃，直接斩碎了那把红色的大锤，还将一座小山头拦腰斩断，扬起大片灰尘。

"这，这……"中年络腮胡子男吞了一口唾沫，眼前的战斗景象完全超出了他的想象，估计神仙打架也不过如此。

"要不我们撤远点看？"

"同意！"

"附议！"

萱萱和扎着马尾辫的女人也被吓得不轻。于是，他们三人直接拔腿向后方狂奔，生怕被波及。

这时，张景琰眉毛一挑，冷哼一声，化作一道火光迅速冲向朱厌。

朱厌猛地冲向火光，身上的赤色神力化作一个图腾。这个图腾足足有成远集团那栋大楼那么大，上面有无数血色脉络，煞气萦绕其中。

狂风卷起图腾，狠狠砸向火光。火光一转，避开图腾，图腾径直砸在了地面上。

砰！只听一声巨响，地面再次龟裂开来，地上的裂缝像蜘蛛网一般蔓延出去。

突然，一团火焰从朱厌的侧面袭来，将朱厌击倒在地。

朱厌挣扎着从地上爬起来，使劲地甩了甩头，身上的毛还带了点火星，死死地盯着悬浮在空中的张景琰。

✦

"陛下，封印之书来了！"

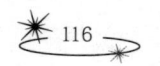

一个声音从远方传来，张景琰转头看去，只见庆涯踏风而来，怀中抱着木匣，神色匆匆。

庆涯打开手中的木匣，取出一个黑色卷轴，等待张景琰的指令。

张景琰只是看了庆涯一眼，随后转身继续与朱厌战斗。一阵阵爆炸声响起，其中还夹杂着朱厌的嚎叫声。

"陛下？"庆涯一愣。之前不是说用封印之书封印朱厌吗？

在朱厌的操控下，那个巨大的图腾砸垮了一座山。虽然朱厌现在已经遍体鳞伤了，但是那双眼睛依旧充满战意，挥舞着手中的图腾再次冲向张景琰。

张景琰的双手在虚空之中勾勒着什么，丝毫没有在意气势汹汹的朱厌，就在巨大的图腾即将砸在他的脑袋上时，七点星火凭空出现在朱厌的身旁。

朱厌猩红的双眸一眯，极度的危机感瞬间笼罩了它，赤色神力瞬间覆盖全身。

只见七点星火越来越明亮，眨眼间化作红色星星，随后轰然爆开！

轰轰轰轰轰轰轰！

七团巨大的火球将朱厌巨大的身体笼罩其中，恐怖的爆炸带起了一道道肉眼可见的波纹，将周围仅剩的几座山峰夷为平地，下方的岩石呼吸之间便被升华，极度炽热的能量灼烧着一切。

零号机构的三人组转过身，只见一个一个小太阳在空中升起，一股热浪席卷而来，他们齐齐吞了口唾沫。

"这便是炎帝之威吗？"

恐怖的爆炸逐渐消失，处在爆炸中心的朱厌已然浑身是伤，狼狈地半跪在地，一只眼睛也被炸瞎了。

"陛……"庆涯刚要开口，张景琰手中又出现一柄炎之剑，狠狠地向朱厌的身上斩去。

这时候的庆涯终于明白了张景琰的意图，他不想封印朱厌，而是想将其就地格杀！

炎之剑每一次挥动都能带起一阵爆炸，失去了行动能力的朱厌用图腾勉强撑住自己的身躯，仅剩的一只眼睛死死地盯着张景琰。

张景琰神色淡漠，米色大衣随风飘动，手中的炎之剑斜指地面，一步步地向朱厌走去。

"人……类！"

朱厌撑着鲜血淋漓的身体，艰难地吐出了两个字。

张景琰的脚步一顿，惊讶地开口："你居然会说话？那你刚刚一直吼什么？"

"若不是……我只恢复了三成实力，"朱厌一字一顿地说道，仿佛许久不曾开口，"就凭你半步神王……"

噌！

一道巨大的炎刃划过，朱厌的右臂直接被斩断。

剧痛让朱厌身体一颤，再次嘶吼起来。

"我还以为你要说些什么，真是无趣。"手持炎之剑的张景琰面无表情，淡淡说道。

"我……可以帮你……对抗神界！"朱厌按捺住心中的怒火，一字一句地说道。

"哦？"张景琰眉毛一挑，"这倒有些意思，你不是神界的凶兽吗？怎么会帮我们对抗神界？"

"我被……放逐，怨恨！"朱厌的舌头似乎有些拐不过来，拼凑了半天才表达出自己的意思。

"你是说你被神界放逐，所以恨他们？"张景琰道。

朱厌点了点头，正欲说些什么，一道炎刃直接划过它的咽喉，它巨大的头顺着平滑的伤口滑落。

那一只猩红的眼睛死死地盯着张景琰，它到死也没想清楚这个男人为什么突然下杀手。

"不好意思，没兴趣。"张景琰瞥了它一眼，悠悠开口。

远方一只晶莹剔透的冰凤凰扇着翅膀冲破云雾，径直向朱厌的尸体飞来。

"这……这里发生了什么？"纪千明看着满目疮痍的大地，忍不住惊呼道。

他虽然没来过泽心，但也没少看过别人晒出的照片，实在是难以将眼前末世般的情景与优美的泽心联系起来。

"你们看那儿。"少妇手指着废墟的一侧，隐约之间可以看到一只

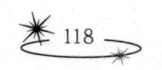

巨兽的尸体和一个身穿米色大衣的男人。

"那就是朱厌？"张凡看着巨兽尸体，有些诧异。

巨大的冰凤缓缓落地，四人从冰凤的背上依次跳下，张景琰见到来者一愣，惊讶地开口："白晴？你怎么来了？"

少妇轻笑道："看来是我杞人忧天了，想不到我们的炎帝陛下居然单枪匹马斩了朱厌。"

张景琰有些不好意思地挠了挠头，哪里还有方才剑斩朱厌的霸道模样。

"勾陈新生张凡拜见炎帝陛下。"张凡微微躬身，作揖道。

"勾陈新生纪千明拜见炎帝陛下。"纪千明有样学样，偷偷用余光打量着这位威震四海的炎帝。

一头乱糟糟的头发，身上的米色风衣也沾了些许油污，胡子拉碴的形象简直跟住对门的老王一个样，丝毫看不出有帝王之气。

"你就是纪千明？那'勾陈救命'几个字就是你搞的吧？"张景琰似笑非笑地看着纪千明，一只手摩挲着下巴的胡茬儿。

"喀喀，当时情况紧急，迫不得已才出此下策。"纪千明心中暗道不好，难道炎帝大人要追究自己乱用勾陈名号的事情？

张景琰只是拍了拍他的肩膀，笑骂道："崔胖子说得没错，果真是个混世魔王，到了勾陈好好努力，你会喜欢那里的。"

说罢，他转过头看着张凡："还有张凡，能力越大责任越大，到时候多带带纪千明。"

张凡轻轻点了点头，纪千明心中却闪过一丝疑惑：明明都是新生，为什么给人感觉他们早就认识一样？

"我们在上邪会保护的大楼里发现了朱厌断尾……"白晴突然想起来什么，眉头微皱，将成远集团的秘密缓缓道出。

纪千明此刻注意到了地上的朱厌尸体，好奇地走了过去。

"这就是朱厌，真是大得吓人啊。"纪千明看着面前比自己整个人都大的朱厌的脑袋，唏嘘道，"然而还是被炎帝陛下斩首了……你瞪我做什么，有本事瞪炎帝陛下啊！"

纪千明看着瞪得像铜铃的猩红眼球，吐了吐舌头，心想：有本事你再起来揍我啊？

巨大的眼球死死地盯着纪千明，仿佛真的在看着他一样，让他不由得打了个哆嗦，正要说些什么，恍惚之间朱厌的眼球似乎轻轻转动了一下。

一股寒意顿时从纪千明的脚底板直冲头顶，他面色瞬间煞白，暗道：这都死了还会动眼球？

他正要大喊，一道红光闪电般从朱厌的眼中射来，直接没入纪千明的眼中！

◇

轰！

纪千明只觉得眼前一红，脑海之中爆发出一声巨响，朱厌的身影缓缓浮现，狞笑着向他的脑海深处走去。

"人类，愚蠢至极！等我夺舍成功，修为恢复时，定要将那个火男碎尸万段！"

此时纪千明突然直挺挺地倒在地上，引得周围的几人纷纷惊呼。

"纪千明！"赵祈雪惊呼一声，跑到了他的身边，神色之中满是焦急，"这是怎么了？"

张凡伸出手探了探他的鼻息，检查了他的眼球，眉头微皱。

"像是昏过去了。"

"这好好的，怎么昏过去了？"

张景琰与白晴走来，用精神力探查了纪千明的身体状况，白晴也是满脸疑惑："奇怪，确实是晕过去了。"

张景琰看着一旁的朱厌头颅，与之前并无差别，他沉吟半晌开口道："这朱厌是神界凶兽，煞气极重，或许他是被朱厌死后残留的煞气所伤，一时晕厥，休养一阵就好了。"

众人若有所思地点点头，赵祈雪的脸上还是挂着些许的担忧。

"白晴，我还要带崔胖子回去治伤，无暇照顾这个小家伙，就先麻烦你照顾他了。"张景琰道，"等他醒来告诉他，9月1日勾陈开学，他务必要赶过来。"

白晴美眸一转，似笑非笑地说道："哎，我们师徒俩还打算在周围

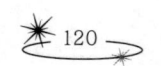

玩几天，而且我这段时间也累了，恐怕……"

"师父，他就交给我来照顾吧。"赵祈雪见白晴有心拒绝，连忙开口。

"既然我徒弟都这么说了，那就这样吧。"白晴用余光看到赵祈雪满脸紧张，嘴角若有若无地上扬，有些无奈地说道。

"张凡，你和我一起走。"张景琰看向张凡，突然说道。

"好。"

泽心周边笼罩的云雾逐渐散去，露出满目疮痍的大地和面目全非的山峰，朴智敏带着勾陈的人寻到了张景琰和受了重伤的崔胖子，火速赶回勾陈，这一场朱厌出世的风波总算告一段落。

一座山峰之上，三个穿着白袍的人正俯瞰泽心，络腮胡子男子点起一根烟，犹豫地看着破碎的大地，眉头都快拧到一起了。

"唉，都弄成这样了，这怎么跟民众解释？"

萱萱不知从哪里掏出一根棒棒糖，吧唧一口含到了嘴里，她的眼睛突然一亮，猛地从地上爬了起来，冲着一个方向疯狂招手。

"澜心哥哥！这里！"几人齐齐望去，只见一个同样身穿白袍的年轻人缓缓从远方走来，看到激动的萱萱，露出一个微笑，正是之前在战场外安抚民众的那位少将。

"啧啧，果然女人都是看脸的生物，凭什么萱萱对澜心那个臭小子就那么上心？"络腮胡子男子撇了撇嘴，嘀咕道。

长马尾女人翻了个白眼，没好气地说道："你见过哪个小萝莉喜欢油腻大叔的？"

络腮胡子男子："……"

纪千明此刻仿佛一个看客，只能眼睁睁地看着狰狞的朱厌闯入自己意识的最深处，每当他试图反抗的时候，朱厌仅用一个眼神就让他的精神力完全崩溃。

"该死！怎么会这样！再这么下去我不会真的被它夺舍吧！"纪千明暗骂道，脑中不由得浮现出自己的身体被朱厌接管，然后被炎帝直接斩首的情景。

我连个女朋友都没有，我还不想死啊！纪千明疯狂地调动精神力去拦截，却根本无法阻挡朱厌半步，两者根本不在一个层次，哪怕对方只是残魂。

只见朱厌一步踏出，突然来到了纪千明脑海中的神秘空间。

朱厌看着雾气翻滚的神秘空间，狰狞的脸上露出诧异，惊呼道："神识化雾！还是如此广阔的浓雾！这小子到底是什么来头？"

它愣了半晌，随后发出一阵狂笑："真是造化弄人，我真身被打散，却无意中夺舍了这么一副逆天之身，当真是造化弄人啊！哈哈哈哈哈！"

纪千明在一旁看得莫名其妙：神识化雾？是说这里的浓雾吗？听他这么说似乎很厉害的样子，难道我其实是个天才？

越想纪千明的气就越不打一处来：老子这么好的资质就便宜你了？突然，他的眼睛一亮。

镜子！自己还有那神秘的镜子系统！

那面赐予自己镜花，使自己拥有复刻能力，还有魂气具象化能力的神秘镜子，能不能解决自己当前的困境？纪千明的心中燃起了一丝希望之火。

暴露了就暴露了，人都被夺舍了还藏着这镜子有什么用？纪千明心一横，右手猛地向脚下的镜面按去。

镜子啊镜子，给点力啊！

突然，一股刺眼的光芒从朱厌的脚下爆发出来，遍布空间的浓雾剧烈地翻滚起来，朱厌眯着眼睛，向脚下看去。

只见它脚下的镜面上突然出现几行红色的大字。

监测到不具备使用权限的生命入侵！
判定存在恶意！
开启三千镜界！

刹那之间，六根白色锁链突然从镜面上钻出，闪电般地将朱厌牢牢锁住。

朱厌心头狂震：这是什么东西？神兵吗？从来没听过哪个人还能在神识空间藏神兵的！

朱厌的身上冒出大量的赤色神力，然而这些赤色神力在接触到锁链

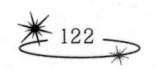

的瞬间就被吸收，根本无法凝聚成形。它怒吼着，浑身上下每一处都在用力，锁链却纹丝不动。

它脚下的镜面荡起一道波纹，像是一道沼泽，锁链将它的身躯不断拉入镜面沼泽之中，深深的恐惧出现在它的眼里。

该死！这到底是什么东西！

几秒之后，朱厌的头也被镜面吞没，波纹缓缓消失，整个镜面像是什么都没发生过一样，归于宁静。

纪千明在一旁看得目瞪口呆，他走到刚刚朱厌沉没的地方，用手指试探性地戳了戳镜子，和普通的镜子没什么区别。

突然，一道嘶吼着的巨兽身影从镜子的另一侧浮现出来，吓得纪千明一屁股坐在镜面上，然而无论朱厌如何愤怒地敲打镜面，都无法从中脱离。

简直就像是被封印到了镜中的世界一般。

纪千明倒吸了一口凉气。这镜面也太诡异了吧，竟然可以直接把生命封印到镜中？

这面镜子的后面就是所谓的三千镜界？

◇

"小子！快放我出去！"一道意念从镜子后面传来，吓了纪千明一跳。

"你被关进去了还能说话？"纪千明试探性地用手戳了戳镜中朱厌的脑袋，朱厌张开血盆大口便要咬，却被死死地挡在了镜面之后。

"嘿嘿，有意思。"纪千明一屁股坐在镜面上，悠哉游哉地观赏起朱厌暴怒的样子，像是在看动物园里的老虎跳火圈。

"小子，你放我出去，我保证不夺舍你，还给你一份大机缘！"朱厌见威逼不行，开始利诱起来。

"哦？"纪千明眉毛一挑，露出一副感兴趣的样子，"都有哪些机缘？你给我说说看。"

"比如道玄神帝留下的宝藏、上古圣地瑶池留下的道统，还有我私人的千年收藏，任何一个秘密抛出去都能轰动天下，只要我出去，这些都是你的！"朱厌见纪千明感兴趣，努力地让自己露出"和善"的神情，循循善诱地说道。

纪千明听得一愣一愣的，疑惑地开口："什么道玄神帝，我都没听说过，还瑶池，不都被孙猴子打翻了吗？"

这次轮到朱厌愣住了：孙猴子是何方神圣，竟能打翻瑶池？不对啊，瑶池不是被上古的神帝所毁吗？

"你没听过孙猴子的故事？"纪千明见朱厌一脸茫然，兴致勃勃地给它讲起故事来，"故事要从唐朝说起。话说有一个和尚叫玄奘，他……"

朱厌愣是听纪千明说了大半个小时的《西游记》，开始发觉事情有些不对：这好像不是神界的背景啊？

"你等等，我说的是神界的瑶池，你说的是什么？"

"王母娘娘的瑶池啊？"纪千明瞪大了眼睛，理所当然地回答道。

朱厌："……"

纪千明心中一紧：这朱厌竟然不是地球上的生物？难道《山海经》中记载的凶兽大多来自神界？那道玄神帝又是神界的什么人？

"你刚刚说的道玄神帝，怎么听起来那么像邪教组织的头头，他的宝藏很值钱吗？"纪千明疑惑地问道。

"哼，果然是无知的地球人。"朱厌不屑地看了他一眼，耐着性子说道，"道玄神帝可是神界的统治者，他若是出手，翻手之间就能将你们这地球拍碎，你说他留下的宝藏值不值钱？"

"那他这么厉害为什么不直接出手灭了地球？"

"当然是由于世界壁垒的存在，神以上的存在无法进入这个宇……"朱厌似乎想到了什么，声音戛然而止，随即冷笑了起来。

"想利用我来套取神界的情报？嘿嘿，你们人类现在的处境不好受吧？"

纪千明见目的被识破，翻脸比翻书还快，他缓缓起身，悠悠开口："人类处境好不好我不知道，我只知道你的处境很差。"

笑话，刚刚还想夺舍我的身体，现在还想让我把你放出来？要不是想多了解一些神界信息理都不会理你。

纪千明冲着朱厌翻了个白眼，头也不回地离开了镜子空间。

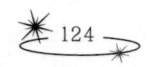

已是黄昏，金色的阳光从窗户外照进来，淡淡的幽香弥漫在屋中。

纪千明缓缓睁开双眼，发现自己正躺在一张干净的床上，周围的陈设十分奢华，甚至还有些熟悉，床边的银发女生正坐在椅子上打着瞌睡，身子微微摇晃。

"这里是……富喜来酒店？冰皇陛下她们的房间？"纪千明略作思考就明白了自己身在何处。

他转头看向打着瞌睡的赵祈雪，她长长的睫毛随着呼吸微微地颤抖，一头银发在黄昏下发出淡淡的金光，给人一种难以言喻的美感。

纪千明轻轻吞了口唾沫，正打算下床，赵祈雪缓缓睁开了双眸。

"你要去哪儿？"轻柔的声音响起，纪千明浑身一震。

"我……我想上厕所。"纪千明支支吾吾地说道。

"……你的身体没事了？"赵祈雪眨着眼睛，仔细地打量着纪千明，轻咦了一声。

"你的额头上怎么多了一个红色的菱形物体？"她起身将细嫩的手掌放到了纪千明的眉间，轻轻摩挲着。

只见那个红色的菱形物体像是纹在了纪千明的眉心一样，无论如何摩挲都不会掉色。

"明明昏倒之前还没有啊，不过倒是挺好看的。"

银色的头发蹭到纪千明的脸上，此时少女的脸庞几乎快贴到了他的额头上。他顿时脸色通红，正要说些什么，赵祈雪却突然起身。

"你昏迷了这么久应该饿了吧？我记得厨房里还有泡面，我去煮一点。"

纪千明见赵祈雪起身，急忙侧过头去，若无其事地问道："我睡了多久？"

"快二十小时了。"赵祈雪的声音从厨房传来，随后便是一阵叮叮当当的厨具撞击声。

"冰皇陛下去哪儿了？"纪千明突然想到了什么，赶紧环顾了四周，眼神贼兮兮的。

"老师出去买东西了。"

纪千明松了口气。要是刚刚的举动被冰皇看到，自己应该会碎得很均匀……

没多久，穿着围裙的赵祈雪从厨房走了出来，手中端着一碗热腾腾的泡面，笑着递给纪千明。

"趁热吃吧。"

纪千明怔怔地看着眼前的泡面，一股酸涩从心底猛地涌了上来，作为一个孤儿，他长这么大还是第一次有人专门为他做一顿饭，哪怕只是碗泡面。

昏黄的阳光照进屋子，热气腾腾的泡面之后是少女期待的目光，眼前的这一幕是他做梦都不敢想的。

在这陌生的城市之中，在一位仅有两面之缘的少女面前，他第一次感受到了"家"的感觉。

他捞起泡面，缓缓地塞进嘴中，细细地咀嚼着，突然，他的眼角滑下两行清泪。

"祈雪，这些绿色的是什么？"纪千明从泡面之中捞出一团绿色的不明物体，泪眼婆娑地看着赵祈雪。

"我也不知道啊，我看它放在厨房挺好看的就放进去了，不好吃吗？"赵祈雪的脸上顿时写满了失落。

纪千明哭着吃下了一口芥末，竖起了一个大拇指："好吃！真的太好吃了！"

"那你哭什么？"

"那是因为我太感动了。"纪千明抹了把眼泪，大口大口地吞咽着泡面，极大程度上避免了芥末和口腔的接触。

◇

纪千明放下手中干干净净的纸碗，从第六包纸中抽出了最后一张纸，狠狠地拧了把鼻涕。

"谢谢你，祈雪。"

赵祈雪好看的眼睛眯成了两个小月牙："你还是第一个吃我做的饭的人，之前师父都不让我做饭，看来我还挺有天赋，以后一定要给师父做一次！"

"喀喀喀喀。"纪千明猛地咳嗽起来，"相信你的师父一定会很喜

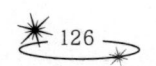

欢的。"

许久之后，白晴带着两大袋的零食打开了大门，看到已然清醒的纪千明，嘴角微微上扬。

"冰皇陛下。"纪千明见白晴回来，赶忙从沙发上站了起来，恭恭敬敬地开口。

"不必多礼，我给你们带了零食，快来吃吧。"

赵祈雪看到白晴手中的零食，眼睛顿时亮了起来，急急忙忙地接过白晴手中的袋子，细细地查看起来。

"薯片、妙脆角，啊！居然还有辣条！"赵祈雪惊喜的声音响起，像是一个得到了喜欢的玩具的孩子。

纪千明看到赵祈雪的反应一愣，疑惑地开口："这不都是很常见的零食吗？"

赵祈雪往嘴里塞了一把辣条，将袋子递给纪千明，含糊地说道："因为平日里都跟着师父在长明山上修炼，一年难得下山一次，这些东西又只有下山才能吃到。"

"长……长明山？"纪千明瞪大了眼睛，"是吉云那座常年飘雪的长明山？"

赵祈雪点了点头。纪千明不由得倒吸一口凉气，常年在长明山山顶修行，这就是冰皇传人的修行生活吗？这也太艰苦了吧！

"祈雪，我们该启程回去了。"白晴突然开口道。

赵祈雪的身形一顿，随后缓缓点头，乖乖地答道："是，师父。"

少女脸上的喜悦顿时消失，随之而来的是忧郁与沮丧，一双美眸之中充满了不舍，看得纪千明心头一痛。

"冰皇陛下，要不再多待一天吧，我明天带着祈雪去附近的游乐场好好玩一玩，一直待在山上会憋坏的。"纪千明忍不住开口。

白晴沉吟了半晌，看着沮丧的赵祈雪轻叹了一口气，说道："也好，这么多年只有我和祈雪在山上修炼，难得多了个朋友，你明天就带她好好玩玩，我们后天再启程。"

赵祈雪的眼睛顿时恢复了神采，整个人激动起来，冲着纪千明感激地眨了眨眼，脸上露出灿烂的笑容。

第二天早上，纪千明早早地带着赵祈雪来到了最近的游乐场，看着眼前宛若童话世界的新世纪乐园，赵祈雪的眼睛都直了。

"千明，那个在轨道上滑的是什么？看起来好刺激！"

"千明！这个从天上掉下来的机器好好玩的样子，我们也去坐吧！"

"千明千明，那个天上旋转的椅子好厉害，我想去坐！"

纪千明从飞椅上歪歪扭扭地走下来，腿一软直接瘫在地上，面色煞白。看着活蹦乱跳的赵祈雪，纪千明的眼中充满了恐惧。

隔壁的儿童游乐区它不香吗？为什么非要玩这些吓死人不偿命的项目，我以前玩过最刺激的项目就只是碰碰车啊！

"你怎么了？"赵祈雪看到瘫在地上的纪千明，关切地问道。

"没什么，我就是……哕！"

纪千明缓了一阵，迈着坚定的步伐向儿童游乐区前进，突然他的眼睛一亮，带着赵祈雪快步走向一个建筑。

"镜子体验馆？"赵祈雪看到挂着的牌子，轻轻地念出了声音。

纪千明的脸上露出一个神秘的笑容，带着赵祈雪走了进去。

掀开黑色的门帘，里面是一条长长的镜子走廊，走廊的两侧和上方都是大片的镜子，漫步其中仿佛走进了镜中的世界，四处都是他们二人的身影。

"这里挺有意思，但是没有跳楼机好玩。"赵祈雪对着镜子做了几个鬼脸，兴致缺缺地说道。

"再往里走一些，我给你看个厉害的。"纪千明笑了笑，二人沿着镜子走廊向里走去。

穿过走廊，里面是一片大大的空间，周围由一面面巨大的镜子围住，镜子与镜子中间出现了一些小小的通道，无论看向哪里都是自己的身影，看得人眼花缭乱。

"镜子迷宫？"赵祈雪看到了旁边的牌子，被这里的光线晃得晕乎乎的。

纪千明转过身，嘴角微微上扬，打了个响指。

唰！

整个空间突然陷入一片黑暗，吓了赵祈雪一跳："发生什么了？纪千明你在哪儿？"

她的话音刚落，点点蓝光从她身边飘过，一道阳光投到她的身

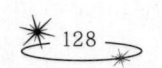

前，不知何时那里竟然出现了一朵蓝色的玫瑰花，微微摇摆着，圣洁而又美丽。

"咦？"赵祈雪轻咦一声，正要弯下腰去摘那朵蓝玫瑰，突然又是一束阳光照了下来，越来越多，整个空间越来越亮。

只见二人的周围已然出现了一片蓝色玫瑰花的花海，密密麻麻，一直向地平线延伸出去，绵延万里。

头顶之上有几道白云悠然飘浮，花海之中似有一阵微风吹过，带起道道蓝色的波浪，细小的花瓣随风而起，萦绕在赵祈雪的身边，宛若一只只蓝色的精灵。

赵祈雪怔怔地看着眼前如梦似幻的一幕，她的童年几乎都是在皑皑白雪之中度过的，连一朵花都很少见到，更何况眼前这绵延的蓝色花海。

此时的她立于花海之间，缓缓伸出手，蓝色的花瓣穿过她的手掌，飘向远方。

"怎么样？这个离别礼物还喜欢吗？"纪千明站在她的身边，笑着开口道。

"喜欢。"赵祈雪的心中有一股说不清道不明的情绪弥漫着，她看着这片花海，轻轻说道，"我连做梦都没想过能看到这样的场景，你说这么美好的地方真的存在吗？"

纪千明挥手散去了非花的幻象，沉吟了几秒，坚定地开口道："存在，这个世界的某一个角落，一定存在着这样美好的地方。"

赵祈雪点了点头，对着纪千明郑重地说道："谢谢你，这个礼物我真的很喜欢，可是，我什么都没为你准备……"

她的脸上浮现出懊恼的神色。纪千明的嘴角上扬，露出一个灿烂的笑容。

"你已经给过了。"

他的脑海中，一碗热气腾腾的泡面浮现出来，带着温暖的回忆，永远地刻在了心里。

Chapter 5

第五篇
加入学院

机场安检处。

戴着墨镜的白晴拖着一个拉杆箱，黑色的头发散乱地铺在肩上，高贵冷艳的脸庞引得周围的男人纷纷转头注视。

在她的身后跟着纪千明与赵祈雪，纪千明拖着两个大大的行李箱，身上还背着厚重的登山包，咬着牙艰难地向前挪动。

赵祈雪的脸上带着一丝沮丧，眼巴巴地看着身边的纪千明，似乎想说些什么。

"好了，就送到这里吧。"白晴看了一眼时间，开口道。

纪千明将手中的行李递给二人，抹了把头上的汗水，气喘吁吁地说道："祝陛下一路顺风。祈雪，记得有空给我打电话，放假我会去长明山上看你的。"

赵祈雪点点头，一双美眸之中尽是不舍，轻轻开口道："等我下次下山，我也会去找你的。"

纪千明露出一个灿烂的笑容。这时白晴似乎想起了什么，嘱咐道："张景琰让我告诉你，勾陈9月1日开学，让你当天务必要到，否则将失去进入勾陈的机会。"

纪千明一愣，随即点点头，心中隐隐觉得有哪里不对。

"走了。"

"千明拜拜！"

两人向纪千明道别，转身走向安检口，不一会儿，她们的身影就消失在了纪千明的视线中。

纪千明微笑着，一个念头突然在他的脑海中闪过，笑容瞬间凝固在脸上。

"等等！勾陈学院到底在哪儿啊？我该怎么去？"纪千明急匆匆地喊，但二人此刻已然走远，根本听不到他的声音。

纪千明的嘴角疯狂抽搐，想着自己不会变成第一个因为不知道勾陈学院在哪儿而被劝退的学生吧。

他打开手机疯狂搜索勾陈学院，然而却看不到关于它的任何信息，

131

仿佛它根本就不存在。

一所不存在的大学？纪千明眉头紧锁，勾陈无疑是存在的，但是因为其特殊性，根本不可能直接出现在大众的视野之中，既然搜不到它的地址，自己又该怎么去呢？

录取通知书！

纪千明突然想到了之前在保健品店领到的通知书，当初在回去的路上被暴徒追杀，后来带着张凡回去休养的时候放在了酒店，就一直没时间打开。

"坏了！已经退房了，我的通知书还在里面！"纪千明急急忙忙地跑出机场，打了辆出租车就往富喜来酒店赶去。

"2101是吗？我帮您查一查。"前台的服务生很礼貌地说道，随后在电脑上敲击了一阵，"帮您查到了，确实有一个背包，至于里面有没有录取通知书就不清楚了，就放在左侧的保管室，您去看看吧。"

纪千明松了一口气，既然包还在，录取通知书就一定还在。

他一路小跑，到保管室取出自己的背包，翻找起来，保管室门口的老大爷笑呵呵地走到他身边。

"小伙子，是哪家学校的录取通知书啊？"

"哦，勾陈学院。"

"嘶，没听说过啊，是个二本吧？"

纪千明的眼睛一亮，从里面掏出录取通知书，犹豫了半晌，开口道："不是几本，是特殊学校。"

老大爷一愣，语重心长地说道："小伙子，这野鸡大学可不能乱去啊，我可听说有些野鸡大学打着特殊教育的幌子坑学生，学费还特别贵。"

纪千明突然顿住了，对啊，忘了问学费多少了！

他突然觉得有些牙疼。怎么感觉这老大爷说得挺有道理呢，没有正规网站，不知道地址在哪儿，不知道学校教啥，不知道学费多少……自己不会真的被坑到野鸡大学去了吧？

正值中午，炎热的太阳炙烤着街道，路上行人被阳光晃得睁不开眼，行色匆匆。

街道的一侧，一个少年背着书包坐在石阶上，手里捧着一封录取通

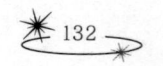

知书，他小心翼翼地打开它。

　　亲爱的纪千明同学：

　　我很荣幸，也很不幸地通知你，你已经被勾陈学院录取了。

　　千年勾陈，庇佑人类。在成为勾陈学院的学生后，你将成为守护人类的一分子，你需要舍弃现在所拥有的一切，包括身份、地位、亲人、朋友，从今往后你将成为人间的幽灵，你为人类做的一切将不会被世人铭记。

　　你的一切功勋将会被刻在铭碑之上，仅有极少部分人会记住你的名字，或许千百年后这段历史会展现在世人面前，但那时你可能已经不在人世。

　　你现在还可以选择退出，若是如此，请撕掉这封通知书，同时毁掉灵钥，并发誓不会使用叶纹为己谋私利，危害社会。

　　勾陈学院的入学通道每两年开启一次，每次仅9月1日这天开启，若愿意为守护人类而战，请务必在当天用意念将灵钥激活，它将为你打开勾陈学院的大门。

　　附：在打开勾陈学院的大门之前，去斩断对人间的留恋吧。

校长：张景琰

　　纪千明沉默地看完了这段话，看着车水马龙的街道怔住了。

　　这段话的内容超乎了他的想象，跟平常的录取通知书比起来更像是一封恐吓信，舍弃自己的一切，去为人类拼命，别人还压根儿不知道，这种脑残的事情真的有人会做吗？

　　但是他，一无所有。

　　没有能够其乐融融的家人，没有能交心的真正的朋友，没有人关心他的死活，哪怕他今天饿死在街头，也只会被警察当作流浪汉处理了，甚至连个送终的人都没有。

　　他就像是一片停留在人间的落叶，一阵风吹过之后，无法留下任何痕迹。

　　那自己存在的意义究竟是什么？这不是纪千明第一次想到这个问

题，这么多年来他一个人艰难地活下来，不停地扪心自问：我到底是为了什么活在这个世界上？

很多很多年，他也没能找到那个答案，但现在那个答案似乎就在他的手中。

为了守护人类，这个答案听起来不错。纪千明想着。

他拉开自己的衣领，看向胸口的银色叶纹，喃喃自语："这也是你选择我的理由吗？"

纪千明将录取通知书塞回信封中，从信封里面掏出了一把黑色的钥匙，这钥匙的形状很古怪，像是古人用的钥匙，又长又大，握在手中能感受到一丝丝的冰凉。

"这就是灵钥？"

◎

纪千明仔细地打量着手中的灵钥，嘀咕道："这玩意儿怎么打开勾陈的大门？怎么用？插在门里喊一句'芝麻开门'，勾陈就会出现在我的眼前吗？"

他郑重地收好了通知书与灵钥，反正距离开学还有一个半月，现在研究也研究不出什么。

纪千明缓缓起身，突然意识到一个问题。还有一个半月，自己该怎么活下去？酒店已经被勾陈的人退了，自己身上一分钱都没有，小破楼肯定是回不去了，那自己又该去哪儿呢？

"还有哪个准大学生比我更惨？"纪千明苦笑道，顺着街道向前走着。他心想，不管怎么说先找个落脚的地方吧。

不知过了多久，一张小小的海报跃入纪千明的眼帘，他的眼睛一亮。

一个半月的时间转瞬即逝，时间像是被拖动了进度条，眨眼就到了8月底。夏天的酷热正逐步散去，大批的学生从家里匆匆赶往学校，开始充实而美好的新学期。此时新世纪游乐园人流量已经少了很多，而一家鬼屋的门口却依旧排着长队。

"大家好！我是探险家小月，今天来到的这家爆火鬼屋在最近一个月内声名鹊起，被称作真江最恐怖的鬼屋，到底是徒有虚名还是名副其实呢？小月将带着两位重量级嘉宾给大家全程直播！"

长长的队伍之中，一个打扮时髦的少女正对着手机屏幕介绍着身边的搭档。

"这位是赵老哥，赵老哥是国内流动鬼屋'藤原鬼校'的设计顾问，经由他的手设计出的鬼屋个个都已火爆全国，可以说是经验丰富，今天将由他来点评这次的鬼屋探险。"赵老哥结实的身体出现在屏幕之中，笑着对直播间的观众问好。

紧接着小月又将镜头转到了另一个瘦削的男子身上，用甜美的声音介绍道："这位是有名的鬼屋体验家李想，现如今他已经体验过近千家国内外的鬼屋，这次能请到他也是小月的荣幸呢。"

李想牵强地露出一个笑容，随后又恢复了冰冷的"僵尸脸"，一双眼睛不停地打量着眼前的鬼屋，不知在想些什么。

这时，一个中年男人从鬼屋中走了出来，对着三人说道："我是这家鬼屋的老板陈戈，你们是鬼屋俱乐部的人吗？"

小月点点头，说道："陈老板，我是小月，我们之前通过电话。"

一阵寒暄之后，陈戈带着三人走进了鬼屋的门，门后面是一张桌子，上面放着一沓纸。

"各位，进我们鬼屋之前是要签免责协议的。"陈戈递过去一支笔，和善地说道。

"哼。"李想冷哼一声，眼神中充满了不屑，"都是懂行的，就别在这儿装了，直接进入正题吧。"

陈戈的脸色不变，淡淡说道："你可能是有什么误解，这免责协议不是为了营造紧张气氛，而是为了各位的安全着想，不签免责协议是不能进去体验的。"

李想正要发作，赵老哥笑呵呵地接过了笔，干脆利落地签上了自己的名字，李想犹豫了一下，还是老老实实地签了上去。

陈戈见协议签完，带着三人穿过一条长长的走廊，同时交代起了故事背景。

"这是由真实事件改编的场景，叫作'寂静鬼校'。一家建在山腰上的聋哑人学校中，同一个宿舍的六名聋哑少女离奇死亡，杀死她们的究竟是什么？传闻每到午夜，那间被封锁的宿舍中总会传来指甲磨墙的声音，还有人在女厕所的隔间中看到过倒吊的少女，这些事件背后的真相是什么？"

陈戈的声音仿佛有一股魔力，身后的三人顿时觉得周围的温度都下降了许多。小月从兜里掏出一个小本子，不停地写着什么。

"故事背景设定，八分。"陈戈瞄了一眼，收回了目光。

"还有个事情要提醒你们。"几人走到走廊的尽头，陈戈突然开口，"如果你们在鬼屋内遭遇到特别危险的情况，一定要对着摄像头大喊。如果周围没有摄像头，就先找个地方躲着，二十分钟之后我就会去救你们。"

小月的眼皮一跳，遇到特别危险的情况是什么意思，我们不就来参观个鬼屋吗？

"各位，请吧。"陈戈推开厚重的铁门，后面是一片黑漆漆的空间，一股寒意从里面扑面而来，三人不由得打了个哆嗦。

"故弄玄虚。"李想瞥了陈戈一眼，率先走进了铁门。小月与赵老哥对视一眼，紧随其后。

"嘶，好冷，这里的空调温度开得也太低了吧？"小月搓着小手，胸前固定着正在直播的手机，一双眼睛不停地打量着四周。

这是一条昏暗的长廊，头顶微弱的灯光忽明忽暗，脚下的地砖上无规则地散落着长长的黑发，深青色的墙面十分老旧，上面还时不时出现几道尖锐的划痕。

赵老哥停下脚步，用手仔细地摩挲着几道划痕，轻咦了一声："这场景布置得好真实，这划痕间隔的宽度和人的手指宽度十分接近，而且从翘起的墙皮来看，不像是用工具划出来的。"

"你的意思是说这些是那个老板用指甲抠出来的？扯淡。"李想阴阳怪气地开口。

"这里的场景确实很不错。"小月蹲下身，仔细地观察脚下的深色污渍，细细的眉头微皱，"你们看这血块，人造血在凝固之后应该是红色的，这里的却是深红，不像是假的，闻着还有一丝腥味。"

"可能是鸡血或猪血，他总不可能真去搞这么多人血来布置吧？"

李想受不了磨磨叽叽的二人，抬腿直接向走廊深处走去。

走廊的尽头是一间教室，朝走廊这侧的窗子被人用木板死死地钉着，不留一丝缝隙，像是害怕什么东西从里面跑出来一样。

李想从窗外看了一阵，走到了教室的门口，老式的木质大门上油漆已经脱落得差不多了，他一把推开门，一股灰尘带着异样的味道扑面而来。

❂

李想皱着眉头，用手中的手电筒照明，仔细地打量起教室的陈设。与一般的教室不同，这间教室中只摆放了十三套桌椅，而且距离老师的讲台很近，有的书桌上还摆放着几本旧书。

"咦？为什么要将朝阳一侧的窗户全部封死？"赵老哥扫视了一眼，疑惑地开口。

"应该是为了防止光亮进入，营造恐怖的气氛吧？"小月若有所思地答道。

"不对。"赵老哥指了指朝阳的墙壁，"那堵墙上，根本就没有窗户啊。"

两人一愣，朝着那侧的墙壁看去，确如赵老哥所说，这侧墙上的两块木板是直接钉在了墙面上的，只不过和另一面窗户的位置对称，让人下意识地以为那里是封死的窗户。

李想走上去，一把拆下了一块木头，冷笑道："果然有玄机，这里的木板不是被钉在上面，而是挂在上面的。"

几人迅速地拆下几块木板，一个方形的大镜子出现在木板后面。他们又继续拆掉了教室后半边窗户位置的木板，还是一面镜子。

"镜子？为什么教室里会有两面窗户大小的镜子？"小月一愣，思索起来。

"你们看这儿！"正在打着手电筒检查桌上书本的赵老哥突然喊道。小月他们走到桌边，只见书的封皮上用红笔写着密密麻麻的小字。

"去死！去死！去死！……"

歪歪扭扭的红色小字组成了一个大大的"死"字，在暗黄色的灯光下瘆人无比。

"黄倩，是这个女生的名字。"赵老哥又从抽屉里找出了一个练习

137

本，上面写着一个名字。

"低劣的手段。"李想不屑地开口，"用这种毫无意义的字来勾起普通人心中的恐惧，我还是高看这家鬼屋了。"

"我……我们是几个人下来的？"小月站在赵老哥他们身旁，支支吾吾地说道，面色煞白。

"三个啊，怎么了？"赵老哥一愣，不解地说道。

小月缓缓抬起手臂，颤巍巍地指着正对着他们的镜子，小声说道："那，镜子里为什么有四个人？"

两人齐刷刷地看向镜子，一、二、三……四？！

从镜中看来，除了他们三个簇拥在一起的身影，还隐约可以看见一个穿着校服，扎着双马尾的女孩的身影，正静静地站在三人身边！

三人只觉得一股寒气从脚底板直接涌到头顶，李想猛地回头，身边却空空如也，再回过头看向镜子，那个双马尾女孩已然消失不见。

"你们看到了吗？"赵老哥咽了口唾沫，小声问道。

"哼，一定是这面镜子有机关，像是个显示屏一样，可以按设定好的程序浮现出女孩的影子！"李想不信邪，径直走上前用手敲打玻璃表面。

"不可能，我刚刚检查过，那只是一个普通的镜子！"小月立刻否定道。

当！

一阵清脆的声响传来，镜子突然被李想敲出了一道裂缝，随后裂缝越来越大，很快整个镜子直接破碎。

"我……我不是故意的。"李想脸一白，急忙解释道。下一刻他的瞳孔骤缩，整个人突然愣在原地。

镜子正如小月所说，只是面普通的镜子，然而镜子后面的墙壁上却用鲜红的颜料写着几个大字。

——你们都得死！

小月和赵老哥也是脸色铁青，这几个字的笔迹和书皮上的笔迹是同一个人的。

赵老哥突然想起了什么，从书本中翻出一张老旧的照片。

"你们快来看，这个女孩像不像刚刚镜子里出现的那个影子？"

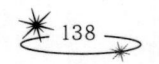

赵老哥的手指着一个穿着白色校服，扎着一对双马尾，笑容腼腆的女孩子，小月顿时倒吸了一口气。

就是她！绝对是她！

"为什么那面镜子里会出现她的身影？刚刚那真的只是鬼屋老板设置好的机关吗？"小月疑惑地开口，从兜里掏出小本子，再次写下一行字。

恐怖指数，九分！

"不知道，我觉得这教室挺邪乎，我们去别的地方再看看。"赵老哥一刻都不想在这间教室多待，径直向下一个地方走去。

小月紧紧跟上，只剩李想站在镜子碎片前，眼中布满了血丝，拼命地挠着头："什么方法？他究竟用了什么方法制造出了这样的效果！"

等他回过神，发现两人已经消失不见，昏暗的教室里只剩下他一个人。

隐约之间他感到一股凉气从背后传来，李想僵硬地转过脑袋，脑袋里顿时闪过一道霹雳。

只见刚才还碎成碴儿的镜子，竟然完好地贴在了墙上，脚下连一小片碎玻璃碴儿都没有。

李想的眼睛死死地盯着完好的镜子，镜中一个面色惨白的双马尾女孩正将手搭在他的肩膀上，嘴角缓缓上扬，最后整个脸竟然从嘴角直接裂开，露出密密麻麻的牙齿。

"鬼！这间鬼屋里真的有鬼！！"李想的心神狂震，在极端的恐惧之下，他的眼睛一翻，竟然直挺挺地倒了下去。

这时，一个少年笑着从隔间走了进来，正是纪千明。

"什么嘛，架子摆那么大，结果胆子这么小。"纪千明嘀咕了一声，将李想扛在身上，从员工通道向外面走去。

自从上个月那次在路边看到这家鬼屋的招聘广告后，纪千明就下定决心来这里打暑假工，一来是因为包吃住，二来则是为了收集魂气。鬼屋这样充满恐惧与惊悚的地方，正是他收集魂气的大好去处。

在展现了自己的"镜子魔术"之后，纪千明很顺利地成为这家店的员工。当时的鬼屋生意很差，一天都没几个客人，随着纪千明的加入，这家鬼屋的口碑迅速上升，现在已然成了整个真江最火爆的鬼屋，纪千明的镜面空间中魂气收集那一栏的数据也已经变成了"899/1000"。

"陈哥，这个人被吓晕了。"纪千明看到监控室里坐着的陈戈，张口喊道。

陈戈的脸上浮现出一个苦笑，喊人用担架抬走了李想，说道："你小子下手轻一点吧，这已经是这周的第好几个了。"

纪千明有些不好意思地挠挠头，转身打算回到鬼屋场景，陈戈却叫住了他。

◈

"你不用去了，他们两个都被吓晕了，我直接让人进去把他们抬出来。"

纪千明一愣：已经吓晕了？我这还没吓他们呢！

五分钟前。

"赵老哥，你慢点走，等等我啊。"小月一路小跑跟上了赵老哥，一双眼睛四下张望着，"你说，这屋子里会不会真的闹鬼？"

赵老哥摇了摇头，说道："这世上根本就没有鬼。"

说话间，两人走到了女厕所门口，这间女厕所看起来已经废弃多年，洗手台上已经结了大片的蜘蛛网。

厕所里没有灯，黑乎乎的一片，地上散落着一张张带血的厕纸，有的甚至直接粘在了天花板上。

"刚刚鬼屋的简介中提到了厕所，这里面应该会有线索。"小月沉吟了几秒，开口说道。

赵老哥的神情有些古怪，尴尬地说道："小月啊，这女厕所我进去不太好，要不就交给你了。"

小月："……"

不是吧老哥，在鬼屋的场景中你都这么认真吗？怕就直接说呗。纠结了半响，小月还是鼓起了勇气，拿着手电筒独自向厕所里走去。

滴答滴答的声音不知从何处传来，手电筒的灯光打在隔间的门上，

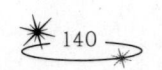

照亮了几个鲜红的手印，还有几道长长的血痕。

"这场景果然好真实。"小月嗅到了一丝厕所的异味，微微皱了皱眉头。

这间厕所除了隔间也没有什么可疑的地方，想必线索应该就在这些隔间里了。小月暗自想。

也不愧是专业的鬼屋女主播，深吸了一口气，小月开始缓缓推开厕所第一个隔间的门。

"嘎吱……"刺耳的推门声响起，小月侧着身子，用手电筒一寸寸地搜寻。

普通的便池、普通的墙壁、普通的地面，一切的一切似乎和正常的厕所没有什么区别，小月紧绷的神经松了下来。

一般的鬼屋都喜欢在门后设置惊吓点，因为开门的瞬间人或多或少会因为对门后的未知而产生恐惧，不过这个鬼屋的老板似乎没有在这里设置惊吓点。

小月陆续打开了后面几个隔间的门，都没有丝毫异常，很快就到了最里面的隔间，根据她的经验，这最后一扇门的后面一定会设置惊吓点，否则这个厕所的场景就毫无意义。

她深吸了一口气，猛地打开这扇门。

想象中突然冒出的机关并没有出现，和之前的所有隔间一样，没有任何惊吓点。

"咦？"小月眉头微微皱起，走进了这个隔间，"这里怎么还有一个洞？"

在这个隔间的墙壁上，有一个拇指大小的洞，连着另一个隔间，小月用手指摩擦了一阵，将眼睛移到了洞前。

突然，一只充满血丝的眼珠从洞的另一边冒出，死死地瞪着小月，像是要将她生吞活剥。

这怎么可能！我明明才打开过那个隔间，里面什么都没有啊！

小月心神狂震，猛地后退几步，刚要张大嘴巴尖叫，一只手从她的身后突然冒出，死死地捂住她的嘴巴。

"呜呜呜呜……"小月拼命地挣扎着，她的眼睛刚刚向上一抬，只见一个倒吊的女尸正悬在她的头顶，空洞的眼睛看着小月，一双惨白的手紧紧地捂住她的嘴巴。

嘎吱……

隔壁的隔间门缓缓打开，小月的双腿猛蹬，试图摆脱倒吊女尸的控制，就在这时，一个熟悉的声音从厕所外传来。

"小月，里面怎么样？拿到线索了吗？"

"你怎么不说话？我知道你在怪我，下个场景我先进去好吧？"

"前面好像是个宿舍，我们一起去看看。"

小月的身形一顿，前所未有的恐惧笼罩了她。

我明明在这儿，那刚出去的是谁？此刻陪在赵老哥身边的是谁？！

她的眼睛一翻，直挺挺地晕了过去。

赵老哥瞥了一眼身边的小月，心中有些奇怪：她什么时候白了这么多？

不过他压根儿没往别的地方想，直接走进了最后一个场景——封禁的女生宿舍。

宿舍的门上贴了两张封条，赵老哥想都不想直接撕了下来，推门而入。

这是个六人间，左手边是两张上下铺的床，右手边只有一张，他缓缓走进屋子，借着手电筒的光四下观察起来。

"嗯……陈设看起来都很正常，没什么问题啊。"赵老哥从右手的桌子上拿起一张合照，上面是六个青春洋溢的女生，对着镜头露出了灿烂的笑容。

赵老哥看到了照片中的黄倩，不由得打了个哆嗦，想到了刚刚在教室的诡异场景。

"李想去哪儿了？"他突然想到了随行的另一个队友：似乎从出教室以后就再也没见过他，难道是自己出去了？

他摇摇头，将杂乱的念头甩出脑外，仔细地寻找起线索，他刚掀起床上的被子就被吓了一跳。

只见被子下面是一个模样诡异的人偶，它的身上遍布着血痕，骨骼诡异地扭曲着，像是受到过重击，当手电筒的光扫到它的头时，一股寒意传遍了赵老哥的全身。

这不是那张照片上的女孩吗？他急忙取出那张照片，对比了一下，

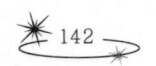

两者惊人地相似，简直就像是将女孩的脸撕下来贴到了人偶上。

赵老哥玩了这么多年鬼屋，还是第一次见到如此精致的人偶，他在床边的名牌上找到了这个女孩的名字：王佳。

接着他连续掀开了剩下的几床被子，每个被子的下面都有一个与照片中的女孩一模一样的人偶。

"方芷兰、刘微、赵笑笑、钱容……"他不断地核对着人偶和床边的姓名，每个人偶的情况都不一样：方芷兰的颈部有一条深深的勒痕；刘微的头部浮肿，像是被放在水里泡久了；赵笑笑的嘴唇是黑紫色；钱容的身上满是刀伤。

当她掀开黄倩的被子时，下面却空无一物。

"黄倩没有人偶？这是什么意思？"他眉头微皱，细细地推理起来，"这五个人偶分别是坠楼、窒息、溺亡、毒杀、凌迟，但唯独代表黄倩的人偶不存在，这是不是意味着……她还没死？"

他被自己的这个念头吓了一跳，随即摇了摇头："不，不可能，鬼屋老板说过六个女孩惨死了，那么到底为什么没有她的人偶呢？难道，她的人偶不在宿舍？"

◇

赵老哥的眼睛一亮，觉得自己抓到了重点。那黄倩的尸体到底在哪里？这应该就是这个场景的核心部分了。

"小月，里面的都是些人偶，没什么特……"赵老哥转过头，整个人却突然一愣，只见他的后面空空如也。

一股诡异的感觉萦绕在赵老哥的心头，但他又说不上来有哪里不对，似乎这偌大的鬼屋场景里只剩他一个人，他随即否定了自己的这个想法。

"不可能，李想会出去，但是小月还在直播啊，她是不可能丢下我一个人跑的，难道是去别的地方转悠了？"

赵老哥狐疑地回过身，打着手电筒继续寻找线索，就在他的手电筒光扫过旁边的人偶时，他的身体微微一震。

"奇怪，刚刚这个人偶是这个姿势吗？"他眉头皱起，代表王佳的人偶的脑袋此刻微微倾斜，一双空洞的眼睛直勾勾地看着赵老哥，无比瘆人。

估计是鬼屋老板在人偶的身体里装了机关，这个细节处理得很不错啊。赵老哥暗自想，他的手电筒缓缓扫过其他几个人偶，或多或少都有些变化。

有的一条腿露了出来，有的身上的被子被掀开，还有的整个身子都往床边倾斜，就像是要掉出来一样。

突然，赵老哥隐约觉得有些不对，再次将手电筒扫了回去。

一、二、三、四、五……六？

一股寒意猛地涌了上来，一滴滴冷汗从他的颈后渗出，哪里来的第六个人偶？明明刚才还只有五个！

他迅速地将手电筒照在黄倩的床上，只见一个熟悉的身影正静静地躺在床上，身上盖着被子，冲着他露出一个惨白的微笑。

小月！

"小月，你怎么上去了？你……你胸前的直播手机呢？"赵老哥见到"小月"，微微松了一口气，但他很快就发现了有些不对。

"不对啊，刚刚我压根儿就没看到你进来，而且你……你为什么没有影子！"昏暗的手电筒光照在"小月"身上，她身后的墙壁上却没有丝毫的阴影，"你不是小月！你到底是什么东西！"赵老哥面色煞白，惊慌地喊道。

他整个人连连后退，突然他好像撞到了什么东西，于是僵硬地转过头。

只见王佳的人偶静静地站在他的身后，扭曲的骨骼使得它的身子比赵老哥矮了一大截，它此刻正抬着头，惨白的脸庞上一双空洞的眼睛死死地盯着赵老哥。

"嘶！"赵老哥整个人僵在了原地。不可能，想让人偶站起来，它的身体里一定要设置大量的机关，我刚刚已经掂过人偶的重量，不比一个娃娃重多少，它怎么可能会站起来！

砰！

老旧的宿舍门像是被什么东西推了一下，发出一阵刺耳的摩擦声后紧紧地关上了，整个宿舍顿时陷入一片死寂。

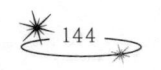

赵老哥猛地推倒王佳的人偶，快步走到宿舍门后，拼命地转动把手，大喊道："不玩了！老子不玩了！快放我出去！"

然而无论他如何用力，这扇门都纹丝不动。赵老哥挣扎了一会儿，突然想到了什么，小心翼翼地回过身。

手电筒昏黄的灯光照在身后，只见五个人偶不知何时齐齐站在了他的身后，惨白的脸色没有丝毫的表情，只有中间的"小月"，嘴角开始上扬，一道血淋淋的裂缝从嘴角蔓延到了耳根。

只听咔嚓一声，"小月"的下巴竟直接掉了下来，一根猩红的舌头像是一条蛇，疯狂地扭动着。

"啊啊啊！"赵老哥什么时候见过如此恐怖的场景，顿时撕心裂肺地惨叫起来，转身拼命地撞着这扇门，然而他一头撞在门上，直接晕了过去。

半晌之后，两个抬着担架的工作人员走进这个场景，身后跟着陈戈和纪千明。

"他额头怎么肿了？"纪千明疑惑地看着倒在地上的赵老哥，开口问道。

"应该是撞在了门上，自己把自己给撞晕了。"陈戈瞥了一眼安静地躺在床上的人偶们，淡淡地说道。

先架走了赵老哥，两人又开始寻找小月，终于在厕所最里面的隔间发现了昏倒在地上的小月，一起把她抬了出去。

奇怪，我怎么不记得这个厕所有什么吓人的设置。纪千明扫了眼四周，发现并没有什么特别的，狐疑地想。

两人将小月架到鬼屋外面，暖洋洋的太阳洒在地面上，她与李想和赵老哥摆在一起，整整齐齐。

"鬼！有鬼！"赵老哥猛地惊醒，手脚一阵乱动，惊恐地喊道。随即他发现自己已然到了鬼屋的外面，两行热泪顿时流了下来。

"呜呜呜，活下来了，我活下来了！"

纪千明看得嘴角疯狂抽搐。你们到底在里面经历了什么？我怎么啥都不清楚？

过了一会儿，另外两人相继醒来，他们简单地打了个招呼就匆匆离开了，就像是在躲着什么东西一样。

纪千明苦笑着摇了摇头，看了一眼逐渐西沉的太阳，犹豫了片刻直接向鬼屋内走去。

穿过昏暗的走廊，纪千明走到了刚刚吓晕李想的教室，此刻陈戈正认真地在里面还原着场景。

"陈哥，这可能是我最后一天上班了。"纪千明组织了一下语言，开口道。

陈戈的身形一顿，悠悠说道："要开学了？"

"嗯，还有一天时间，我想再去一些地方看看。"

陈戈走到纪千明的身前，拍了拍他的肩膀，露出一个鼓励的笑容："行，到了学校以后要好好努力，放假了没地方去再来找我，你永远都是我的员工！"

他从口袋里掏出一个红包，塞在了纪千明的手中："这是给你的奖金，开学之前好好地玩两天。"

纪千明刚要推辞，看到陈戈不容拒绝的神色，苦笑着收了下来。

"谢谢陈哥，我先下班了，有机会我还会来的！"

纪千明对着陈戈深深地鞠了一躬，从心里来说他非常感激这位老板，在他最无助的时候收留了他，给了他一份工作，平日里待他更是不薄，若不是马上要开学，他真想长久地在这里干下去。

陈戈笑着点了点头，目送纪千明离开了，等到纪千明已然走远，他长长地叹了口气。

"唉，我挺喜欢这个少年的，他走了，鬼屋也冷清了。"他有些遗憾地轻轻说道，"你说呢，黄倩？"

镜子中，突然出现一个扎着双马尾的女孩，她看向纪千明离开的方向，缓缓点了点头。

✦

"前方即将到达朱阳站，请要下车的旅客提前准备好……"

悦耳的女声响起，纪千明背着双肩包，从座位上缓缓起身，他望着窗外熟悉的风景，有些感慨。

不知不觉已经离开两个月了，此刻再次回到家乡，竟有些恍如隔世

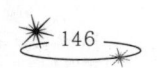

的感觉。

"在打开勾陈学院的大门之前,去斩断对人间的留恋吧。"

纪千明轻轻念叨着录取通知书上最后一句话,本来他也没什么可以留恋的,但还是决定回一趟家乡,看看自己曾经生活过的地方。

出了火车站后,他直接拦下了一辆拉客的三轮车。倒不是他没钱,不说打工一个半月赚的工资,光是走之前陈戈给他的两千元,就足以打个豪车了,只是纪千明从小的生活环境让他养成了勤俭节约的习惯,所以他没有打出租车。

坐着颠簸的电动三轮车,一座矮小陈旧的建筑逐渐出现在他的眼前,生锈的铁门,长满青苔的墙壁,就连门口的几个大字都褪色得不成样子。

长山孤儿院。

看着眼前熟悉的一切,纪千明的脑中不由得浮现出童年时的点点滴滴,他跃下三轮车,背着双肩包快步向孤儿院内走去。

穿过崎岖不平的小操场,他走到了矮小建筑的门口,隐约之间可以听到小孩的嬉闹声。

"小千明!"惊喜的声音从走廊的一侧传来。

纪千明转过头看去,脸上浮现出灿烂的笑容。

"李阿姨!"

李阿姨快步走上前,给了纪千明一个大大的拥抱,然后仔细地打量起他来:"小千明长大了啊,比小时候壮实多了。"

"李阿姨还是和以前一样年轻。"纪千明笑呵呵地说道,心中却是一阵心酸。他记忆中李阿姨满头黑发,如今已然斑白,脸上的皱纹也极为明显。

"就数你小子嘴甜,今天怎么回来了?"李阿姨捂着嘴笑了笑,问道。

"我要上大学了,特地回来看看。"

李阿姨一怔,脸上顿时浮现出一阵喜色,拍手道:"好啊,好啊,咱孤儿院又出了一个大学生,快去看看院长,他知道这消息得高兴坏了。"

说罢，她带着纪千明往院长办公室走去，脚下一阵生风。

院长办公室就是一间局促的小办公室，门口的标牌已经看不清了，李阿姨敲了敲门。

"请进。"一个苍老的声音从屋内传来，李阿姨快步走了进去。

"院长，你看谁来了！"

纪千明有些不好意思地进了屋，只见破旧的办公桌后面坐着一个戴金边眼镜的花甲老人，手中拿着一张报纸，脸上满是纵横的皱纹与老年斑。

看到纪千明，他眯起眼睛仔细打量了一会儿。

"这是小千明？"院长试探性地开口。

纪千明恭恭敬敬地鞠了一躬："院长，千明回来看你了。"

"院长，千明他考上大学了！"李阿姨笑着提醒道。

"哦？"院长浑浊的眼睛一亮，走到纪千明的身前，笑道，"好啊，我之前就觉得千明这孩子有前途，千明啊，考上好大学了吧？"

纪千明沉默了半晌，重重地点了点头："院长，我上的是最好的大学。"

院长欣慰地点点头，突然想起了什么，打开办公桌锁着的抽屉，从里面掏出一个金属盒子，缓缓地放在了桌上。

"千明啊，其实就算你今天不回来，过段时间我也得把你叫回来，你已经成年了，有些事情也可以告诉你了。"院长苍老的声音响起，纪千明浑身一震。

"院长，是关于我父母的事情吗？"纪千明的脑海中瞬间闪过了无数种可能，急忙问道。

院长点了点头，悠悠开口："之前因为你还太小，我就没跟你说，这件事情对你而言可能有些残酷。"

纪千明的心狂跳，父母，对他而言如此陌生。他曾无数次地想：他们究竟是什么样的人？他们为什么把还在襁褓中的自己遗弃在孤儿院，让自己过没爹没娘的苦日子？

曾经的他恨透了父母，不管是什么原因，既然将他带到了这个世界上，为什么又不愿意对他负责？

随着他逐渐长大，心性越发成熟，对父母的恨意已然消散，只当是

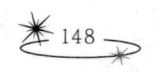

两个陌生人，然而此刻听到院长再次提起，还是按捺不住心中的激动。

"那是1999年的一个晚上，我正在办公室休息，突然听到了一阵婴儿的啼哭声，我顺着声音走到了孤儿院的门口，看到一个穿着怪异的男人正抱着一个婴儿在敲门。"

"穿着怪异？"

"对，他穿的是一种我没见过的衣服，像是一件袍子，边上绣了许多神秘的花纹，最重要的是他浑身是血。"

纪千明觉得自己心跳漏了一拍：我的这个父亲究竟是什么人？他身上的血是自己的还是别人的？纪千明隐约觉得自己父亲的身份必然不会普通。

"后来他将你托付给我，告诉我你的名字叫纪千明，让我务必好好地将你养大，他还给你留了一样东西。"说着，他将桌上的金属盒推了过来。

纪千明咽了口唾沫，缓缓打开金属盒。

里面是一块玉佩，这块玉佩很大，上面刻着一种纪千明从未见过的花纹，像是两条阴阳鱼，但又远比那更玄奥，更神秘。

纪千明小心翼翼地将玉佩握在手中，一股冰冰凉凉的触感从手中传来，使人莫名地心安。

"当时他还给了我一颗夜明珠作为抚养费，这么多年我一直没舍得卖出去，现在也一起给你吧。"院长不知道从哪里拿出了一个精致的红色盒子，里面放着一颗夜明珠，点点流光从中冒出，一看就知道不是凡品。

纪千明正要推辞，院长却先一步开口："你别拒绝，我虽然年纪大了，但也知道这夜明珠价值不菲，我们这些年养你的费用远远抵不上它的价值，以后你有出息了，多回来看看我们这些老人就好了。"

院长苍老的脸上露出一个笑容，强行把夜明珠塞到了纪千明的手里，纪千明只能苦笑着收下。

"他还让我带给你一句话。"

"什么话？"

"对不起。"

纪千明陷入了沉默，心中五味杂陈。看来当年父母抛弃他另有隐情，自己的身世也更加扑朔迷离，不说别的，光是当作抚养费的夜明珠就价值连城。

　　然而无论留下的这些东西价值有多高，都没有那"对不起"三个字给纪千明带来的冲击力大。

　　你们……到底经历了什么？

　　直到从孤儿院走出来，他的心情还是没有平复，他不停地猜测当年的情况，却始终没有头绪。

　　他用红绳将玉佩贴身挂在胸口，将夜明珠贴身保管，突然之间有种一夜暴富的感觉。

　　"这个夜明珠到底值多少钱？几十万？几百万？"纪千明突然对夜明珠的价值产生了浓厚的兴趣，暗下决心，以后一定要找专家鉴定一下。卖是不可能卖的，但或许可以凭这个找到关于父母的蛛丝马迹。

　　见天色已晚，他随便在附近找了一家旅店住了一晚。

　　第二天，也就是9月1日，纪千明背着双肩包走向了最后一个地方——第三中学。

　　此刻学校还没有开始上课，校内冷冷清清，纪千明慢慢地绕着学校逛着，曾经拼搏的时光浮现在他的眼前。

　　"千明，晚上去食堂二楼吃吧？"

　　"我说千明啊，毕业之后你打算考哪儿啊？"

　　"你看你看，江咏樱好像在看你！"

　　"马上都要毕业了，你还不打算跟江咏樱表白吗？"

　　纪千明突然想起了李涛没心没肺的话语，脑海中再次勾勒出那道曼妙的身影。

　　"马上就要走了，这辈子可能都见不到了。"纪千明苦笑着摇了摇头，整个人突然一愣。

　　只见穿着一身校服的江咏樱正站在教学楼前，摆着各种姿势，她的对面是一个拿着照相机的女生，对着江咏樱不停地按动快门。

　　这，刚说这辈子都见不到了立刻就出现了？纪千明嘴角一阵抽搐：

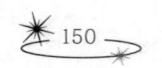

这算不算心想事成？

江咏樱似乎也看到了远方的纪千明，浑身一震，小脸上浮现出惊喜的笑容。

"千明，你怎么也在这儿啊？"江咏樱小跑过来，开口说道。

"我……这不是马上要开学了吗，就想着回来看一看。"纪千明挠了挠头，笑着说道，"你怎么也在？"

江咏樱指了指身边的女生，说道："我和我闺密打算在开学前拍一套写真，刚开始拍就看到你了。"

纪千明露出一个"原来如此"的表情，突然想到了什么，开口道："我记得你报的是上财吧，怎么样？录取了吗？"

"录取啦！"江咏樱的脸上露出灿烂的笑容，"你呢，要去的学校远吗？"

"远，很远。"纪千明想了想，回答道。

两人随即陷入了一阵沉默，都不知道该说些什么。

纪千明率先打破了这个尴尬的局面："你先拍吧，我去教室里看一看。"

"好，一会儿等你出来一起拍一张吧？"

"……好。"

纪千明转身向教学楼走去，江咏樱看着他离去的背影，怔怔地站在原地。

"咏樱，想什么呢，继续拍吧？"拿着相机的女生走了过来，拍了拍她的肩膀。

"嗯。"

纪千明爬了四层楼梯，曾经感觉巨长的走廊似乎走几步就到了尽头，他从四楼向下看，能看到熟悉的操场和食堂。

他在教室里转悠了一圈，找到自己的位置坐了下来，位置还是那个位置，感觉却已经不一样了。

"果然还是太冷清了。"纪千明苦笑着起身，环视了一圈，目光落在了不远处的一个位置上。

记忆中，那个曾让他痴迷的女生就坐在这个位置，时不时地仰望窗外的天空，回眸一笑。

"斩断留恋……"纪千明轻轻地念叨了一句,静静地站了半晌,似乎是在思考着什么。

只见光芒一闪,他的手中凭空出现了一朵蓝色的玫瑰花,他轻轻地将手中的蓝玫瑰放在桌上,在暖阳下散发出一圈淡蓝的光晕。

就在此时,楼下心不在焉的江咏樱突然心头一跳,犹豫了片刻之后直接向楼上跑去。

"咏樱!你去哪儿啊?"

"我等会儿回来!"声音从楼道中飘出,留下那个拿相机的女生独自站在风中。

教室里,纪千明深吸了一口气,从兜里掏出那把黑色的灵钥。

"该出发了。"他喃喃自语,将精神力覆盖在灵钥上,默念"勾陈开门"。

只见黑色的灵钥上突然出现丝丝蓝色的电光,而且越来越密,一股玄奥的波动从灵钥上传来,看得纪千明直挑眉。

哇,居然真的是这么用的?

只见蓝光从灵钥的顶端射出,一扇由电光组成的门在蓝光中缓缓成形,门通体呈黑色,上面有一道道粗大的雷电不停地跳跃,仿佛蕴藏着恐怖的能量,门上还有一个小小的钥匙孔。

"这……这门也太魔幻了吧?"纪千明的嘴巴张得可以放下一个鸡蛋,他用手掐了一下大腿,再次确认眼前的这一切并不是幻觉。

他试探性地将手中的钥匙插进钥匙孔,身体与门始终保持一段距离,生怕哪道雷电突然给他来一下。

黑色的灵钥轻轻地插进了孔中,缓缓旋转起来。

嗡……

古老而沉重的声音传来,雷电之门缓缓打开,门的后面是一道旋涡,看不清通向哪里。

纪千明看着眼前未知的旋涡,深深地吸了一口气,再次回头看了一眼熟悉的教室,毅然决然地踏进了门中。

"纪千……"江咏樱气喘吁吁地跑到了教室门口,正好看见纪千明的身影缓缓消失在门中,整个人呆在了原地。

刺啦!

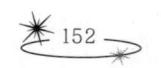

随着纪千明的进入，整个雷电之门突然化作道道电光，瞬间消失在空中。

江咏樱怔了半晌，缓缓地走进了教室，用手在雷电之门消散的地方挥了挥，却什么都没摸到，只有地上残余的丝丝闪电在不停地提醒她，刚刚所看到的一切都是真实的。

"这……到底是什么？他又是什么人？"江咏樱喃喃自语，突然，她的余光瞄到了一个东西。

在她曾经的课桌上，正静静地躺着一朵蓝色的玫瑰花，江咏樱缓缓走到桌子旁，拿起了那朵蓝玫瑰。

突然间，这朵蓝玫瑰化作一粒粒光点，在她的手中散开，消失在空气中，就仿佛从未存在过。

江咏樱怔怔地站在原地，许久之后轻轻开口。

"纪千明，你到底是什么人？"

◈

纪千明跨过旋涡，只觉得一阵天旋地转，隐约之间似乎听到有人在叫自己，随后整个人突然落在了坚硬的地面上。

"哎哟，好疼。"纪千明摸着屁股，嘴角微微抽搐，睁开眼睛的那一刻整个人都愣住了。

他第一次看到这么近的天空，抬头望去，湛蓝的天空像是一个巨大的罩子，盖在了他的头顶，天上连一朵云都没有，只有纯净的蓝色。

他缓缓起身，只见他的身下是一块青灰色的石板，身后是一扇神秘的黑色大门，这扇大门中空，只有门框，像极了刚刚用灵钥打开的雷电之门的轮廓，只不过要大了数倍。

"我就是从这里出来的？"纪千明狐疑地用手往大门中央探了探，空无一物。

他走到石板的边缘，向下看去，倒吸了一口凉气。

这里不是离天空近，而是就在天空之中！

只见一朵朵白云在下面悠然地飘动，再下方是一座繁华的人类都市，隐约之间可以看到密密麻麻的建筑物，像是一粒粒沙子。

"勾陈学院悬浮在空中?!"纪千明不禁惊呼起来。

"没错。"一个熟悉的男声从纪千明的身后幽幽传来,吓得纪千明险些掉了下去。

纪千明回头看去,只见一个穿着西式背心打着黑色领带,还戴着一副黑框眼镜的年轻人正站在那儿笑吟吟地看着他。

"你是……庆涯学长!"

纪千明想起了这个年轻人是谁,当时在成远集团遇险的时候还是对方来救的自己。

"纪千明学弟。"庆涯侧过身,做出一个"请"的手势,笑着开口,"欢迎来到勾陈学院。"

纪千明跟着庆涯顺着长长的悬空石板路向前走去,中途忍不住探头向下看了一眼,他打了个哆嗦。

"庆涯学长,学院的建筑都这么刺激吗?要是有人恐高怎么办?"

庆涯笑着解释道:"只有这里是悬空的,其他建筑都在一座巨大的悬空山上,看不到这么刺激的场景,你刚刚出来的地方是连接勾陈和人间的大门,叫作'凯旋门'。"

"连接勾陈和人间?勾陈不是在人间吗?"纪千明疑惑地问道。

"不错,勾陈学院所在的这个地方是一块悬浮在云海上空的小世界,并不存在于地球的空间,因此从外界来看这里就是空无一物。"

"云……云海?你是说下面的繁华都市就是魔都?这里是地球以外的小世界?"在去勾陈学院的路上,纪千明的世界观成功崩塌了。

"不错。"庆涯点点头,"这里之所以叫凯旋门,是因为一般走出这扇门做任务的人都有生命危险,所以用'凯旋'二字寄托期望,不过,每隔两年,9月1日的时候,它会用来引入新生。我就是被校长派来接引新生的。"

"那学长你不用守在那儿吗?万一一会儿又有人来怎么办?"

"呵呵,还有别人在那里等着接引新生,毕竟这是一个奖励丰厚的任务,再说你也太高估勾陈的新生数量了。"庆涯苦笑着摇了摇头。

两人顺着悬空石板缓缓前进,纪千明已经可以看见前方巨大的悬浮山峰,在山峰上耸立着各式各样的建筑,有高耸入云的玻璃大厦,有日式的道场,还有一片片圆形的试炼场……

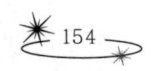

大约过了三分钟，两人终于踏上了这座悬空的大山，首先映入眼帘的是一片宽阔的广场。广场的正中央竖立着一尊巨大的麒麟雕塑，气势雄浑，通体雪白，一双炯炯有神的眼睛盯着远方，像是一尊守护神。

"这就是勾陈。"庆涯指着广场中央的雕塑解释道，"勾陈与青龙、白虎、朱雀、玄武和螣蛇并称为上古六神兽，传言勾陈嗜杀，但实际上性善，所杀之人皆有罪，古书《易冒》中有记载：勾陈之象，实名麒麟，位居中央，权司戊日，盖仁兽而以土德为治也。"

"勾陈镇守中土，为所守护之物而杀戮，这便是我们勾陈学院建立的初衷。"

"这就是勾陈……"纪千明仔细地打量眼前的霸气巨兽，心神微动，"为守而杀，确实是仁兽。"

两人绕过雕塑继续向里走去，纪千明眼尖地看到几个黑皮肤的外国人，不禁疑惑地开口："勾陈学院还有留学生？"

"那些不是留学生。"庆涯笑了笑，"他们就是勾陈的学生，整个地球上以对抗神界为目的的学校只有两所，这所勾陈学院的招生范围是整个北半球，可以说是一所联合学校，并不属于华夏，但是这里一半都是华夏人。"

勾陈学院的学生来自整个北半球？纪千明一愣，想不到自己还上了一所国际学校。

"但是为什么一路走来都看不到几个人？"

"原因有很多，首先就是我刚刚提到的，勾陈的新生很少。"

纪千明粗略地算了算，说道："面向整个北半球，每两年招收一次，这怎么的都不会少于三千人吧？"

"三千？"庆涯险些笑出声，瞥了他一眼，"你猜上一届的新生有多少？算了，你猜不中的，上一届的新生只有十七人。"

"十七?!"纪千明瞪大了眼睛，难以置信地开口。怎么可能只有这么点？

"首先，勾陈学院只招具备叶纹的年轻人。"庆涯伸出了一根手指，"你要知道，全球范围内记录在册的叶纹能力只有361种，其中有大部分叶纹还在沉眠，在剩下的叶纹能力者中，抛去年纪大的，抛去加入上邪会这种邪恶组织的，再抛去怕死不愿意与神界为敌的，还能剩下多少？"

纪千明哑口无言，这么算下来勾陈每两年能有这么多新生已经算不错了。

庆涯伸出了第二根手指："其次，勾陈学院学生的死亡率极高，不过这些事情在新生开学典礼的时候会有人和你讲，我就不赘述了。

"最后一个原因，勾陈的学生不是温室里的花朵，每年都会有硬性要求一定要完成一定数量的任务，否则无法修到足够的学分，现在应该有一半的学生都在外面出任务，自然没几个人待在学校。"

出任务？听起来有点神秘组织的意思了。纪千明暗自想。

两人走到了广场的另一端，一面巨大的显示屏立在中央，上面写着密密麻麻的小字。

C级任务：调查好望角海峡深处的神界封印松动原因，奖励：2.5学分。

B级任务：寻找逃往柬埔寨的神界探子的踪迹，奖励：5.5学分。

A级任务：协助零号机构成员围杀上邪会特使"毒公"，奖励：12学分。

S级任务（极度危险）：寻找并斩杀从神界封印中钻出的紫霄神将，奖励：30学分。

显示屏的下方，三三两两的几个人正交流着什么，见庆涯带着纪千明过来了，纷纷围了上来。

"庆涯，你这是带着新生去报到了？"一个黑人豪爽地开口，饶有兴味地盯着纪千明。

"对。你们打算出任务了？"庆涯和几人依次打了招呼，就像是多年的老朋友一样。

"四（是）啊，不然这学期的学分修不够又得留级咧。"黑人小哥苦笑着说道，然后给了纪千明一个大大的拥抱，"泥嚎（你好）新生，勾陈欢迎你！"

第一次被黑人兄弟热情拥抱的纪千明有些不知所措:"啊那个,Thank you,thank you!"

周围的几人顿时乐了起来,一个像是阿拉伯人的小哥笑着说道:"小兄弟儿,你尽管说汉语,俺们哥几个都听得懂!"这口音,听得纪千明一脸蒙。

不是,大哥你这汉语搁哪旮旯学的啊?

跟几人告别之后,纪千明迫不及待地问道:"庆涯师兄,为什么大家都说汉语?"

庆涯眉毛一挑,理所当然地说道:"这里是华夏,他们当然得说汉语。"

纪千明挠了挠头,似乎有哪里不太对,但又说不上来。

庆涯边走边给纪千明介绍着勾陈的布局,很快一座建筑出现在两人面前,上面写着五个大字"新生招待处"。

走进去,只见两个身影站在接待柜台前。

"云逸师弟。"庆涯见到其中的白衣男子,笑着招呼道。

"庆涯师兄!"云逸的眼睛一亮,"怎么连你也来做接待新生的任务了?你应该用不着学分了啊?"

二人拥抱了一下,庆涯苦笑着说道:"陛下近日又不知道跑到哪里去了,我自己在学院没事干,就接个小任务做做。"

"文秘可真好啊,能经常跟在陛下身边。"云逸露出了羡慕的表情,转头看向纪千明,"学弟,我是大三的云逸,勾陈还不错吧?"

"这里比我想象中厉害多了。"纪千明笑着说道。说实话,他也曾想象过勾陈学院到底是什么样子,但任由他想破脑袋,也比不上真实的勾陈学院分毫。

这时,跟在云逸身边的女生拎着一个文件袋走了过来,这是一个俄罗斯女孩,长长的金发披散在肩上,肤色白净,五官立体,身材极为火辣,看得纪千明眼睛都直了。

一直待在小城市里的纪千明哪里见过如此漂亮的人。

"这是娜塔莉娅,以后就是同学了。"云逸笑嘻嘻地将娜塔莉娅介绍给纪千明,悄悄冲他眨了眨眼睛。

小老弟,不是学长没给你机会啊,这种大美女可不能让给别人。

"你好，我是娜塔莉娅。"娜塔莉娅大方地伸出手，充满异国风情的脸上露出一个灿烂的笑容。

纪千明咽了口唾沫，握住了她细嫩白皙的手。

"你好，我叫纪千明。"

娜塔莉娅的眼睛一直好奇地打量着纪千明，尤其是他眉心的那块红色印记，总是吸引着她的目光。

"千明，你头上的痣真好看。"娜塔莉娅说道，眼睛始终不愿意移开。

痣？纪千明一愣，随即想起了镇压朱厌后额头出现的红色菱形印迹，他曾推测这是朱厌夺舍自己时在身体上留下的痕迹，但自从它出现之后自己的生活并没有发生什么变化，纪千明便一直没管它。

"谢谢啊。"纪千明有些莫名其妙地摩擦着印迹，礼貌地说道。

收集娜塔莉娅魂气，+1。

一行粉色的小字从镜面上浮出，纪千明浑身一震。

"你怎么了千明？"娜塔莉娅忽闪着眼睛，关切地问道。

"我……我没事。"纪千明尴尬地笑了笑，内心掀起了一股滔天巨浪。

粉色?!如果我没猜错的话粉色代表爱情吧？她难道第一次见面就爱上我了？

这就是……一见钟情?!

娜塔莉娅犹豫了片刻，有些扭捏地开口："千明，我听说这里食堂的中餐很好吃，但有很多菜我不知道名字，你……你能带着我一起去吗？"

纪千明："……"

云逸和庆涯在一旁满脸震惊，嘴巴张得可以塞下一枚鸡蛋，不是吧？我发誓我就是随便撮合了一下，娜塔莉娅这就约上了？

"难道俄罗斯美女都喜欢纪千明这种纯情小男生？"云逸不停地打量着纪千明，满脸的狐疑。

"这……也行。"纪千明还是第一次被女生约，而且还是像娜塔莉

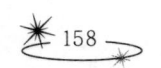

娅这样的顶级美女，心脏不由得狂跳。

娜塔莉娅露出了欣喜的笑容，递过去一张字条："我的微信，记得联系我啊！"

目送云逸和娜塔莉娅离开，庆涯面色古怪地看着纪千明，悠悠开口："想不到你还是个情场高手。"

纪千明顿时汗颜：我是吗？我怎么不知道？

两人走到新生接待处，纪千明掏出证件办完了手续，接待员同样递给了他一个文件袋。

"你的宿舍在304室1号房，房卡已经在里面了，还有你的身份证明，以及特制的智能手机和银行卡。"

纪千明一愣，心想：这怎么还送手机呢？

"勾陈的学生经常在外面出任务，而勾陈又在小世界中，一般手机的信号是覆盖不到的，而且这手机里有很多特殊功能，你到时候自己探索吧。"庆涯似乎是看出了他的疑惑，笑着说道。

"那不用交学费吗？"纪千明突然想到了什么。

✦

"学费？"庆涯一怔，认真地看着纪千明，"你可能对勾陈有什么误解，和普通的学校不同，勾陈的目的是培养能守护地球的人才，你知道我们每年的死亡率有多高吗？

"这里的每个人都是守护地球的英雄，怎么会收学费？相反，我们每年都会有学生补助金。"

"补助金？"纪千明眼睛一亮，兴奋地搓手，"有多少？"

庆涯的嘴角微微上扬，伸出一根手指："一年一百万，美金。"

纪千明觉得自己的心跳都漏了一拍，结结巴巴地开口："一百万美金？那岂不是人民币近七百万？"

见庆涯点头，纪千明不由得倒吸一口凉气，他这辈子连一万块钱都没见过，现在一年他就能有七百万！

怪不得勾陈的人都那么豪气，这收入水平放在现实世界已经是个富豪了。

"先别急着去宿舍,还有一个地方要带你去。"庆涯说道。

"去哪儿?"

"铭碑林。"庆涯淡淡开口,"所有的新生到达学院后必须去一次铭碑林,这是学院的硬性规定。"

铭碑……纪千明听起来有些耳熟,这不是录取通知书里说的记载功绩的地方吗?

他没有多问,安安静静地跟在庆涯身后,向学院的后方走去。

勾陈学院坐落在悬浮山的山腰,他们顺着一条大道走出了学院的建筑群,周围越来越荒僻,随后走小路逐步靠近山顶。

大约走了二十几分钟,一座黑色基调的碑园出现在纪千明的视野之中。

整个山顶光秃秃的,没有一丝草木绿植,只有一座座黑色的石碑屹立于此,密密麻麻,像是一片黑色丛林。

站在铭碑林前方,纪千明觉得一股凄凉与萧瑟扑面而来,心情仿佛被这大片的黑色感染,逐渐沉重起来。

他缓缓靠近一座黑色铭碑,手掌轻轻贴在碑身,一股凉意涌上了心头。

"1867年,第四十代冰皇李染于长明山神界封印独自阻拦六名神将出世,连杀四人后英勇战死。"

纪千明轻轻念出声,心神微震,虽然他不知道神将到底是什么等级,但从刚刚的S级任务上就可以看出每一名神将都极度危险。

长明山……那不是赵祈雪修炼的地方吗?为什么历代冰皇都要待在那里,和神界封印有关吗?

他向石碑下方看去,上面主要写的是李染的功绩,还有朋友们给他的留言。

他转过头,继续向里走去。

"1936年,第四十三代雷神王兴刚、第四十二代风祖秦酒于百慕大三角洲联手阻挡浮丘神王,英勇战死。"

"1957年,勾陈蒋承峰陷入神界包围圈,英勇战死。

"1973年,勾陈张建国为掩护队友撤退,被神侍斩下头颅,英勇战死。

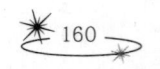

"2000年,勾陈肖英俊趁神界封印松动,孤身闯入神界,成功拐跑策海神将的三姨太,向外界提供了大量神界机密信息,被策海神将发现后英勇战死。"

"……"

纪千明一愣,总觉得这里面混入了奇怪的东西,随即摇了摇头,心想:一定是自己眼花了。

他放眼望去,这样的黑色石碑占据了整个山顶,不计其数,而且这里面的每一个人都是英勇战死,没有一个正常老死。

"这就是勾陈人的归宿吗……"纪千明看着眼前的黑色碑林,怔怔地站在原地。

或许有一天,这上面也会有一座属于自己的铭碑,和这里所有的铭碑一样,刻着"英勇战死"。

后悔吗?他不知道。但他知道,有些事情总要有人去做的。在这里留下"英勇战死"的铭碑,总比默默无闻地死去要好,这不就是自己选择来勾陈的理由吗?

若是有一天自己的铭碑出现在这里,上面会写些什么?杀死自己的,会是神侍、神将,抑或是神王?

他的嘴角露出一丝笑容,从进入勾陈的那一刻开始,他的心中就生出了一丝恐惧。自己的前途是怎么样的?自己真的会死在神界之人手里吗?

现在,这丝恐惧已然荡然无存,因为这片碑林清楚地把答案告诉了他。

这里,是他的归宿。

这应该就是勾陈想展示给所有新生的东西,正视恐惧,才能更好地去面对恐惧。

纪千明转过身,大步向碑林外走去,他心中的某个枷锁已然打开,豁然开朗,神清气爽。

"想清楚了?"庆涯见纪千明微笑着走出铭碑林,整个人的气质悄然发生了一些变化,嘴角微微上扬。

"嗯,想清楚了。"纪千明笑着点点头。

"不错。"庆涯的眼中满是赞赏,"当年我第一次来的时候,差点被吓尿了，你可比我好太多了。"

纪千明有些不好意思地挠挠头，开口道："我孑然一身，没什么可怕的。"

庆涯拍了拍他的肩膀，说道："从你加入勾陈的那一刻起，就不再是一个人了。好了，程序都走完了，你可以自己在学院里逛逛，我就先走了。"

"哦对了。"庆涯似乎想起了什么，"明天早上8点在礼堂开新生大会，记得去。"

送走了庆涯，纪千明没有多想就径直前往宿舍，那毕竟是他即将生活的地方，他的心中充满了好奇。

十分钟之后，纪千明愣愣地站在一群豪华别墅楼前，满脸震惊。

"这……这是宿舍楼？！"

一个个独栋别墅坐落在草地上，每一栋都是三层的精装别墅，还带着花园，纪千明曾经在广告上见过差不多的，每一栋的售价都在千万以上。他咽了口唾沫，整个人像打了鸡血一样，飞速地比对着门口的编号。

"301，302，303，304！"

纪千明从文件袋中掏出房卡，轻轻在门把手的感应区一刷。

"嘀！"

随着电子声响起，别墅的大门缓缓打开。

"哇，真是宿舍！"他两眼冒光，走到楼下推门而入。

迎面是一个巨大的玄关，上面摆着一尊小小的勾陈雕像，纪千明在门口换下拖鞋，兴奋地向里走去。

"咦？气运加身，桃花正旺，所居之处隐隐有紫气溢出，这是帝王之相！"奢华的客厅之中一个身穿青色长衫，面容清秀，发间插着长簪的少年看向纪千明，惊讶开口。

※

"你……你好，我是纪千明，这里是304宿舍吧？"纪千明见到这古韵十足的少年，小心翼翼地问道。

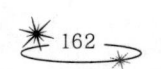

"哦，是这儿没错，我叫端木庆雨，我住2号房。"端木庆雨放下手中的卜卦用具，起身站定，恭恭敬敬地作揖。

纪千明愣了半晌，有样学样作了个揖，随后看着满桌的龟壳竹签，疑惑地问道："你这是在算卦？"

"呵呵，我自己在这儿无聊，打发打发时间罢了。"端木庆雨笑了笑，将桌上零零碎碎的东西收好，犹豫了片刻，试探性地问道，"咳，我冒昧地问一句，你最近是不是桃花运特别旺？"

他随即摆了摆手，正经解释道："不是我打探你的个人隐私，实在是这卦象太过古怪，不得已才有此一问。"

纪千明沉吟了半晌，缓缓开口道："我也觉得有些旺，以前我是异性绝缘体，现在居然有女生……不过你是怎么看出来的？"

端木庆雨苦笑着解释道："我来得比较早，闲来无事就用望气术看了另外两个房间的气运，以此来推断你们的性格。"

"望气术？"纪千明瞪大了眼睛。这不是封建迷信吗？

"不错，我看1号房隐隐有紫气升腾，这说明这个房间里住的人有帝王之气，但奇怪的是，一股红色的气竟然隐隐盖过紫气，而且它居然在逐渐增长。"

端木庆雨顿了顿，继续说道："我根据其增长的速度简单推测，它应该是从一个月到两个月前开始的，现在已经快增长到命犯桃花的地步，若是再这么增长下去，会出大问题的。"

"嘶！"纪千明倒吸了一口凉气。一个月到两个月前？那不就是镇压朱厌之后吗？果然是那个红色印迹在搞鬼！

"那有没有什么副作用？"纪千明急忙问道。

"当然有。"端木庆雨严肃地开口，"你现在还只是处在比较容易招女人喜欢的阶段，若是让它继续增长下去，不出一个月就会形成桃花劫，会因为女人而诸事不顺，不出半年，你绝对会死在女人手上。"

"死……死在女人手上？"纪千明做梦也想不到，自己有一天会因为太受女人欢迎而死。

不知怎么回事，他脑海中突然浮现出自己的铭碑：

"2018年，勾陈纪千明因太受女性欢迎，被某某狂热追求者下毒，因情而死。"

不行！绝对不行！

"大师，呃，端木同学，那我该怎么办？"纪千明焦急地问道。

端木庆雨皱着眉头，缓缓在屋内踱步，沉思许久之后说道："现在只能用玄学手段封住你的桃花运，有我的能力辅助做到这点应该不难，但同时，它也会封住你的其他气运，以后你的运气可能会变差。"

纪千明苦着脸。自己不就回个宿舍吗？怎么就变得好像癌症晚期了，必须连肿瘤带器官一起切除？

"行，只要不因情而死，我愿意！"他一咬牙，答应下来。

端木庆雨见纪千明点头，从包里掏出了一张黄纸和一杆毛笔，凝神静气半晌，随后仔仔细细地在黄纸上画了起来。

纪千明站在一边，大气都不敢喘，生怕打搅了端木大师画符。只见端木庆雨神色郑重，气息悠长，隐约之间，可以看到他手腕下有一枚青色的叶纹正在闪闪发光。

大约三分钟之后，端木庆雨放下手中的笔，长长地舒了一口气。

在他的身前，画着凌乱线条的黄纸上竟隐隐有青光闪烁，看起来玄奥无比。

"完成了。"端木庆雨将黄纸折起，塞进一个小锦囊中，递给纪千明。

"这个锦囊你一定要时刻携带，它只能一定程度上抑制你的气运外泄，但还是会有些许遗漏，现在还好，若是一年之后你还没找到解决桃花运的办法，它也保不了你。"

纪千明接过锦囊，将它贴身放好，诚挚地向端木庆雨道谢。

端木庆雨笑着摆摆手："都是同学，不必多礼。"

"对了。"纪千明突然想到了什么，问道，"你刚刚也望了3号房的气运吗，他是个什么样的人？"

对这个尚未出现的舍友，纪千明感到一丝好奇。

"从气运上来看，她应该是个女的，而且不是华夏人，性格豪爽。"端木庆雨如是说道。

"女的？不是华夏人？"纪千明顿时有些激动起来，没想到这里的宿舍还是男女混住，自己这算不算和女生同居？

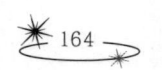

端木庆雨看出了纪千明的想法，笑着提醒道："别高兴得太早，现在只是临时宿舍分组，过两天会根据战斗小组的建立重新分配宿舍的。"

纪千明一愣，疑惑地看向端木庆雨："什么意思？"

"勾陈的学生都要从大一开始组成三人一组的战斗小组，一旦确定之后，非成员死亡不能更改。在组成三人组之后再重排宿舍，目的是从日常生活开始培养成员间的默契，所以现在的宿舍分配都是临时的。"端木庆雨耐心地解释道。

"原来如此。"纪千明恍然大悟。组成三人小组？纪千明的脑海中第一个浮现出张凡老大的身影，不用问，自己必须抱紧这条大腿。

就在这时，别墅的大门再次被缓缓打开，两人齐刷刷地向门口望去，期待着异国美女的降临。

"嘿！Baby！"只见一个身材矮小健壮，皮肤黝黑的女人拖着行李箱从玄关那里绕了出来，看到两人眼睛一亮，激动地挥着肥硕的小手，扯着公鸭般的嗓子热情无比地喊道。

纪千明："……"

端木庆雨："……"

在这一瞬间，纪千明充分体会到了自主建立小组重排宿舍的人性化，心中开始歌颂这所明智伟大的学校。

"Baby们！我是来自非洲的Nadiyya！我爱华夏，我爱你们！"

纪千明与端木庆雨对视一眼，刹那之间眼神交流数十次。

纪千明：这就是你说的异国美女？

端木庆雨：苍天可鉴，我只说是豪爽的外国女人，异国美女什么的我提都没提好吧？

纪千明：你去招待她。

端木庆雨：你自己去，刚刚还拿了我的符，现在到了回报我的时候了。

"拿地压（Nadiyya），你好你好，我是纪千明，他叫端木庆雨，他跟我说过特别喜欢非洲的美女！"纪千明硬着头皮站起身，僵硬地介绍道。

端木庆雨的脸顿时变得铁青。

"哦，庆雨baby！谢谢你！"拿地压冲着端木庆雨抛了一个媚眼，端木庆雨浑身一震。

几人熟悉了一会儿，纪千明觉得这拿地压的性格确实很不错，虽然长得不高，但整个人很阳光，十分活泼。

纪千明突然想起来什么，从兜里掏出之前娜塔莉娅给的字条，犹豫起来。

如果说之前娜塔莉娅主动对自己示好是因为朱厌印迹，那现在自己的桃花气运已经被封印，他还去不去赴约？

沉思了半晌，纪千明还是加了她好友。怎么说以后都是一起战斗的同学，单纯地吃个饭也很正常吧？

几乎是纪千明发出邀请后的瞬间，娜塔莉娅就接受了好友申请，随后两人就聊了起来。

过了半晌，纪千明缓缓起身，对着那两个舍友抱歉地说道："不好意思，有人约了吃饭，晚上回来聊。"

端木庆雨脸色一僵，猛地抬头看向纪千明，两人的眼神再次碰撞起来。

端木庆雨：之前的桃花约你吃饭？

纪千明：没错。

端木庆雨：那我呢？

纪千明：你当然陪我们的好舍友一起吃啊。

端木庆雨：……

"哦，庆雨baby，看来今晚只能我们一起去吃饭了呢。"拿地压见纪千明有约离开，冲着端木庆雨抛了个媚眼。

"啊哈哈哈，好啊好啊。"端木庆雨表面笑呵呵，心里却无比后悔给纪千明画了那张符。

命犯桃花？你活该命犯桃花！纪千明你给我等着！

日渐西斜。

由于没有云朵的遮挡，傍晚的阳光洒在整座勾陈学院上，将整个悬浮山照成了金色，落日第一次如此清晰地出现在纪千明的眼前，他站在淡金色的勾陈广场上，静静地享受这份宁静与平和。

"千明！"娜塔莉娅的声音从远方悠悠传来，纪千明转头望去。

只见身穿淡蓝色长裙的娜塔莉娅笑着走来，金色的长发披散在白皙的肩上，精致的五官完美无瑕，一双淡蓝色的眼睛忽闪着看向纪千明，像是从童话中走出来的公主，美得让人窒息。

纪千明咽了口唾沫，不由得紧张起来：没了桃花运的自己凭什么吸引这样美丽的少女？

"等我很久了吗？"娜塔莉娅的态度似乎并没有多大的变化，有些不好意思地问道。

纪千明连连摆手，笑着说道："没有，我也刚到。"

二人并排走在黄昏的小路上，纪千明一时之间不知该说些什么，两人陷入了短暂的沉默。

"千明，你为什么来勾陈学院？你不怕神界吗？"娜塔莉娅率先打破了沉默，好奇地问道。

闻言，纪千明一怔，接着苦笑道："怕啊，但是……我觉得我的价值就在这里。"

"价值在这里？是什么意思呢？"娜塔莉娅反复咀嚼了半天，还是没能想明白。

"我是个孤儿，从小在孤儿院长大，长相普通，学习普通，在这个世上没有亲人，也没有特别好的朋友，如果说要用一件东西比喻我对社会的价值的话，那就是落叶。"

"落叶？"

"脱离集体，随风飘荡，泥土是我命中注定的归宿，而且就算从世界上消失了也没有人会在意。"纪千明轻轻叹了一口气，半晌之后，坚定地说道，"我不想成为落叶，勾陈是我实现价值的地方，虽然同样不为人知，但至少我守护过，我会成为碑林中的一座铭碑，而不是腐烂在泥土里。"

娜塔莉娅眨着眼睛，淡蓝色的眸子认真地看着纪千明，脸上突然绽放出灿烂的笑容。

"千明才不会是落叶，你是守护人类的光，勾陈的每一个人都是光。"

纪千明看着娜塔莉娅认真的眼神，有些不好意思地挠挠头，问道："那你呢？你又是为什么来到勾陈？"

娜塔莉娅将手放在胸前的衣领上，缓缓下拉，一道蓝色的叶纹出现在她的左胸。

"它给我带来了力量，有力量的人就应该守护没有力量的人，所以我来了。"黄昏下，娜塔莉娅的脸上浮起一抹红晕。

"呃……你要比我纯粹多了。"纪千明说道。

娜塔莉娅将衣领拉好，一座六层高的食堂出现在二人的眼前。

说是食堂，实际上是一家大酒店，里面的菜品涵盖了整个北半球绝大部分国家的饮食，中餐、西餐、日本料理、韩国料理，还有一些国家的特殊菜式。

"这里的食堂为了迎合整个北半球的学生的口味，有近两百个厨师，快餐主要分布在下面三层。四楼是用来办酒会的地方，五楼是空中餐厅，六楼则是豪华包间，你想去哪里？"娜塔莉娅向纪千明介绍着食堂的情况，随后询问道。

"空中餐厅？听起来不错啊。"纪千明犹豫片刻之后，便选择了五楼。

二人穿过大厅，选择了最靠边缘的卡座，纪千明悄悄从旁边望下去，看得一阵头晕目眩。

"千明，你来点中餐吧。"娜塔莉娅将手中的菜单递给纪千明，安静地趴在桌上，忽闪的眼睛时刻不离地看着纪千明。

"喀，那就来份烤鸭，大闸蟹，嗯，再来个炖猪蹄……"粗略地扫了菜单一眼，纪千明先是虎躯一震，随后想到自己也是年入七百万的人了，便大胆地点了起来。

其中绝大多数自己以前都没吃过，这次终于可以满足一下口腹之欲了。

"娜塔莉娅，我想问你个问题，你有没有觉得……我和下午有什么不一样？"犹豫了片刻，纪千明还是问出了这个问题，毕竟现在的自己又回到了异性绝缘体的状态。

"嗯？好像有一些。"娜塔莉娅歪着脑袋想了一会儿，"下午的时候总觉得有什么东西在吸引我，现在没有了，不过我更喜欢现在的千明，善良而真实。"

✦

"喀喀喀……"纪千明顿时咳嗽起来，脸色微红，说起来他还是第一次被女生这么直接地说喜欢，心中不由得有些小骄傲。

什么嘛，不需要朱厌印迹我也能吸引女生好吧。

各色菜肴一个接一个端了上来，一边的娜塔莉娅瞪大了眼睛，惊讶地看着桌上形形色色的美食。

"千明，这些都是可以吃的吗？"娜塔莉娅的眼中闪着光。

"对啊，都可以吃的。"说着，纪千明夹起一块鲜嫩的烤鸭肉放在薄饼上，蘸了些许酱料，裹了几根配菜，递到了娜塔莉娅手中。

"啊！这个好好吃！"娜塔莉娅咬下第一口，一股从未体验过的味道在味蕾上爆发，她惊呼道。

随后她风卷残云般扫荡了桌上的美食，看得纪千明哭笑不得。

"你慢点，我不跟你抢。"

"不是，你把螃蟹壳吐出来，那个不能吃！"

"嗯？你吃猪蹄剩的骨头呢？骨头去哪儿了？"

"…………"

夜色渐浓，两人摸着圆滚滚的肚皮从食堂出来，娜塔莉娅毫无形象地打了一个饱嗝。

"想不到中餐竟然这么好吃，谢谢你千明，今天我吃得很开心。"娜塔莉娅的眼睛眯成了弯弯的月牙，笑着对纪千明说道。

"我也是第一次吃到这么好吃的菜，呃……"纪千明满意地点点头，这两千块钱花得不亏。

"我该回去了，下次再一起吃饭，拜拜！"说着，娜塔莉娅踮起脚，轻轻在纪千明的脸颊上留下一个吻，月色下她的脸上浮现出一抹红晕，不等纪千明开口，转身头也不回地跑开了。

纪千明面色通红地站在原地，心脏狂跳，在他脑海中的镜面上，又出现了几行粉色的小字。

收集娜塔莉娅魂气，+3。

收集娜塔莉娅魂气，+4。

收集娜塔莉娅魂气，+5……

"她不会……真的爱上我了吧？"纪千明的心中突然闪过这个念头，难道是端木庆雨的封印失效了，压根就没封住自己的桃花运？

带着满心的疑惑，他缓缓向宿舍的方向走去。

…………

翌日。

304宿舍的三人早早地来到了礼堂，纪千明再一次体会到了什么叫财大气粗。

足以容纳数百人的大型礼堂中，只有第一排坐了寥寥数人，讲台上更是挂满了各种先进的演示仪器，一条十米长的横幅上写着几个大字。

"勾陈学院2018届新生开学典礼。"

纪千明往那边扫视一眼，发现其中大半都是黄人，其次是黑人，再次是白人。

"千明！"娜塔莉娅看见纪千明，笑着挥了挥手，然后放下了右手边的椅子。

众人见娜塔莉娅主动邀请别人坐她身边，齐刷刷地转头盯着纪千明，眼神之中有好奇，有冷漠，有杀意。

没错，端木庆雨瞪大了眼睛看着纪千明在美女身边落座，丝毫不掩饰自己的杀意。

你就……你就跟美女坐一起了？又留下我？

今天的端木庆雨穿着一身白色的长衫，凌乱的长发用发簪斜斜地固定在头上，几缕青丝垂到俊俏的脸旁，也是个让人眼睛一亮的儒雅青年。

然而，此时，矮矮胖胖的拿地压正拽着端木庆雨的手，兴奋地向一个位子走去。端木庆雨面如死灰，一副生无可恋的表情，整个画面极不和谐。

时近8点，最后的几名学生也陆陆续续地坐了下来，纪千明还在其

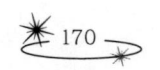

中看到了张凡,他兴奋地冲对方挥了挥手。张凡的嘴角微微上扬,轻轻点头。

"喀,大家都来了,那我们就开始了。"这时,一个熟悉的声音从舞台上传来,一个身材肥硕,憨态可掬的胖子屁颠屁颠从台阶上走了上来,正是多日不见的崔胖子。

崔胖子的眼睛粗略地扫视了一眼,看到纪千明哀怨的眼神,很识趣地假装没看见,笑呵呵地开口:"秋高气爽,丹桂飘香,今天我们欢聚在中秋晚会……喀,不好意思拿错了,重来哈。"崔胖子照着手卡念了几句,突然发现有些不对,连忙换了一张。

台下众人:"……"

"喀喀,诸位2018届的新生,我代表勾陈学院的老师和同学们,欢迎你们的到来。

"这次开学典礼本应该由校长亲自主持,但是由于北美发生了些情况,校长如今不在学校,所以由我,你们的教导主任来主持。"

纪千明眉毛一挑,这居然是勾陈的教导主任?

"勾陈学院,在千年之前由一位圣人开创,当时的神界刚刚与地球发生重叠,神界下令攻打当时落后愚昧的地球,在千钧一发之时,五位圣人降临人间,凭滔天伟力阻挡神界进攻,并将入口封印。

"五圣之首的光圣于天空之上开辟小世界,凭空摄来悬空山,他立于山巅,封此地为勾陈学院,同时在天下招收具备特殊力量的百姓,教化众生。千年来勾陈学院不忘初心……"

台下众人听得津津有味,不禁心生向往,只恨自己晚生了千年,没能见到那位建立勾陈学院的光圣。

接下来崔胖子又讲了半个小时勾陈的丰功伟绩,主要是那一代代勾陈学子是如何力挽狂澜,拯救世界的。

"虽然你们可能已经有所耳闻,但我还是要强调一下,勾陈学生的死亡率极其高。"崔胖子神情突然严肃起来,"你们的上一届,也就是现在的大三,你们猜这两年死了多少人?"

崔胖子的脸上浮现出痛惜,伸出一只手,沙哑地说道:"五人,不是死了五人,而是只剩下五人,他们原本有十七个人,每一个人的名字和模样都深深地烙印在我的脑海里,现在……他们大部分都成了黑色的铭碑，立在山顶的碑林之中。"

饶是纪千明早有准备，听到如此恐怖的死亡率还是倒吸了一口凉气，这死亡率高达百分之七十！

那两年后，我们还会剩下多少人，我，还会活着吗？纪千明不由得怔住。

◇

"我说这个不是为了打击你们，而是让你们有危机感，在接下来的任务中务必珍惜自己的生命！你们既然来到这里，就没有一个孬种！你们每一个都是人类的瑰宝，绝对不可以漠视自己的生命！"崔胖子几乎是怒吼着喊出了这句话，他的眼中已经布满了血丝。

"好了，这次的开学典礼就到这里，散会吧。"崔胖子仿佛一下子耗尽了所有的力气，颓然开口，"明天开始正式上课，今天下午有入学的实战测验，关系到以后的分组，务必重视。"

台下众人还没能从压抑的气氛中缓过来，沉默地离开了礼堂。

"老大！"纪千明出了礼堂，径直向张凡的方向跑去。

张凡见纪千明一路小跑着赶过来，停下了脚步，嘴角微微上扬："千明，好久不见。"

从被摩托车暴徒追杀到共战青鬼，再从舍生战傀儡师到成远集团逃脱战，两人数次共同经历生死，建立了深厚的友谊，张凡对纪千明的态度已截然不同。

"老大，你这一个多月去哪儿了？"纪千明好奇地问道。

"我一直待在这里。"

纪千明一愣，心想：张凡从一个半月前就住在勾陈了，他在这里做什么？

"哦。"纪千明没有多问，眼中闪过一道光芒，"老大，听说大家都要组成三人战斗小组，我和你一组吧？"

"好啊。"张凡没有丝毫犹豫，"只不过听说这分组还有限制，不是全部按自己的意愿来，似乎和下午的实战测验有关。"

也就是说可能会无法组成一队？纪千明的眉头微皱，不知道下午的

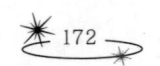

实战测验到底是什么样的，组队的规则又是什么？

"那就等下午完了再说吧。"纪千明苦笑着说道。

回到宿舍之后，在端木庆雨"威逼利诱"之下，纪千明只能当个"电灯泡"，和他们二人一同前往食堂吃饭。

纪千明还记得端木庆雨杀气腾腾的眼神，仿佛自己一旦拒绝就要半夜将自己闷死在床上，不过有了自己同行，他觉得端木庆雨的腰杆又挺直了很多。

就是拿地压……她为什么总是翻白眼？

在"愉快"地享用完午餐之后，时间很快就到了下午。

…………

"各位2018届的新生，我是这次实战测验的考官陈澈。"

悬空山侧面的茂密树林前，一个寸头的中年男人冷着脸，仿佛在座的各位每人欠了他一百万似的，用一种冰冷的语气开始说话。

"这次的测验内容很简单，你们十八人从不同的方向进入我身后的这片密林，在这片密林之中藏有若干令牌，在规定时间内拿到令牌越多，你的成绩就越好。

"在这个过程中，会有接了任务的学长学姐进入密林追击你们，当判定你们失去战斗能力之后则直接淘汰你们，你们收集的令牌也会被丢在原地。

"测验的名字按被淘汰的顺序排名，最先淘汰的是最后一名，依此类推，在到达规定时间后还没有被淘汰的人中，按拥有令牌的多少进行排名，本次测验前三名奖励2学分，四到十名奖励0.5学分，十名之后无奖励。

"最后，有几点必须遵守的规则。第一，你们不能相互攻击。

"第二，不能私自串通，将已经得到的令牌赠予他人。

"我们三位考官将时刻通过监控设备观察你们每一个人的表现，严禁一切作弊行为。"

寸头考官讲完规则，众人纷纷摩拳擦掌地准备起来。

"大逃杀吗？"纪千明沉吟起来，规则其实并不复杂，但难度不小。

首先，这片密林十分广阔，所有人从不同的方向进入密林，所以在开始的时间段内很难遇到其他人，即使真的遇到了，也很难在规定时间内组成战斗小组。

其次，这些学长学姐的实力应该最低都是二阶，单打独斗获胜的概率很小，团战才是王道，所以最开始的时候就是最危险的时候。

像老大这样战斗力爆表的"妖孽"是不用怕落单的，就算打不过学长学姐，跑路应该也不成问题。当然，前提是遇到的学长学姐不是"妖孽"……

总的来说，这个测验一半看实力，一半看运气。

"接下来你们按照学号顺序，依次到这几个地点准备，看到红色信号烟花升起，测验就正式开始。"寸头考官拿出一张地图，给众人依次传阅。

"不妙啊。"纪千明眉头微皱，自己的学号和老大差得很远，能不能会合就只能看天意了。

过了许久，众人依次站到了自己的位置，纪千明环顾了一下四周，除了树还是树。

而且这些树的年岁都极大，个个都粗壮无比，茂密的树叶遮住了阳光，整个树林里光线昏暗，这让纪千明想起了电视上看到的原始森林。

砰！

一道信号弹冉冉升起，在空中绽放出巨大的红色烟花，极为醒目。

"开始了。"纪千明深吸了一口气，凭着记忆找到了一个方向，拔腿跑去。

密林之外，几个嬉笑打闹的年轻人看到红色信号，相互对视一眼，嘴角露出不怀好意的笑容。

"等了两年，终于等到我们来抓别人了！"

"我还记得我当年是被庆涯第一个淘汰的，这次我也要第一个淘汰这群菜鸟！"

"呵呵呵，还是手下留情吧，毕竟都是学弟学妹。"

几人听到这声音，纷纷回头望去，只见一身白衣的云逸正微笑地说着话，像是个温润如玉的书生。

"云逸啊，咱们这都是为他们好哇，让他们有些动力，不然以后遇

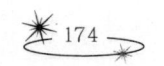

上神界的那群畜生，他们可不会手下留情。"一个身材魁梧的蒙古男人拍了拍他的肩膀，语重心长地说道。

"嗯……你说得对！"云逸沉吟了几秒，缓缓点头。

各位学弟学妹，别怪学长不留情面啊……他悠悠抬头，大片的乌云顿时笼罩了这片广阔的森林。

此刻，纪千明正艰难地在森林中前进，这里的地面凹凸不平，还遍布着树枝与藤蔓，再加上光线昏暗，行进起来十分费劲。

"咦？好好的晴天，怎么就阴了？"光线越来越暗，他抬头看向天空，狐疑地说道。

◎

他随即摇了摇头，这不是他现在该关心的，他的余光一扫，脚步突然停了下来。

只见在他身侧的树枝上，正挂着一枚暗金色的令牌，只是令牌离地足足有四米高。

"这是想让我爬上去拿？"纪千明眉毛一挑，嘴角微微上扬，与此同时，脑海中镜面上的幻想家叶纹闪烁。

一根长长的竹竿凭空出现在他的手中，他用手中的竹竿轻轻一挑，暗金色的令牌便掉了下来。

纪千明小跑着捡起令牌，吹去上面的灰尘，只见上面写着"勾陈"二字。

第一枚令牌到手！

纪千明眼中闪过一丝喜色，正准备继续向前寻找，隐约之间一道惨叫声从正前方传来。

"嘶！来得这么快！"纪千明浑身一震，声音离他不算近，但他还是果断地向另外一个方向跑去。

又走了一段时间，纪千明又在草丛中找到了一枚令牌，将其塞进口袋中，喜滋滋地准备出发，这时一道声音悠悠地从他身后传来。

"找到几个了？"

"就找到两……"纪千明一愣，猛地回头，只见一个身材魁梧的黑人咧着嘴从树后走来，雪白的牙齿让纪千明想起了某个牌子的牙膏广告。

纪千明的大脑飞速转动，他可以肯定刚刚在自己的十八名同学中没有这个人……他是来追击我们的！

他死死地盯着眼前的追击者，深吸了一口气，猛地拔腿狂奔。

黑人追击者愣在原地，看刚刚的架势还以为要干架了，结果跑得这么干脆。

"跑？你跑得掉吗？乖乖被我淘汰吧！"

就在纪千明狂奔的时候，这道声音却在飞速地接近，眨眼之间就到了他的身后。

纪千明汗毛倒竖，想也不想，直挺挺地往地上一趴。

一道淡蓝色的波纹擦着他的头皮扫过，撞到了周围的参天大树上，在树干上留下了深深的痕迹。

纪千明倒吸一口凉气，急忙从地上爬起，伸出一只手掌。

"你等等！"

"嗯？你有什么想说的？"

"我给你表演个才艺，你放过我吧！"

"……你先让我看看是什么才艺，表演得好就让你走。"黑人追击者露出饶有兴味的表情，这么有意思的事情他还是第一次见。

纪千明手一翻，一个半身高的镜子凭空出现在他的手上，看得追击者眉毛一挑。

具象系的能力，有意思。

"我来给你演个小电影吧。"纪千明抱着手中的镜子，催动起了"非花"。

只见镜子的表面浮现出一幅画面，黑人追击者的眼睛顿时就直了。

镜子中的女主角穿着极其凉快，只用几根布条遮住了关键部位，露出大块白皙的肌肤。

她冲着黑人追击者甜甜一笑，抛了个媚眼……

黑人追击者咽了口唾沫，眼睛眨都不眨一下。

突然，镜子表面绽放出强烈的金光，在这昏暗的森林中宛若一轮太阳，疯狂地散发出刺眼的光线。

"啊啊啊啊啊！"黑人追击者猛地捂住眼睛，整个人半跪在地上，拼命地摇头，像是想把脑海中的金光甩掉。

纪千明抓住机会，拔腿就跑。

就在这时，捂着眼睛的追击者狠狠地一跺脚，一道比之前大了数倍的蓝色波纹从他的脚下发出，瞬间扫过这片区域，冲击得周围的树木连根部都露出了一大截。

纪千明只觉得有人在自己腿上狠狠地敲了一棍，整个人被震得在空中翻了半圈，然后重重地摔在地上。

"啊，差点被晃瞎了。"黑人追击者缓缓起身，眯着眼睛打量着四周，很快找到了摔倒在地的纪千明，恶狠狠地走了过去。

"小子，你这招太狠了吧？看来我是该让你吃点苦头了！"蓝色的波纹覆盖在他的手掌上，他狞笑着看着纪千明。

"你等等！"

"又怎么了？！"

"我重新给你表演个才艺！"

"老子不要看你的才艺！"黑人追击者听到"才艺"两个字浑身一颤，随后坚定地说道。

他话音刚落，纪千明手中又出现了一面镜子，黑人追击者想也不想立刻闭上了眼睛转过身去，等了半晌，想象中的金光还是没有出现。

他小心翼翼地回过头，发觉纪千明已然跑远，一股怒气顿时涌上心头。

耍老子？嗯？

他微微下蹲，脚底一道蓝色波纹一闪而过，整个人像一道蓝色的闪电，呼吸之间就弹到了纪千明的身后，接着一拳挥出。

察觉到危机的纪千明右脚一蹬，身子在空中一扭，变戏法似的在胸前变出了一面大镜子，上面一道蓝光一闪而过。

当！

沉闷的撞击声传来，一股巨力从镜子上直接传导到了纪千明的身上，他整个人宛若一个断了线的风筝，撞到了身后的树干上。

"嘶……"黑人追击者捂着拳头，嘴角疯狂抽搐，心想：这镜子是用什么做的，怎么这么硬？

纪千明咳嗽着站起身，将手放在了口袋上，整个人不自觉地进入绝对冷静的状态。

为了应对这次的测验，他也是做了充足的准备，既然逃不掉，那就正面刚吧！

他从兜里掏出一个金属盒子，猛地丢向天空。

黑人追击者微微皱眉，只见盒子的盖子突然打开，几道模糊的影子从中闪出，没入阴影消失不见，随后空荡荡的金属盒子掉落在地上。

咔！

纪千明冷冷地盯着黑人追击者，表情漠然，让黑人追击者觉得有种说不出的诡异。

他双腿在地上一蹬，整个人竟笔直地向黑人追击者狂奔而去，一副悍不畏死的架势。

黑人追击者眉头一挑，双手覆盖上淡蓝色的波纹，双脚微微错开，一手在前一手缩后，摆出了标准的战斗姿态。

两人的距离正在疾速缩短，一柄砍刀凭空出现在纪千明的手中，上面闪烁着点点蓝光，猛地向黑人追击者的腰侧砍去。

黑人追击者从容侧身，躲过了这气势汹汹的一刀，化掌为刀，直直地向纪千明的脖颈劈去。

就在这时，纪千明突然低头，一块与周围环境颜色保持一致的尖锐镜刺从领口弹出，飞速向黑人追击者的面部刺去！

◇

黑人追击者瞳孔骤然收缩，半空的手立刻向镜刺抓去，掌中蓝色波纹突然爆发，直接将镜刺震成粉末。

这还没完，藏于两侧树干上的镜刺也突然射出，一根刺向黑人追击者颈后，一根刺向他的咽喉。

镜刺的表面时刻随周围的环境颜色而变化，混在这种茂密的森林之中本就难以察觉，黑人追击者只觉得一股寒意涌上心头，眼睛一凝，猛喝一声。

以他为中心，一道恐怖的波纹迅速地扩散开，将空中的两根镜刺震飞，当然随之震飞的还有纪千明。

纪千明只觉得胸口像被一把大锤狠狠地锤了一下，五脏六腑都齐齐一震，整个人腾空飞跃数米，狠狠地摔倒在地，他的脸上突然出现一片潮红，一口血喷了出来。

饶是如此，他那双极度冷静的眸子还是死死地盯着黑人追击者，与之对视的追击者不知为何后背上冒出一丝凉意。

黑人追击者警惕地环顾四周，生怕从哪个角落飞出一根镜刺要了自己的命，看那个小子的眼神压根儿就不像会手下留情的样子。

等等，他手里的砍刀呢？

这个念头闪电般地从他的脑海中飞过，他想也不想猛地向侧面跳出，一柄闪着寒光的砍刀从天而降，几乎是擦着他的头发落了下去，刀身深深地没入泥土中。

冷汗顺着鼻尖滑落，他终于想明白了整个过程。

这小子竟然从之前的两次震波中总结出了自己的弱点，那就是大范围震波只能横向发出。

从一开始，隐藏的镜刺就只是吸引自己注意力的工具，在自己专心应对从领口冒出的镜刺时，这小子便将手中的砍刀高高抛起，随后自己释放大范围震波将所有东西震飞，在自己放松警惕的时候，从高空落下的砍刀就成了真正的杀招！

好深的心机，好精密的布局！

对方怎么就跟换了个人一样，AI（人工智能）托管了？黑人追击者百思不得其解。

…………

不仅是他，此刻监控着整个森林的三位考官也是十分疑惑。

"这小子的状态有点意思啊，和之前不要脸的模样判若两人。"左侧端着咖啡的考官饶有兴味地看着镜头下的纪千明，开口说道。

坐在中间的寸头考官似乎想起了什么，突然说道："你看他的右手，一直在无意识地抖动，我在国外考察的时候见过这种情况，那是整个西方最有天分的心算少年，在他大脑进行精确运算的时候会出现这种生理反应，这种状态被称为心神通。"

"你是说，他现在就在这个状态？他能将这种恐怖的运算能力应用于战斗？"右侧的女考官惊讶道，随后眼中不停地闪烁着微光，"从他刚刚发出的两枚镜刺的出现角度来说，若是换作没有很强的控制能力的人，很难同时接下两枚镜刺，更别说后面藏的天降杀招，落点更是精准，这种刁钻的眼光确实不像一个没有学过格斗的少年能拥有的。"

"天生的战场指挥官！"左侧考官兴奋地拍着桌子，看向纪千明的眼神像是在看一个瑰宝。

寸头眉头微皱，悠悠开口："别高兴得太早，他不是随时都能保持这种状态。刚刚追击者第一次攻击他，将他掀翻，他还没进入这种状态，等到第二次，追击者展现出他无法超越的速度并重击他时，他才进入心神通状态，这说明……"

"说明只有他潜意识认定自己处境十分危险才会进入心神通？"女考官眉毛一挑，若有所思，"如果是这样的话，他确实不适合做指挥官，指挥官一般都是身处营中，给别人下达命令，自身的安全不会受到威胁，所以对他来说根本无法进入心神通状态。"

"他很适合做小组的战斗指挥员，他的叶纹能力是什么？"

"他的叶纹是一种全新的叶纹，能够改变具备反射性物体的物理规则，学院给的评级是C-78——咦，那他刚刚是怎么凭空变东西的？"左侧考官翻阅了一下文件，奇怪地说道。

"这不奇怪，每种能力的掌握程度不一样展现的特点也不一样，看起来是个横跨强化系、具象系、意念系和幻象系的能力，学院给的评级低了，至少也是个B级。"寸头考官在文件上做了批注，淡淡地开口。

"就给他蓝色竹签吧。"

…………

就在这一瞬间，黑人追击者产生了一种转身要走的冲动，这个少年给他的感觉太恐怖了，与其交手一个不留神小命就没了。

就在二人僵持的时候，一个声音从森林中悠悠传来："漂亮，真是太漂亮了。"

纪千明和黑人追击者心里同时一惊，这声音离他们如此之近，他们竟然都没有丝毫的察觉。

两人闻声望去，一个身披黄色羽织，腰间悬挂武士刀的少年笑着从林中走来，脚下的木屐踏在地上没有发出任何声音，像一个幽灵。

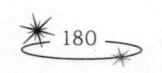

少年的黑发上绑着深红的绳结，自然地垂到腰间，几缕发丝荡在空中，显得极为飘然。他一双眯眯眼弯成了月牙，正看向纪千明的方向。

日本人？纪千明好奇地打量着眼前的少年。他记得这张脸，特别是那标志性的眯眯眼，只不过之前对方穿着便服，他还以为少年也是华夏人。

他是怎么悄无声息地过来的？他是来帮我的吗？纪千明心中顿时闪过一串疑问。

"你能不能睁开眼睛说话？"黑人追击者盯了半天，才憋出来这么一句。

少年浑身一震，微微侧头看着黑人追击者，但他脸上依旧挂着笑容，看得黑人追击者心里发毛。

今年的新生是怎么了？一个个给人感觉都这么恐怖。

"我劝你赶紧走吧，我这时候出来是为了救人的，不是来打架的。"少年轻轻开口道。

"救人？你想救他不得问问我答不答应吗？"黑人追击者觉得有些好笑。你来救他还大言不惭地劝我赶紧走？

"我想你可能是有什么误会。"少年的声音中听不出任何的情绪，淡淡说道，"我不是来救他的，我是来救你的。"

✦

"救我？"黑人追击者瞪大了眼睛，"虽然我承认自己刚刚胆怯了，但是你说是来救我的就过分了吧，我不要面子的吗？"

"嘿嘿，口气倒是不小，那就别怪我把你们一起淘汰了！"说着，少年从口袋里掏出五枚梭形钢片。

风徐徐吹动少年的鬓发，眯着的双眼看不出是喜是怒，他轻轻将手搭在腰间的刀上，静静地看着嚣张的黑人追击者。

黑人追击者的手上一道震纹荡起，五个钢片像炮弹一样，带着巨大的动能弹射出去。

少年的身体微微下弯，两手稳握刀鞘口和刀柄，将刀鞘稍稍贴近身体，然后眯着眼睛认真看着自己的刀柄。

纪千明突然觉得这一幕有些熟悉——等等，这不是那款游戏中橘右京的拔刀斩吗？

无形的气场从少年的脚底散出，鬓角的长发无风自动。

"无刀取，居合！"

少年轻吟，刹那之间在原地留下一道残影，他拔刀挥出一道凌厉的月牙，气势无匹的五枚钢片电光石火之间被这一抹刀光轻飘飘地从中斩断，它们带着的巨大动能顿时消散。

咔！

长长的刀身已然入鞘，留下一声轻响。

拔刀，挥刀，收刀，整个过程如同行云流水，眨眼之间就破掉了追击者的杀招！

"太、太帅了吧！"纪千明瞪大了眼睛，刚刚他连少年拔刀和挥刀的动作都没看清，但是缓缓收刀的姿势他看清了，真的很帅。

"#@#&%！！"黑人追击者也是目瞪口呆，说了一句谁也听不懂的外国俚语。外国人真是可怜，这种情况下只能说谁也听不懂的话。

他看向少年的眼神已然不同，刚刚这一招若是直接朝着他的脖颈斩来，他连反应的时间都没有，就会人头落地。

"能力是加速吗？配合武技真是棘手的能力。"黑人追击者冷哼一声，摆出一副不过如此的轻蔑神情，头也不回地转身，极其嚣张地离开了。

开玩笑，一个阴险狡诈的纪千明就够他受的了，再来一个随时能将自己斩首的少年，自己今天可能真的要交待在这儿了。

嗯，放他们一马！

"咳，谢谢你。"纪千明见黑人追击者大摇大摆地逃跑了，嘴角微微抽搐，走到少年的身边，伸出了一只手。

"我叫纪千明。"

少年眯着眼，嘴角微微上扬，同样向对方伸出了一只手："我叫羽生原。"

纪千明微微一怔，这个少年的手上全是厚厚的茧子，多半都是练剑时留下的痕迹。

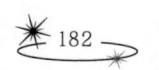

看他的年纪和自己相仿，这么小便能有如此卓绝的剑术，就算能力可以加快他的速度，但那行云流水般的剑技只能通过日复一日的勤苦修炼得到。

握完手之后，羽生原将两只手交叉揣进宽大的袖中，笑眯眯地开口："千明君，你有多少令牌了？"

纪千明从兜里掏出两枚令牌，苦笑道："我只拿到两枚。"

"千明君需要好好努力了呢。"羽生原从袖中掏出了一串令牌，粗略看来就有八九枚，发出叮叮当当的响声。

这……一股深深的挫败感从纪千明的心头涌出：这不是我拿不到，实在是一路跑来就碰到了两枚啊。

突然，端木庆雨的话再次浮现在他的脑海中："现在只能用玄学手段封住你的桃花运……以后你的运气可能会变差。"

得，这就是"非酋"的世界吗？

"千明君，接下来我们一起走吧，路上得到的令牌平分。"羽生原提议道。

纪千明顿时举双手双脚赞成。羽生原的战力极其恐怖，应该是和老大一个级别的，也是一个粗壮的大腿，而且说不定能拯救一下自己的非酋气运。

果不其然，他们俩刚走了几步路就碰到了一枚令牌，经过一番推让之后由纪千明拿取。

"千明君，你看那里也有一枚。"

"咦，我好像踩到了一枚令牌。"

"嗯？那里有一包令牌掉在地上，应该是被淘汰的人留下的吧，今天的运气真是不错呢。"

纪千明："……"

短短十几分钟内，羽生原就捡到了十枚令牌，每次捡到令牌时都会笑眯眯地冲着纪千明挥一挥，看得纪千明突然有一种想拔刀自刎的冲动。

为什么？人和人之间的差距能这么大？

话说你每次都冲我露出那种笑容是什么意思？你是故意刺激我的吧！

纪千明在心中疯狂吐槽，暗自在羽生原的形象上打上腹黑男的标签——表面笑呵呵，心却黑得跟墨一样。果然眯眯眼都是怪物，无论是在哪个方面……

轰轰！

一阵爆炸声突然从两点钟方向传来，两人齐齐一怔，对视了一眼。

"去吗，千明君？"

纪千明沉吟两秒，缓缓开口道："去看看吧，我们有两个人，就算打不过跑应该也能跑掉。"

羽生原点点头，两人轻轻地向爆炸声传来的方向摸去，然而真正悄无声息的只有羽生原，纪千明的脚每次落地时都能发出嘎吱嘎吱的声音。

"你是怎么做到走路没有声音的？"纪千明的汗都冒出来了，小声问道。

"很简单，多练习就行。"羽生原淡淡回答道。

打斗声离两人越来越近，和纪千明与黑人追击者的战斗不同，这里的战斗极为激烈，因此也很好地掩盖了纪千明的脚步声。

从树后望去，眼前的这片树林已然被打出了一个真空区，一个身穿紫衣的追击者正从容地站在一边，另一边是战意盎然的光头少年和怯生生的少女。

这两个都是纪千明的同学，而且从外形上来看都是华夏人。

光头少年的衣服已经残破不堪，身上更是伤痕累累，他大喝一声，气势汹汹地朝紫衣追击者冲去。

紫衣追击者翻了个白眼，表情很是不情愿，他手指一勾，光头少年前方的泥土中突然升起一堵岩墙。

"我说你也该歇歇了吧，不要命似的冲了这么久，你喊得我都开始耳鸣了。"紫衣追击者拍了拍耳朵，叹了一口气。

光头少年的身形没有丝毫停顿，右手握拳，狠狠地向岩石墙壁砸去。

轰！

在拳头碰到墙壁的一瞬间，一阵火光从他的拳头上传来，剧烈的爆

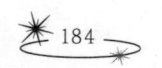

炸直接将岩墙炸出一个大坑。

光头少年甩了甩手，高傲地仰起头，大声说道："我吴迪，决不认输！"

✧

"无敌？"紫衣男一愣，笑道，"好名字！"

对方只有一个人？纪千明见到这个局面，心思活络起来。若是加上他们二人就能形成四对一的局面，那个光头少年一个人都能坚持这么久，他们四个一起上的话干掉紫衣男应该不难。

纪千明冲羽生原眨眨眼睛，伸出一根手指指向紫衣男，羽生原犹豫了片刻，用手指在泥土上写了几个字。

——等待时机。

空地。

吴迪的双手不停地冒着火星，发出噼里啪啦的爆炸声，一双桀骜不驯的眼睛盯着紫衣男，再次发起冲锋。

紫衣男手扶额头，心道：这家伙是疯子吗？算了，管他什么计划不计划，先把这光头给淘汰了再说。

他脖子上黄色的叶纹一闪，一只岩石巨手从吴迪脚下突然冒出，直接将狂奔的吴迪拍离地面。

吴迪一个重心不稳，从空中径直跌下，他的两只手掌突然爆发出一团火焰，整个人像坐着火箭一样飞向紫衣男。

紫衣男眉毛一挑，几根地刺从他的脚下钻出来后，刺向吴迪的面门，然而空中的吴迪却丝毫没有闪躲的意思，任由其刺向自己的身体。

"不好！"紫衣男瞳孔骤缩，这本就是一场测验，万万不可真的伤到这些学弟学妹。可谁知这光头竟然不闪不避，一副悍不畏死的样子，这要是刺下去不死也残了。

就在他努力收回地刺的时候，空中的吴迪却突然变成了蝴蝶，扑棱扑棱地从他的面前飞向天空。

"这……幻象!"紫衣男也是经验丰富,想也不想就将自己要害处的肌肤岩石化。就在这一瞬间,一阵恐怖的爆炸声从他的身后传来。

轰轰!

紫衣男狼狈地飞了出去,好在岩石化能力帮他卸掉了大部分的冲击力,他并没有受重伤。

此刻吴迪正一脸得意地冲他笑,手上还冒出了几缕青烟,一副小人得志的模样,看得紫衣男牙痒痒的。

"干得漂亮,王若依!"吴迪冲着一旁存在感极低的少女竖了个大拇指。

"是你!"紫衣男突然转过头看向一直被他忽略的柔弱少女,眉头紧皱。

奇怪,自己不可能犯忽略其他人这种低级错误,这也是那个少女的能力?她除了能制造幻象还能降低自己的存在感?

就在他愣神的时候,一道黄色的身影从天而降,像羽毛般轻轻地落在他面前,与此同时,他手中的长刀在空气中划过一道残影,死死地抵在他的脖颈上。

"你被淘汰了。"羽生原笑眯眯地看着紫衣男,淡淡说道。

这!紫衣男心头狂震。

刚才这一切发生得太快了,对方完美地把握住了自己愣神的时机,一击致命,自己连岩石化皮肤都做不到!

不仅是他,在场的众人都一脸蒙,这个少年竟然如此轻易地淘汰了追击者?!

紫衣男咽了口唾沫,突然冲着一个方向破口大骂:"云逸!说好的钓鱼呢!人家都把刀架我脖子上了,你还不出手!"

只见一个白衣身影从树林中缓缓走来,面带苦笑:"不是我不想救你,他的速度实在是太快了,我连开口提醒都来不及。"

居然还有人藏在暗中!众人的心顿时沉了下来。

尤其是吴迪,脸色铁青,心想:合着跟我打这么久是为了吸引别人来自投罗网?

"云逸,你今天不把他们都给我淘汰了,我就把你私藏的酒分给老三他们喝光!"紫衣男满脸不爽,高声威胁道。

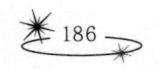

186

两年前被学长淘汰就算了，现在居然又被新生淘汰，自己这老脸往哪儿搁啊？

　　"喀喀，我尽量。"云逸讪讪一笑，转过头冲着树林喊道，"别藏了，你的隐藏手段也太差了。"

　　纪千明苦着脸从树林中钻出来，不好意思地挠挠头："喀，埋伏失败了。"

　　"咦，居然还真有人？"云逸一愣，露出了惊喜的表情。

　　纪千明："……"

　　"四个人啊……学弟学妹，你们一起上吧。"云逸轻咳了一声，扫视众人，露出一个腼腆的笑容。

　　纪千明嘴角一抽：好家伙，用最清纯的表情说最霸气的话，也是个腹黑男啊。

　　"小心，他是三阶。"羽生原的眉头微皱，提醒道。

　　三阶？吴迪猛地转过头盯着云逸，一股战意在眼中熊熊燃烧。纪千明心跳漏了一拍，他是和三阶正面交过手的人，深知三阶与一阶的差距，根本不是人数多就可以弥补的。

　　…………

　　考官室。

　　"嘿嘿，这可就有意思了。"左侧考官轻笑一声，饶有兴味地看着监控显示器。

　　"一个拥有心神通的天才指挥，一个冰冷无双的剑客，一个自走炮台，还有幻术控制系的少女，这样的阵容能将云逸逼到什么地步呢？"女考官在心中进行了战力对比，嘴角微微上扬。

　　寸头考官眯着眼睛，缓缓用指关节敲击桌面，淡淡道："这就要看指挥官的能力了。"

　　"距离测验结束还有多久？"

　　"还剩八分五十秒。"

　　"啧，他们可能撑不了那么久了。"左侧考官微微摇头，有些遗憾地说道。

　　"未必。"寸头考官的眼睛紧紧地盯着纪千明，悠悠开口。

　　…………

187

"还有八分五十秒结束。"羽生原从袖中掏出一块表，确认了一下时间。

"哼，不就是个三阶吗？老子不怕！"吴迪哼了一声，双手上的火星顿时活跃起来，整个人不要命似的向云逸冲去。

"不是，你别冲啊！"纪千明见吴迪自己冲了出去，顿时恼了起来。你怎么能这么莽撞？谁给你的胆子?!

"快把那傻子拉回来！不然三打一局面更危险！"纪千明焦急地大喊。

但吴迪已然冲到了云逸跟前，极不稳定的能量从他的掌心冲出，他双手向前一送，剧烈的火光直接涌向云逸。

云逸嘴角带着微笑，静静地站在原地，突然一股狂风从他的身后席卷而出，直接将猛烈的爆炸能量推了回去。

"妈呀！"

卷着狂暴火焰的风狠狠地向吴迪撞了过来，吴迪头也不回地向后跑，然而他又怎能快过风？

眼看着火卷风即将吞噬吴迪，一道身穿黄色羽织的身影闪电般掠过地面，一只手握住刀柄，闪电出击。

"北辰一刀流，狂卷！"

◇

长刀在空中飞舞，带着狂风，笔直地向火卷风撞去。

两股风在空中相撞，将周围的树叶卷向天空，然而由刀气带起的狂风只是消减了火卷风的势头，之后便被直接吹散了。

"快到这儿来！"

就在这时，一面巨大的镜子凭空出现，纪千明将它狠狠地插入土中，他冲着前方的两人喊道。

两人迅速躲到镜子后，几人拼尽全力顶住镜子，火卷风袭来，便顺着倾斜的镜面朝天空吹去，灼热的火焰没有对镜子产生丝毫影响。

待到狂风过后，纪千明终于松了一口气，要不是他用具象系能力变出绝对隔热的镜子，估计他们就直接团灭了。

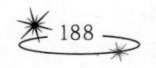

"不要冲动，三阶的力量不是我们个人能抵挡的。"纪千明认真地对吴迪说道。这不是开玩笑，要是他再无脑莽撞估计大家真会团灭。

"哼。"吴迪自知莽撞，但还是冷冷地哼了一声，不再说话。

"现在我们不清楚他的能力，最好还是谨慎些，以游走骚扰为主，只要拖到测验结束我们就赢了。"纪千明的大脑飞速转动，不自觉地进入心神通状态。

云逸见众人龟缩于镜子后，伸手向天一指，只见笼罩在森林上空的乌云竟逐渐翻滚起来，隐约之间有电光闪烁。

"这……他竟能直接控制天气！"吴迪瞪大了眼睛，惊呼道。

"不好！"纪千明面色大变，"快散开！"

镜子后的四人纷纷朝不同的方向跑开，紧接着一道粗大的雷电劈在镜子上，顿时将其击成碎片。

"呵呵，反应挺快啊。"云逸笑呵呵地说道，他的几根手指微微拨动，天空中的电光再次凝聚。

刺啦！

一道粗壮的闪电再次落下，正奔跑的纪千明只觉得汗毛倒竖，他迅速地向侧面扑去，脚下的地面顿时被轰出了一个大坑。

失去重心的纪千明在地上打了个滚，爬起来大喊道："不能再让他消耗我们的体能，直接进攻他本体！"

话音刚落，森然的刀光变为一轮圆月，闪电般向云逸的腰间斩去，羽生原不知何时已然摸到了他的身后，发起了致命一击。

"北辰一刀流，圆月！"

刀身划过云逸的身体，却没有阻力传来，只见"云逸"的身体被这一刀斩作两段，化作浓郁的雾气消散开去。

这是，云雾障眼法？羽生原的眉头微皱。

"嘿嘿，早就防着你了。"云逸的声音从空中悠悠传来，只见他脚踩旋风，稳稳地悬浮在空中，一身白衣被风吹得猎猎作响。

吴迪的嘴角一咧，暗道：上天了？正合我意！

刺眼的火光从吴迪的手掌上激射而出，吴迪的双手像是双管"加农炮"一般，对着云逸疯狂输出，简直就是一个人形地对空大炮。

云逸见到如此猛烈的攻击，面容微微抽搐，脚下的旋风突然变向，在空中画出一道折线，躲过了所有的攻击。

"好了，不和你们玩了，不然珍藏多年的酒就便宜别人了。"空中的云逸缓缓下降，笑着说道。

"风起。"他站在远处的山石上，神色逐渐郑重，双手轻轻抬起，像是在托着什么。

一道气旋在远方的树林中缓缓成形，越转越快，越卷越强，眨眼之间已有一栋楼那么大，巨大的吸力将周围的断木与落叶席卷而起，一道龙卷风正缓缓形成。

妈呀，阵仗这么大？

看着龙卷风逐渐变大，纪千明咽了口唾沫，脑海中一个又一个想法被击毙——再这样下去真就会全员扑街！

他的余光瞄到面色煞白的王若依，仿佛抓住了最后一根救命稻草，焦急地说道："王若依，你的能力具体是什么？"

此刻他们三人的能力根本无法对云逸造成威胁，他的镜子在这种狂风之中无法自由控制，吴迪的爆炸无法击中空中的云逸，羽生原更不可能跳到天上去砍人，只能把希望寄托在王若依的能力上了。

王若依一愣，随即开口道："能降低自己的存在感，还能对别人制造简单的幻象。"

"幻象？能控制住他几秒？"纪千明急忙问道。

"不行，我刚刚试过了，三阶能力者的精神力太强，连一秒都做不到。"王若依的声音越来越小，脸上露出胆怯的神色。

纪千明刚刚燃起的希望瞬间破灭了，他懊恼地攥紧拳头，心想：难道就真的这么团灭了？

等等！他的余光扫到远处的云逸，心中突然闪过一个想法，面色逐渐古怪起来："你们听我说，我有一个想法……"

众人围在纪千明的身边，在呼啸的狂风中艰难地稳住身形，他们的眼睛却缓缓绽放出光芒。

"云涌。"

云逸双手合十，天空中的乌云缓缓旋转着竟掉下一个黑色的边角，与地面旋转的龙卷连接了，大量乌云顿时被卷入龙卷中。

"雷生。"

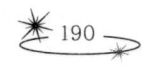

他紧紧地盯着这道黑色的龙卷，轻轻吐出两个字。

一道道跳跃的电光出现在龙卷的表面，发出恐怖的雷鸣声。

狂风怒吼，雷霆降世，整个画面宛若世界末日一般，远在其他几个角落的考生纷纷抬头，嘴角疯狂抽搐。那边是发生了什么？这不就是一个普通的入学测试吗？！

考官室。

"嘶，云逸做得有些过了啊。"左侧考官苦笑着说道，"这都快把树都薅尽了，一个入学测试，不至于吧。"

"确实不像是他的性格，不过也不能怪他，他的能力本就花里胡哨……"女考官一不小心把真心话给说出来了，她一顿，随后改口道，"咳，我的意思是，控制天气这种能力想不张扬都难。"

"你说的没错，确实是看起来吓人，实际上没多大用处。"寸头考官悠悠开口，"云逸毕竟心软，已经开始放水了，就看这群小家伙能不能看出来了。"

…………

"唉，我也不想这样的，要不你们直接投降吧，我回去请你们喝东西。"云逸看着恐怖的雷电龙卷，轻叹了一口气，对着几人说道。

"哦？是吗？"纪千明冲着云逸露出一个灿烂的笑容。

✦

"既然你们执意如此，那就别怪师兄手下无情了。"他神情一凝，雷电龙卷顿时向他们移动起来，混沌的电光时不时地劈在地上，留下一个深坑。

"师兄，你……为什么要离我们那么远呢？"纪千明嘴角微微上扬，似笑非笑地说道。

云逸心里咯噔一声，却还是淡淡地开口："你是觉得我怕你们？"

"师兄，你若是一开始直接将龙卷放在我们中间，我们根本待不到现在，但你却将其放到了离我们数百米远的树林中。虽说这架势极为恐怖，但几乎没怎么对我们造成伤害，因此我做出了一个大胆的猜

191

测……"

纪千明顿了顿，开口道："这个技能相当于无差别杀伤武器，一旦它离你过近，你也会被波及，所以它和你的距离不能太远，也不能太近，只能在那一小片区域徘徊，而且在狂风影响之下，你也无法乘风上天，也就是说我们只要近了你的身……"

纪千明刚说了一半，云逸立刻头也不回地往树林深处跑去，身后的雷电龙卷以相同的速度向他们缓缓靠近。

"若依！"纪千明突然喊道。

王若依的瞳孔仿佛变成了一道旋涡，直勾勾地盯着云逸奔跑的方向，与此同时云逸的身形微微僵硬了半秒。

就在这短暂的瞬间，羽生原猛地冲出，疾速地追赶着云逸，无法上天的云逸速度根本无法与羽生原相比，几个呼吸就被追上了，硬生生地被拦截下来。

"好了好了，我的精神力已经用得差不多了，我投降。"云逸喘着大气，笑着说道。

叮！

清脆的声音从远方传来，一颗信号弹冲天而起，在空中绽放出一朵蓝色的烟花。

入学测试结束。

纪千明松了口气，一屁股坐在地上，刚刚他的心神绷得太紧，现在松懈下来只觉得浑身都有些脱力。

"不错嘛，居然看出了我的弱点。"云逸脸上挂着淡淡的笑容走到纪千明身边，将他扶了起来。

纪千明苦笑着说道："多谢学长放水，只是可惜了学长的多年珍藏。"

"什么放水？我可是连最强杀招都用了。"云逸眉毛一挑，"再说，酒就是要大家一起喝才有意思，不是吗？"

纪千明微微一怔，笑着点头。

…………

"本次测验到此结束，没有被淘汰的学员把你们的令牌拿过来登记。"

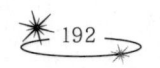

待到众人回到候考室，寸头考官带着另外两个考官开始清查每人的令牌数量。

十八人中只有八个人起身，纪千明也在此列，他扫了一眼其他人，发现张凡、娜塔莉娅和端木庆雨也在其中。

粗略判断，令牌最多的应该是羽生原和张凡，只是不知道具体谁的令牌更多，纪千明压根儿就没打算跟这二位大佬比，只要不被淘汰就已经很不错了。

半响之后，寸头考官拿着汇总表缓缓起身，不紧不慢地宣布成绩。

"第一名，张凡，16枚。

"第二名，羽生原，15枚。

"第三名，西哈努克，12枚。

"第四名，娜塔莉娅，10枚。

"第五名，端木庆雨，9枚。

"第六名，吴迪，8枚。

"第七名，纪千明，7枚。

"第八名，王若依，5枚。

…………

好嘛，基本都是熟人。纪千明掰着手指头算了一下，除了他自己，就只有一个柬埔寨人不认识。

张凡静静地坐在一边，仿佛得到第一的不是自己一样，表情冷得像冰山。

羽生原则是挂着万年不变的笑容，眯着眼睛打量着张凡，似乎在思考着什么。

"我们根据你们每个人的表现，将能力和综合实力进行了类别划分，我这里有三种颜色的竹签。红色代表主要输出，远程作战，团队核心。黄色代表辅助输出，控制能力，刺杀能力。蓝色代表团队辅助，作战指挥，后勤能力。你们必须在明天的团队作战课之前，组成三人小组，组中必须涵盖三种颜色，必须注意的是，这个分组将陪伴你们一生，除非成员死亡，否则不能改变。"

寸头教官郑重地说道，女考官开始挨个儿给学员发放竹签。

终于要开始了，不知道我是什么颜色。纪千明有些紧张起来。

"纪千明，蓝色。"女考官对照了一下学员信息，面无表情地递过一根细细的蓝色竹签。

"蓝色……果然不出我所料。"纪千明的心顿时放了下来，以他现在的能力，确实不适合做团队的核心成员，当然，这是在他获得下一个复刻叶纹之前。

无论如何下一个叶纹一定要具备杀伤力，靠着镜子碎片打架真是太累了。纪千明轻叹一声，暗自想着。

实际上他最想复刻的是张凡的能力，虽说到底是什么级别还不清楚，但那恐怖的杀伤力让纪千明十分心动。

可惜那枚叶纹在他的眼睛里……自己总不能把老大的眼球挖出来复刻吧？

"老大，你是什么颜色？"从候考室出来后，纪千明第一时间走到了张凡身边。

"红色。"张凡从兜里掏出一根红色竹签，淡淡说道。

纪千明亮出了自己的蓝色竹签，兴奋地开口："老大，咱们能组队了！"

张凡的嘴角微微上扬，很干脆地点点头："还差一个黄色竹签，你有人选吗？"

纪千明沉吟了半晌，就在这时，娜塔莉娅径直向他走了过来。

"千明，你是什么颜色的竹签？"娜塔莉娅忽闪着眼睛，淡蓝色的美眸中满是期待。

"我是蓝色，我和老大已经组队了，现在还差一个黄色。"纪千明见到娜塔莉娅，眼睛一亮。

娜塔莉娅沮丧地摇摇头，从身后拿出一根红色的竹签，苦笑着说道："那看来我们是无法组队了，我再去找别人看看吧。"说罢，她幽怨地看了张凡一眼，转身离开。

这……怎么有股醋味？纪千明嘴角微微抽搐，心里嘀咕：一定是自己多想了。

除了娜塔莉娅……刚刚我看端木庆雨似乎也是蓝色竹签，那还有谁是黄色竹签呢？纪千明眉头紧皱。

嗒嗒嗒……

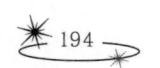

木屐的声音从远处传来,纪千明和张凡转头望去,只见身穿黄色羽织的羽生原缓缓走到二人身边,从袖中抽出一根黄色竹签,笑眯眯地开口:"诸君,组队吗?"

◇

"叮咚!"

门铃声响起,纪千明放下手中整理了一半的行李,打开了宿舍的大门。

只见穿着一身黑衣,手提黑色行李箱的张凡正站在门口,俊俏的脸上挂着一丝若有若无的微笑,静静地看着纪千明。

"老大!"纪千明的脸上露出灿烂的笑容,侧开身子让张凡进屋子里。

在下午分完组之后,学员就开始自己调整宿舍了,端木庆雨、吴迪和王若依三人组成一组,拿地压也和另外两个国际友人组成一组,已经搬出去了,整个304只剩纪千明一个人独守空房。

"老大,羽生原还没来,2号和3号房你先挑吧。"

张凡猛地停在原地,一双眼睛来回在两个房间的门上转悠,眼中是无尽的纠结与挣扎,脸上露出痛苦的表情。

这是……选择恐惧症?纪千明一怔,觉得有些好笑。

"咯,我住1号房,要不你住我隔壁?"纪千明试探性地开口。

张凡的眼睛一亮,整个人像是被拯救了一般,向纪千明投去一个感激的眼神,快步走进2号房。

过了几分钟,门铃声再次响起。

羽生原背着一个小小的行李包,悄无声息地走了进来,对着张凡和纪千明轻轻鞠躬,一双眼睛眯成了月牙。

"千明君,张凡君,以后请多指教。"

纪千明与张凡对视一眼,有样学样地鞠了一躬:"请多指教。"

此刻,纪千明的心中有些激动。一连抱上两个大腿,这下自己的小命算是有保障了!

"两位大哥,我刚刚看厨房冰箱里还有面粉和菜,那今天小弟就来包个饺子,也算庆祝咱三人小组成立。"纪千明一时之间觉得前途无比光明,心情大好,自告奋勇地前去做饭。

"也好,我还没有品尝过华夏的美食。"羽生原露出饶有兴味的表情。

"包饺子我也会一些,我来帮你剁馅吧。"张凡不知从哪里掏出一个褐色的围裙,熟练地系在身上,跟着纪千明走进了厨房。

纪千明从橱柜里掏出一个不锈钢盆,将面粉倒进去一部分,撸起袖子兴致勃勃地开始和面。

张凡则掏出两把菜刀,取出砧板,开始切菜。

他专注地看着眼前的菜,一只手将其按住,另一只手握住刀柄,一寸一寸地开始切,每一段之间相隔的距离近乎完全一样。

这一把菜,切了近十分钟。

纪千明难以置信地看着砧板上的韭菜段,不光是每一段的长短完全相等,就连在砧板上倾斜的角度都一模一样,十分整齐!

他瞪大了眼睛,怔怔开口:"老大,你……不会有强迫症吧?"

张凡满意地看着眼前的杰作,高傲地仰起了头,对纪千明的问题置之不理。

"咦,这个菜切得好有意思。"羽生原突然从旁边凑了过来,用手在几根韭菜上拨了一下,完美的图形就像是被牛啃了一口,顿时丑陋无比。

张凡虎躯一震,僵硬地转头看向羽生原,一股怒火在他的眼中熊熊燃烧。

"你……!"

羽生原微微侧过头,笑眯眯地迎着张凡愤怒的眼神,两人之间的空气都凝固了。

"喀,老大你切得真不错!我就先用来拌馅了啊。"纪千明的冷汗都要被吓出来了,急忙将砧板上的韭菜倒进盆中,笑呵呵地说道。

张凡冷哼了一声,按捺下心中的怒意,走到纪千明的身边开始包饺子。

他用筷子夹起适量的饺子馅,放进干净的饺子皮中,小心翼翼地将其捏成一个完美的形状,每一个倾斜角度都恰到好处,看起来极为养眼。

唯一美中不足的是，这一个饺子就包了十分钟……

纪千明的嘴角疯狂抽搐，轻轻将自己包好的第二十二个饺子放进盘中，这时张凡终于悠悠拿起了第二张饺子皮，开始小心翼翼地包起来。

不是……说好的来帮我呢？这么半天就帮我包了一个？

终于，在纪千明将第六十七个饺子放到盘子里的时候，张凡完成了他的第三件艺术品。

"等等！"纪千明正准备下锅，张凡却突然叫住了他。

只见他皱着眉头，轻轻拨动着饺子的朝向，愣是用了二十分钟将盘子里的饺子摆成了一朵盛开的菊花，他这才满意地收手。

纪千明："……"

老大我错了，以后您别进厨房了，算我求您了！给您磕头了！

就在此时，羽生原轻轻碰了一下桌子，盘中的饺子齐齐移位，盛开的菊花顿时变成了"菊花残"。

"啊呀，真是不小心。"羽生原淡淡地说道，似笑非笑地看着张凡。

完了！这腹黑男就是和老大过不去了！纪千明的心中突然闪过这个念头。

"你！找！死！"张凡眼中的杀机都快溢出来了，左眼的金色叶纹微微闪动，厨房里的几把菜刀像是被一只只无形的手握住，悬在张凡的身前，刀尖对着羽生原，随时都可能出手。

羽生原嘴角的笑容更加灿烂，一只手搭在腰间的长刀上，垂下的几根鬓发无风自动，仿佛下一刻就会出刀。

"要打一架吗？"

"停手！都给我停手！"夹在中间的纪千明实在是受不了了，大声喊道，"要打到外面去打，别糟蹋了我辛辛苦苦包的饺子！"

他一把将桌上包好的饺子抱在身前，有些心痛地说道。

"不错，不能浪费了千明君的饺子，实战课上，我要亲自讨教一下张凡君第一名的实力。"

羽生原的笑容缓缓收敛，将手从刀柄上放开。

"好，我等着。"张凡冷冷地回了一句，挥手将所有的菜刀移回原位，剑拔弩张的气氛这才消退。

纪千明总算是松了一口气，看着眼前的二位大佬，又觉得前途充满了未知与迷雾。

看来一个队伍里大腿太多也不是好事啊……一山还不容二虎呢。

半晌之后，锅里的饺子逐渐浮起，纪千明将一个饺子取出，划出一道口子，一股饺子的香气迅速在屋内蔓延开来。

"嗯……差不多了。"纪千明满意地点点头，将饺子一个个捞出，端着几个盘子走出了厨房。

此刻的张凡和羽生原仿佛什么都没有发生过，端端正正地坐在餐桌的两侧，两双眼睛直勾勾地盯着纪千明手中的饺子。

咕噜——

不知是谁咽了口唾沫，纪千明的嘴角微微扬起，端起盛着红酒的高脚杯，佳酿在杯中晃出一道红痕。

"干杯！"

"干杯！"

◇

翌日，叶纹理论课。

"叶纹的历史太过古老，到底是从何时出现已经不可考究，但我们的研究人员从古籍中找到了部分线索。"讲台上，一个身材高挑的女老师推了推眼镜，继续说道。

"在距今一千零八年之前，叶纹虽然存在，但是数量极为稀少，只有现在的十分之一，而且危险程度基本都在A级以下。直到神界打通了到地球的通道，生灵涂炭之时，叶纹的数量暴增，一个个身怀高级叶纹的能力者如雨后春笋般冒了出来，成为对抗神界的主要力量。对此，你们有什么推测？"女老师露出了一副考究的神色，静待学员们的回答。

"感觉就像是……生物的保护机制。"见许久无人回答，王若依怯生生地说道。

女老师眼睛一亮，露出赞赏的目光："继续说。"

王若依组织了一下措辞，缓缓说道："生物在遭受到外界病毒入侵

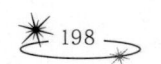

时，会触发自我保护机制产生大量的白细胞来与病毒斗争，我……我感觉和这个很像。"

"不错。"女老师点点头，"古籍上记载，我们生活的世界有一个核心，就像是一个控制室，它掌控着这个世界所有的规则与秩序，传说它的外形是一棵连接混沌与真实的巨树，被称为世界树。

"所有的叶纹都来自这棵世界树，我们的研究人员推测，神界之所以对地球发起进攻，也是冲着这棵世界树而来。

"叶纹本质上是控制世界规则的力量，与世界树的作用相同，当世界树察觉到来自神界的威胁后，会立刻释放出大量的叶纹，借助人类的力量对抗神界，这就是造成现在这个情况的原因。"

世界树……纪千明并没有太大的反应，毕竟他的世界观在刚来到勾陈学院的时候就崩塌了。

"老师，那为什么世界树不把所有的叶纹一次性抛出来呢？为什么叶纹要沉睡？"一个国际友人突然举手，好奇地问道。

"这是个好问题。"女老师轻轻点头，"我们推测，叶纹是世界树的一部分，世界树可以放出一部分叶纹给人类，但若是将所有叶纹都放出来，它也会元气大伤。因此，在一个叶纹宿主死亡后，叶纹会自行回到世界树中反哺世界树，直到世界树不再需要它的力量，就再将它放入人世，如此循环。"

纪千明若有所思，一只手指在桌上轻轻写下一个字。

葉。

一个草字头，中间是个世界的世，下面是树木的木。

这不就是世界树吗！原来一切都展现在他的面前，他却没有发现。

"所以，叶纹不是让人满足私欲、欺凌弱小的力量，而是……"

"而是为了守护。"纪千明不由自主地说出口，思绪回到了和崔胖子在火车上谈话的场景，只觉得当时的诸多迷惑都解开了。

女老师看了纪千明一眼，露出一个赞赏的笑容："不错，叶纹存在的意义是守护，守护世界树，守护人类，守护身边的每一个人。"

娜塔莉娅看向纪千明，嘴角微微扬起，眼中闪烁着光芒。

…………

下午，实战课！

十八名新生三三分组完毕，寸头教官的目光在每一组身上扫过，落在纪千明他们组时停了许久，冰冷的脸上微不可察地露出一丝微笑。

"既然你们分组完毕，我就按顺序给你们登记编号，现在你身边的，就是你的战友！你的同伴！是你们可以将后背毫无保留地交给对方的人！从今以后，哪怕刀山火海，十死无生，你们都要共同面对，听见了吗?！"

寸头教官中气十足的声音传来，下方所有的小组都大声地回答，只有张凡和羽生原对视一眼后，不约而同地冷哼一声。

纪千明心想：教官，我现在换组还来得及吗？

"接下来，为了让你们配合得更加默契，请你们务必熟悉队友的每一个能力，同组的三个人分别找地方进行交流，无论以什么方式。解散！"

寸头教官话音刚落，纪千明就觉得两股澎湃的战意从自己的两侧涌出，他不由得吞了口唾沫，默默向后退了几步。

"张凡君，请吧。"羽生原笑眯眯地将手搭在长刀上，整个人重心下沉，黄色的羽织随风扬起。

张凡面无表情地转过头，左眼爆发出一团金光，两侧的冷兵器墙上刀、枪、剑、戟纷纷飞来，盘旋在他的身边。

"正合我意。"

其他学员也被这阵势吸引，纷纷围观。寸头教官的眉毛一挑，并没有出声阻止，毕竟是自己说的"无论以什么方式"。

再说，这也未尝是一件坏事。

张凡的眼神一凝，一柄长枪微微颤动，闪电般地刺向羽生原，发出一阵呼啸的破空声。

"镜心明知流，契斩！"

羽生原保持拔刀姿势，直到枪尖的寒光距离他的眼睛只剩半米，然后整个人以一种诡异的姿势向右侧平移，躲过长枪的前端。

噌！

只见一道锋利的刀芒从长枪的中间划过，长枪从中间应声断裂，留下一道光滑如镜的切口。

张凡手指微动，长枪的枪尖在空中猛地一转，从后背刺向保持挥刀

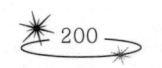

姿势的羽生原。

"哼。"一股寒意从羽生原的后背袭来。

他轻哼一声，左手握着的刀鞘向后一划，直接将刺来的枪尖击飞，枪突深深地没入地面之中。

"去！"张凡轻叱一声，身前的几柄武器宛若利箭一般射向羽生原，硬生生封死了他的所有去路。

羽生原神情不变，正要挥刀，只觉得自己手中的长刀轻轻一震，竟然试图脱手而去。

"控制了我的刀？"羽生原的眉头微微皱起，右手死死地握住刀柄，不让其飞出，但即便如此，他想继续使用剑技恐怕是不行了。

周围的几个学员开始窃窃私语，这羽生原一身的本事都在这一柄刀上，如今被张凡限制，只怕是获胜的希望渺茫了。

几件武器呼吸之间就到了羽生原的面前，他果断地松开手中的长刀，竟迎着几件武器冲去。

✥

在众人的惊呼声中，羽生原轻轻跃起，以一个极为刁钻的姿势躲过了两件武器的攻击，他空空如也的两只手轻轻旋转。

"无刀流，柳暗！"

他的手贴到一柄唐刀上，掌间仿佛有一种魔力，呼啸的唐刀像陷入了泥潭一样，轻而易举地被他握在手中。

"北辰一刀流，怒风！"就在他控制住唐刀的一瞬间，挥舞着的刀在周围画出一个圆，刀气带起一阵狂风，将包围他的几件武器尽数击飞。

黄色的羽织在风中飞舞，羽生原稳稳地落在地上，他将唐刀虚挂腰间，姿势像是握着他的那柄日式长刀。

整个过程发生得太快，周围的众人都没怎么看清羽生原的动作，不过如此华丽的逆转还是让许多人拍手叫好。

羽生原的日式长刀在空中旋转，像是受到了无形的牵引，直直地落入张凡的手中。

"好刀!"张凡仔细地打量着这柄刀,轻而不薄,雪白的刀身有着最完美的弧度,刀锋在阳光下闪烁着寒光,给人的感觉就像冬日的溪流,幽寒而灵动。

"这柄刀叫什么名字?"张凡问道。

"我有必要告诉你吗?"

"教官说要熟悉同伴的一切。"

"……白雪姬。"

"白雪姬。"张凡的眼睛一亮,"好名字!"

说罢,他将手中的白雪姬抛向羽生原。羽生原伸出手轻轻握住刀柄,眉头微微皱起,似乎有些犹豫。

"它是你的一部分,用它来和我打。"张凡淡淡开口。

羽生原静静地站在原地,沉默半晌之后笑道:"好,那我也把你的刀还给你!"

他将手中的唐刀一挥,笔直地向张凡丢去,然而唐刀在空中飞到一半便停了下来,稳稳地悬浮在空中。

张凡左眼金光闪烁,他抬起右手,轻轻一握。

羽生原的羽织像是一条蟒蛇,猛地缠在他的身上,紧紧地锁住了他的手脚,与此同时,悬停的唐刀飞速地向羽生原的头颅砍去,速度比之前控制几件武器时快了一倍!

嗡!

唐刀从空中划过,带着呼啸的破空声,化作一道模糊的黑影,让人无法捕捉到其轨迹。

被羽织束缚的羽生原想也不想,双腿在地上一蹬,侧身迎着速度恐怖的唐刀跳去。

随着一声轻响,唐刀险之又险地擦过羽生原的身体,将其身上缠绕的羽织切开,羽生原落地猛地下蹲,随后爆发出惊人的速度向张凡冲去!

好快!

张凡的瞳孔骤然收缩,右手猛地一拉,错过羽生原的唐刀,再次飞速从后方飞来,试图追上全力狂奔的羽生原。

唐刀的速度极快,但在空中回头的时间太久,此刻至少还要一秒才

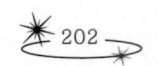

能回到张凡的身前。

而羽生原，只需要零点五秒。

"北辰一刀流，瞬闪！"

白雪姬出鞘，羽生原在空中留下一道残影，一道洁白如雪的刀光划过空气，闪电般向张凡的脖颈斩去。

噌！

修长的白雪姬停在张凡的咽喉前，锋利的刀尖几乎贴在了皮肤上，然而羽生原脸上的笑容却凝固了。只见他的眼睛前有一块小小的铁片，只差一线就要刺入他的眼球。

这一战，平局！

围观的学员此刻呼吸都要停了，瞪大了眼睛一眨都不敢眨，生怕下一秒两人中就要倒下一个。

这……说好的熟悉队友呢？

尤其是纪千明，此刻手心已经攥出汗，心脏狂跳，这两个都是他的队友，无论哪一个输了都是彻彻底底的坏事，平局已然是最好的结果。

啪啪啪！

寸头教官鼓着掌从远处走来，看向羽生原和张凡的眼中充满了赞许："不错，你们两人无论是战斗意识、战斗技巧，还是对自己能力的运用都已经到了炉火纯青的境界，所以我决定给你们一人加2个学分……"

寸头教官脸上的笑容逐渐消失，声音也冷了下来。

"但是，你们从一开始就错了！你们的能力，你们的刀不是用来对付自己的队友的！你看看你们，是想杀了自己的队友吗！你们一人扣5个学分！"

突然，他转过身指着纪千明："还有你！看着自己的队友自相残杀还无动于衷，你也扣3个学分！"

纪千明顿时郁闷，心想：得，新学期才刚开始，仨人的学分就变负数了，那两个冤家还有前三名奖励的2个学分，自己可只有0.5分啊！

张凡和羽生原缓缓放下手中的武器，对视了一眼，沉默不语。

这一场风波之后，其他学员纷纷散开，开始熟悉队友的能力，纪千明这个小组的气氛则尴尬了起来。

"喀，二位大哥，咱也熟悉熟悉？"纪千明率先打破沉寂，小心翼翼地开口。

　　"已经熟悉过了。"羽生原和张凡同时开口，相互对视一眼，冷哼了一声又转过头去。

　　完了，这两个傲娇的人……纪千明顿时觉得自己身上的压力很大，犹豫了半响之后开口："这样，我先大概讲下我的能力和应用手段，我的能力是改变具备反射条件……"纪千明大概讲了一下自己的能力，然后眼巴巴地看着张凡。

　　张凡顿了顿，开口道："我，我的能力不详……大概是能够操控物体。"

　　"能力不详？"羽生原轻笑一声，悠悠开口道，"不想说你可以不说，或者说自己没有能力。"

　　"你！"张凡怒视羽生原，正欲发作，纪千明急忙拦住。

　　"喀，老大的能力确实是不详，而且似乎被什么东西封印住了。"

　　羽生原的眉毛一挑，随即陷入了沉思。

　　"那你的能力是什么？"张凡冷冰冰地开口。

　　羽生原双手一摊，露出一个纯真的笑容："我没有能力。"

　　张凡忍不了了，左眼的叶纹开始闪烁，恶狠狠地开口："你想死吗？"

　　"哦？就凭你？"

　　纪千明绝望地仰望着天空，心里道：这个小组多半是没救了……

　　就在张凡二人剑拔弩张之时，远处的教官悠悠地扫了他们一眼，张凡眼中的金光顿时消失，羽生原搭在白雪姬上的手也缓缓放下。

　　"我的能力是加速。"羽生原挂着招牌微笑，轻描淡写地提了一句。

　　之后三人面面相觑，谁也不说话，陷入了沉默。

Chapter
6
第六篇

第一次任务

深秋。

深红的落叶从窗外飘落，纪千明终于从瞌睡中惊醒，看着在台上口若悬河的西方神话史老师，困意再次袭来。

开学已经过去了两个月，大一上学期的几门必修课已经上了三分之一，其中包括叶纹理论、热武器保养与使用、西方神话史、东方神话史、神界史学、战术指挥概要和实战课。

其中纪千明最喜欢的是热武器的保养与使用和战术指挥概要，前者是因为能玩枪，后者则是他单纯感兴趣。

在实战课中，虽然纪千明的冷兵器理论知识成绩一般，但是他的枪法在班里名列前茅，最可惜的是这两个月他的魂气收集几乎没有进展，明明距离下一级只剩那么一点点，却怎么也凑不齐。

"千明！我好无聊！"一张字条从他的前桌传来，娜塔莉娅冲他眨了眨眼，露出了一个笑容。

纪千明的嘴角微微上扬，在字条上添了一句话，悄悄传了回去。

"我也是。你说为什么要上西方神话史这样的课呢？对抵挡神界压根儿没有用处啊！"

"听说是因为神话史中有一部分是真实存在的，而且都和神界有关。"

纪千明看着娜塔莉娅传回来的答案沉吟起来，就和华夏的朱厌一样吗？说起朱厌，纪千明不禁又头疼起来。

这两个月，他数次进入脑海中的镜子空间，问朱厌自己桃花劫的问题，然而朱厌只是看着他冷笑，半点有价值的东西都套不出来。

"千明，听说我们已经具备外出接任务的资格了。"娜塔莉娅见纪千明半天没回话，又递过来一张字条。

可以出去接任务了？纪千明一愣。勾陈学院有规定，新生在获得学院认可之前不能接任务，眨眼之间过去了两个月，我们竟然已经获得学院认可了？

"有什么限制吗？"想了想，纪千明回复道。

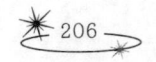

"据说只能接最低等级的C级任务，而且需要一名高年级的学长或者学姐同行。"

果然，即使自身能力获得学院认可，但第一次执行任务总会有一些问题，有一名高年级的前辈陪同也是好的。

"我回去和我的冤家队友商量商量，看看什么时候去挑个任务。"纪千明沉吟半晌，写道。

"一定要小心，听说第一次出任务的死亡率很高，要平安回来！"娜塔莉娅将字条传了回来，一双秋水般的眸子忽闪着看向纪千明，里面是满满的担忧。

纪千明轻轻点头，竖起手中的字条，指向娜塔莉娅，无声地说道："你也是。"

娜塔莉娅看懂了纪千明的唇语，笑靥如花。

…………

"可以接任务？"

宿舍，正在冥想的张凡眉毛一挑，缓缓睁开眼睛。

"终于等到这一天了吗？"羽生原穿着人字拖，悄无声息地走过来。

纪千明苦着脸，无奈地说道："我现在的学分是-2.5，就算接一个C级任务也只是刚刚回到开学时的水平，可以想象我以后要过着社畜一样任劳任怨的生活了。"

张凡与羽生原身形一顿，不约而同地转过头去，仿佛方才什么也没听到。

"那我们直接接个B级任务不就行了？"张凡淡淡开口。

"不错。"羽生原难得地赞同张凡的观点。

两位大哥，B级任务都是给三阶能力者准备的啊，你们都是猛男，但我只是一个小小的一阶能力者。

"第一次出任务有限制，只能接C级。"纪千明开始庆幸学院有这项规定，不然这两个冤家肯定会直奔B级去，自己估计只能"落地成碑"。

张凡不紧不慢地从地上站起来，拍了拍有些褶皱的衣服，径直向门外走去。

"老大，你去哪儿？"

"去看任务。"张凡的声音悠悠传来。

羽生原笑眯眯地将手揣在袖子里，晃晃悠悠地跟了上去。

为什么别人的小组都是和和气气的，自己这组跟修罗地狱一样？说好的团队凝聚力呢？纪千明轻叹一声。

"C级任务：帮助零号机构截杀上邪会核心成员，奖励：2学分。"

"C级任务：探究百慕大神界封印松动的原因，奖励：2.5学分。"

"C级任务：护送来自埃及的重要物品前往1-13危险物品管理所，奖励：3学分。"

纪千明筛选出几个C级任务，沉吟起来。

"嘀，9号小组接受任务C级'护送'，检测到9号小组是新人队伍，正自动为您发布援助任务。"

电子提示音从电脑中传来，纪千明一愣，猛地转头望去。

只见张凡默默地收回了鼠标上的手，一副什么都没发生过的样子。

"不是……我读都没读完，怎么就选了呢？"纪千明蒙了，自己这就被安排得明明白白了？

"千明君，这还用读吗？当然是哪个任务的学分高选哪个啊！"羽生原笑吟吟地说道，一副理所当然的表情。

他们的意见居然又一次统一了？纪千明觉得自己肯定是没睡醒。

"嘀，编号08051云逸接受9号小组的援助任务，关于任务的相关资料已发送，请查收。"

云逸？入学测验时的三阶学长？纪千明很快想起了这个名字，悬着的心终于放了下来，无论如何有个三阶能力者坐镇，遇到无法抵抗的危险的可能性小了很多。

三人的手机纷纷响起一阵提示音，关于任务的资料已经发来，纪千明粗略地扫了一眼，足足有五十多页。

"任务的开始时间在三天之后，而且在执行任务之前还需要办缺课申请……终于不用听什么西方神话史了！"纪千明眼睛一亮。

由于勾陈学院培养学生以实战为主，所以任务所得的学分占很大一部分比例，理论上只要你出的任务够多，哪怕不去上理论课都能顺利毕业，学生因出任务而请假的情况更是家常便饭。

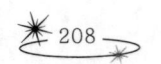

"埃及法老的尸体？"仔细阅读任务概况的张凡轻咦一声，有些惊讶地说道。

"法老的尸体？"纪千明一愣，再次看了一眼任务简介，瞪大了眼睛。

"为什么要护送法老的尸体？难道这尸体还能活过来不成？"

◇

叮咚！

门铃声响起，一个穿着后勤部制服的中年人抱着一个大箱子静静地站在门外。

"9号小组是这个宿舍吧？"中年男人看了一眼箱子上的字条，开口问道。

纪千明一愣，轻轻点头。

"研发部给你们的特质武器做好了，请查收！"

纪千明眼睛一亮，迅速地签好名字，抱着大箱子回到客厅。

勾陈的每一位新生都有一次让研发部按自己的要求特制武器的机会，一个月前纪千明三人就提交了自己的要求，还填写了厚厚一沓习惯调查表，时隔一个月，在第一次出任务前夕武器终于制作完成。

"老大！原！武器到了！"他冲着屋内大喊一声。

张凡穿着睡衣闻声而来，睡眼惺忪。羽生原不紧不慢地端着日式茶杯下楼，腰间的白雪姬片刻不离身。

纪千明从箱子中拿出三个黑色的盒子："嗯……这个大的是老大的，中等的是我的，原……你的盒子怎么就这么丁点儿？"

纪千明看着半个手掌大小的盒子，面色古怪。

羽生原神秘兮兮地笑了一下，轻轻打开，里面躺着一枚银白色的戒指，样式十分古老，做工也不像是等闲首饰能有的。

"戒指？"纪千明突然想到了什么，眼睛瞪得像铜铃，结结巴巴地开口，"这……这不会就是神界史老师说的纳戒吧？！"

"这不是纳戒，是勾陈的研发部仿照神界的纳戒做的仿品，容纳空间很小。"张凡取出盒中的说明书，摇了摇头。

羽生原小心翼翼地将戒指戴在手指上，不大不小，正好是他的手指尺寸。

他将手握在白雪姬上，只见银白色的戒指一闪，白雪姬便凭空消失了，羽生原露出了满意的笑容。

"我有白雪姬不需要其他武器，但是带着它在人多的地方太显眼了，所以拜托研发部制造了一件能将白雪姬随身携带的物品。"

居然还能这么玩！早知道我也要戒指了。纪千明顿时觉得有些可惜。

张凡将他面前手提箱大小的盒子打开，里面整整齐齐地摆放着十八颗金属小球，每一颗的直径都和硬币差不多。

张凡左眼叶纹微微闪动，十八颗小球依次飞起，盘旋在他的四周，只见他的手轻轻一挥，小球齐齐展开变成十八柄飞刀，在空中飞速旋转，寒光凛冽。

"这，好帅！"纪千明的眼睛里顿时出现了许多小星星。

"我的能力在周围没有可控制物体的时候杀伤力会降低，因此申请了一套便携式小型武器。"张凡神色不变，眼中却流露出对这套武器的喜爱。

"喀喀，终于轮到我了！"纪千明搓了搓手，心痒难耐地打开了自己的盒子。

只见里面静静地躺着一面粉色的美妆镜。

纪千明的嘴角疯狂抽搐：这是什么？为什么跟其他人的武器相差这么大？！

按捺住砸镜子的心，他一把将美妆镜抓起，放在手中左看右看，硬是没发现特别的地方，脸色变得铁青。

"千明君，用你的能力控制镜面试试。"羽生原认真地看了说明书，开口说道。

纪千明一愣，缓缓催动非花，顿时轻咦了一声。

这美妆镜竟然不是一面镜子，而是由数片极其轻薄的不知名的金属片重叠在一起组合而成，只见薄如蝉翼的菱形金属片一个个飞起，稳稳地悬浮在空中。

一、二……十二、十三！

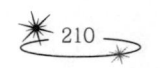

纪千明眼睛一亮。十三个反射能力极佳的金属片，在自己的能力加成下会有多强？

一个金属片在纪千明的控制下向门外飞去，几乎没有受到一丝阻力，其表面闪过一丝蓝光，已然被强化了锋利度和硬度。

一道微不可察的轻响传来，金属片已经轻而易举地将一块岩石从中斩开，切面极为平滑。

好锋利！纪千明激动起来。

"嗯……你再按一下这个试试。"羽生原将美妆镜的外壳递到纪千明手中，只见其侧面有一个小小的金属按钮。

纪千明轻轻按了一下，粉色的外壳迅速变形，眨眼间变成了一个刀柄。

这是……纪千明的心中闪过一个想法，立刻控制十三个金属片依次卡入刀柄中，金属片瞬间组成修长的刀身，映出纪千明兴奋的脸庞。

还能组合成刀！纪千明的呼吸都急促起来，这样一件武器对他的战斗力提升极大。

"以后就叫你镜刀吧。"他喃喃自语。

…………

三天后，凯旋门前。

"云逸学长！"纪千明看到身穿白衣的熟悉身影，热情地招手。

云逸的嘴角露出一个微笑，他挥了挥手："两个月不见，你们也要开始出任务了。"

穿着羽织的羽生原笑着微微鞠躬，张凡则是面无表情地点点头，算是打了招呼。

"学长，有你在我就放心多了。"纪千明笑着说道。张凡和羽生原的眉毛同时一挑：怎么的，我就不能让你放心呗？

云逸轻轻摇头，说道："我只是防止你们出意外的监管人，不会直接插手你们的任务，所以你们还得靠自己。

"不过也不用太紧张，我看过这次的任务简介，难度不算太大，我相信凭你们应该可以解决。"

云逸的话让纪千明松了口气，他心道：有你这句话我就放心了。

"好了，关于任务的具体情况我们路上再讨论，现在先通过凯旋门到现世去吧。"

云逸走到凯旋门侧翼的石板上，用手指轻轻滑动，一个蓝色的星图从石板上映射而出，从轮廓上来看，像是整个半球的陆地板块。

"学长，这是什么？"纪千明好奇地问道。

"凯旋门是联通勾陈与人间的通道，勾陈的门只有这一扇，但人间的门却有不少，光是华夏境内就有三十六扇门，我们这次的任务地点在南州，所以要将这扇门与距离任务地点最近的门相连。"

说着，星图上的一点被云逸选中，绽放出光芒，巨大的黑色石门上隐隐有电光游走，且越来越多，一道黑雾旋涡在门中央缓缓形成。

这和当时用灵钥来勾陈时打开的门有些相似。纪千明暗想。

"好了，出发吧。"云逸微笑着说道，随后大步跨进凯旋门，身形消失在雾气之中。

三人相互对视一眼，紧跟了上去。

◇

穿过黑雾，纪千明只觉得一阵天旋地转，仿佛神游太虚，轻飘飘地落在了另一处地方。

这是一个普通的木屋，屋内连一件家具都没有，空空荡荡，地面上蒙着一层厚厚的灰尘，角落结着大片的蜘蛛网，看起来有些年头无人居住了。

纪千明茫然地打量着四周，心想：这就从勾陈到南州了？

前方的云逸走到木屋的门前，轻轻推开门，老旧的木头顿时发出刺耳的嘎吱声，听得人头皮发麻。

"这个传送点已经很久没人用过了，所以有些老旧，不过仅用来传送也够了。"云逸解释道。

几人先后走入木门，大片的绿色映入眼帘，这座木屋坐落在山腰处，周围是连绵不绝的青山。

三人微微愣神，在钢筋丛林中长大的他们何时见过如此美丽的风景。纪千明深深地吸了一口气，望着头顶悠悠飘过的白云，不由得感叹起来。

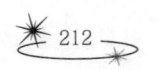

"环境真好啊，以后能来这里养老也不错，可惜了……"

云逸身体微微一震，没有接话，在这里的几人都很清楚，养老两个字跟他们已然毫无关系，他们很可能会战死在沙场，而不是老死在山林。

"学长，那我们完成任务之后怎么回去，这次没有给灵钥啊？"纪千明突然想到了什么，疑惑地问道。

"灵钥是移动的传送门，制造起来非常困难，只有在一些特定的任务或者新生开学的时候会用到，这次的任务结束之后还是回到这个传送点，从这里打开回到勾陈的传送门。"

云逸的手拨开一块木板，下面是一个比勾陈的凯旋门小一号的石板："不过要注意的是，人间的这些门都是子传送门，只能与勾陈的凯旋门相连，无法相互间传送，你们以后自己出任务的时候要注意这一点。"

其他三人纷纷点头。

云逸走到木屋旁，掀开满是灰尘的毯子，一辆越野车出现在众人面前。

"一般每次任务结束之后，都会有专人将车开回传送点附近，钥匙就放在车底盘的凹槽里。"

云逸将手伸到底盘上，摸索了一会儿，拿出了一把车钥匙。

纪千明的眼睛一亮，勾陈教过一些交通工具的使用方法，他也成功拿到了驾照，但还从来没有上过路。

"学长！我来开车！"纪千明毛遂自荐。

云逸笑着将手中的钥匙递给纪千明，说道："先上车，任务的具体情况我们路上慢慢讨论。"

嗡！

越野车的发动机发出一阵嗡鸣，顺着山路缓缓前行。

纪千明紧张地握着方向盘，副驾驶位置坐着云逸，后面是张凡和羽生原。

"说说看你们对任务了解多少。"云逸以一种考究的语气问道。

"今天中午十二点，运送埃及法老棺椁的直升机将会到达六盘溪军用机场，我们的任务是护送这个重要物品到贵城附近的1-13危险物品管理所。"张凡简明扼要地介绍了这次任务的情况。

"这个埃及法老的棺椁有什么特殊的吗？"纪千明问出了憋了许久的问题。

"他生前是一个能力者。"张凡淡淡开口，"而且这个叶纹十分特殊，在他死后的两百年都没有消散，依然存在于尸体之上。"

纪千明眉毛一挑："就算如此也不至于大老远从埃及运过来吧，为什么又变成了危险物品？"

"传闻这个埃及法老死前看到了叶纹给他的启示，说这枚叶纹在未来会成为人类的曙光，并立下遗嘱两百年后一定要将自己的遗体送到华夏。"

"人类的曙光……从他的意思来看，他似乎早就知道叶纹不会消散。"纪千明若有所思。

"关于这个事情我以前也有所耳闻。"云逸突然开口，"这位法老生前被称作光明王，法力无边，'人类的曙光'一说也震惊了整个学术界，无数的叶纹研究者前往埃及进行研究，却什么都没有研究出来。"

"他的叶纹究竟是什么？"纪千明忍不住问道。

云逸沉吟了半响，悠悠开口："A-0，晨曦。"

"A-0？每个等级的上限不是1号吗？什么时候有了0号？"纪千明回想起了叶纹理论课所学的知识，疑惑地问道。

"不错，每个等级的上限就是1号，但是由于这'人类曙光'的预言，加上它之前的种种奇特之处，勾陈特地把它单独列了出来，给予了0号的排名，意味着起始与终结。"云逸回答道。

原来如此，纪千明恍然大悟。

一小时后，六盘溪军用机场。

"哕！"

越野车刚刚停稳，云逸第一个冲下来狂吐。

张凡面色铁青，嘴巴不停地抽搐，似乎在强忍着什么。

"喂喂喂，我的车技没有这么差吧？"纪千明有些心虚地说道，手指突然指向一脸淡定的羽生原，"你们看原，一点事都没有！"

话音刚落，羽生原的脚步就一个趔趄，歪歪扭扭地向后方的草丛走去。

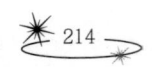

"喀喀……"纪千明假装什么都没发生，迈着大步向军用机场的大门走去。

咔咔咔！

武器上膛的声音从门后传来，纪千明的身影顿时一僵，冷汗唰地就下来了。

这个声音，是M416吧？精通枪械的纪千明一下就听出了声音的来源，站在原地一动都不敢动。

云逸脚步打晃地走到纪千明身边，掏出自己的身份证明，过了半晌，军用机场的大门缓缓打开。

"勾陈给你们发的身份证明很有用，可以获得军方的帮助，但是要注意，在一些较低层次的任务上就不行了。"云逸解释道。

纪千明点点头，在高级任务上有用，但你拿着它去跟城管局说自己是保护地球的，鬼才信你的话。

四人开着车缓缓驶入大门，绕了几个弯后一个巨大的停机坪出现在众人眼前，在它的旁边还有一个巨大的黑色厢式货车。

云逸看了一眼时间，微微抬头："应该快到了。"

嗡嗡嗡……

一阵嗡鸣从天空传来，一架大型直升机出现在四人视野中，卷起的狂风将他们的衣服吹得猎猎作响。

◇

啊！直升机的声音这么大吗？纪千明眯着眼睛，双手死死地捂住耳朵，巨大的直升机缓缓降落在停机坪上。

螺旋桨缓缓减速，从黑色厢式货车上走下来两个穿着勾陈学院的制服的男人，他们从直升机中抬下来一个巨大的棺椁。

棺椁通体由不知名的石头打造而成，有半人高，上面的法老刻像栩栩如生，双手交叉于胸前，眼睛微眯，仿佛在凝视天空。

"这就是埃及法老的棺椁？好气派！"纪千明好奇地打量着棺椁，不由得感叹道。

勾陈后勤部那两名工作人员将棺椁搬上黑色的车厢，并用结实

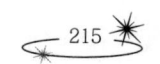

的绑带将其稳稳地固定在车厢中间，随后打开了车厢内置的防盗报警系统。

"这次的护送任务就拜托诸位了。"一位后勤部的工作人员从车上下来，对着四人拱拱手。

"放心吧，我们开车在你们前面开道。"纪千明笑着晃了晃手中的车钥匙，他身后三人的心顿时沉了下去。

"喀喀，这次换我来开。"云逸不等纪千明拒绝，一把将其手中的钥匙夺走，径直走向越野车。

纪千明："……"

张凡和羽生原心想：干得漂亮！

…………

下午。

茂密丛林亘古不变地屹立在群山之间，像是一张绿色的幕布，看得人心旷神怡，此时崎岖的山路上两辆汽车正稳稳地行驶着。

"对3。"

"要不起。"

越野车的后座已然被掀起，露出一块可容三人席坐的空地，纪千明脸上贴满了字条，脸上充满了绝望。

"这是什么牌？玩了一下午最大就是个J！"纪千明将手中仅剩的一张4和一张5摔在地上，愤怒地叫道。

张凡神情不变，默默地将手中的字条贴在了纪千明的额头，开始洗牌。

"呀呀呀，又是地主呢。"羽生原摸了几张牌后，笑眯眯地说道。

他将地主的三张牌翻开，一张A，两个2！

纪千明看着手里最大是个Q的一把牌，嘴角疯狂抽搐，有一种想将端木庆雨的锦囊撕碎的冲动。

"你的手里至少有三套炸弹。"张凡的大脑飞速地算牌，淡淡地对羽生原说道。

"哦？你是怎么算出来的？"羽生原眉毛一挑，似笑非笑地说道。

张凡瞥了纪千明一眼，悠悠开口："我相信纪千明抽不到大牌。"

纪千明："……"

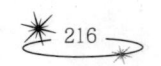

一个人型计算器，一个欧皇，自己这个黑鬼是哪根筋搭错了才会提出跟他们玩牌啊！

"不打了，不打了。"纪千明一把将脸上的字条扯下，懊恼地说道，"云逸学长，我们还有多久才到？"

云逸看了一眼路线，粗略计算了一下："我们要避开车辆密集的大路，也不能走设有收费站的高速路，所以至少要明天早上才能到。"

纪千明一愣："那我们今晚睡哪儿？"

"当然是睡在车里，我们要尽量避免进城，这埃及法老的棺椁可不是开玩笑的，万一真有人在城里对它下手那麻烦可就大了。"云逸严肃地说道。

纪千明讪讪坐下。这任务和自己想的不太一样啊，想象中生死搏杀的情况并没有出现，难道坐在车里打打牌任务就完成了？

…………

夜色降临。

纪千明从车上走下来，舒展着僵硬的身体，扫视了一眼四周漆黑的森林，不由得打了个哆嗦。

"如果有人要对棺椁下手的话，晚上动手是最好的机会。"云逸认真地对着纪千明三人说道，"所以我建议你们轮流去车厢守夜，时刻警惕可能存在的危险。"

这……大半夜和埃及法老的尸体待在一个车厢？没少看木乃伊电影的纪千明暗自吞了口唾沫：这也太刺激了吧！

"我守前半夜！"纪千明迅速开口，此刻天色还不是太晚，三人轮班的话他应该可以在午夜到来之前换班。

"那我守中间。"羽生原无所谓地说道。

"我守后半夜。"

三人分好活儿之后，简单地吃了些干粮，纪千明就走进了黑色的车厢。

车厢内没有灯，只有警报器的微弱绿光洒在法老棺椁上，栩栩如生的石雕在绿光下透出一股诡异与阴寒。

纪千明打了个寒战，轻轻地坐在角落，生怕发出的声响太大吵醒了里面的木乃伊。

"大慈大悲观世音菩萨保佑……"纪千明的眼睛死死地盯着棺椁，心中暗自念叨起来。

整个车厢内安安静静，没有木乃伊，没有诈尸，一切都如此正常。

时间一点点地流逝，纪千明抵挡不住席卷而来的倦意，打起了瞌睡。

咚！

纪千明猛地惊醒，浑身肌肉紧绷，他小心地四下张望，周围却再次陷入死一般的寂静。

"刚刚那是什么声音？"纪千明警惕了许久，什么都没有发生，仿佛刚刚只是他的错觉。

就在他狐疑地放松警惕，准备再次坐下时，敲门的声音再次响起。

咚咚！

不是幻觉！纪千明猛地从地上弹起，闪电般从口袋里掏出美妆镜，镜刀刀片依次从中飞起，盘旋在他的身边。

他小心翼翼地将车厢门打开一道缝，警惕地打量着外部的情况，可连半个人影都没见到。

没人？纪千明眉头微皱，他刚刚确实听到了敲门声！

咚咚咚！

纪千明的汗毛竖起，猛地回过头看向法老棺椁，幽绿的光将棺椁照得瘆人无比。

这次他听清了，声音是从棺椁内传来的！

"这……真诈尸了？"纪千明后背的衣服已经被冷汗浸湿，这种情况实在是太诡异了。

大半夜从法老的棺椁中传来敲门声？您是想出来透气了吗？

"法……法老，你你你别吓我啊，我是来保护你的。"纪千明咽了口唾沫，结结巴巴地说道。

不对啊，自己说汉语埃及法老也听不懂啊！

"Can you speak English（你会说英语吗）？"纪千明试探性地开口，棺椁却陷入一片寂静。

纪千明愣是等了十分钟，那敲门的声响却始终没有出现，也没有木乃伊突然从棺椁中蹦出，仿佛刚刚发生的一切都是梦境。

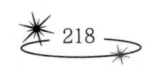

怎么办？自己是不是该通知队友了？可是现在这个情况自己也不能离开这儿不管棺椁，万一有人对这棺椁下手了呢？万一木乃伊蹦出来了呢？

沉思了片刻，纪千明掏出勾陈的特制手机，发出一条短信。

"我觉得法老可能想出来透气了，怎么办？在线等，急！"

◇

嘀嘀！

来信的声音从越野车内响起，羽生原和张凡的手机屏幕同时亮了起来。

三人顿时从梦中惊醒，张凡拿起手机看了一眼，脸色古怪。

只见"卑微小纪和他的大哥们"群中，纪千明发出了一条@全体成员的信息。

"我觉得法老可能想出来透气了，怎么办？在线等，急！"

"啥玩意儿？"云逸觉得自己可能是没睡醒。这都什么乱七八糟的消息？

"出事了！"

张凡和羽生原对视一眼，不约而同地说完直接开门下车向黑色车厢狂奔而去。

"啥？你们这都看懂了？"云逸一愣，随即跟了下去。

嘎吱。

车厢门被缓缓打开，只见车厢内的纪千明，身边悬着镜刀，死死地盯着棺椁，一副如临大敌的表情。

"发生什么了？"张凡将手伸进兜里，握住几颗金属球问道。

羽生原不说话，手指上的戒指光芒一闪，白雪姬便出现在手中。

"里面有敲门声。"纪千明指着法老棺椁，小声说道。

敲门声？三人的眉头微微皱起，云逸沉吟了几秒，开口问道："你确定没听错？"

"不会错的。"纪千明果断地摇头，"它敲了三次。"

在众人的凝视之下，法老棺椁只是静静地躺在车厢中，没有丝毫异动。

"这件特殊物品身上的迷雾还没有被揭开,谁也不知道会发生什么,我会将这件事向学院汇报,接下来的时间大家务必小心。"云逸点点头,认真地说道。

"接下来我来守……"羽生原还没说完,一道流光从天际落下。

一座紫色的小塔在空中疾速放大,玄奥的符文在塔身上闪烁,眨眼之间就到了众人头顶。

"神界法器!快散开!"云逸面色一变,大声喝道。与此同时,他的叶纹爆发出一道强光,狂风突然卷起,迎着小塔撞去。

纪千明三人想也不想,迅速地分散开来。

"保护棺椁!"张凡反应最快,奔跑之际左眼叶纹金光大作。

黑色车厢的门像是被一只无形之手推动着猛地关了起来,上面的几把大锁纷纷锁起。

神界来人!藏身在哪儿?

纪千明大脑飞速转动,镜刀化作十三枚碎片冲天而起,刺眼的光芒从天而降,这片黑暗的森林被照得宛如白昼。

光影之中,一个身穿玄色长袍的人影悬在空中,脚踏一柄长剑,漠然地低头看向众人。

"在天上!"纪千明大喊。

与此同时,浓重的乌云在众人的头顶汇聚,电光翻滚。

紫色法器已然变成一座真正的塔,镇压在云逸头顶,其上光华流转,隐隐之间出现一座大阵将云逸笼罩其中。

"通玄境能困得住我?"云逸的白衣在狂风中猎猎作响,他的眼中闪过一抹白色,一手指天。

刺啦!

几道水桶粗细的雷电狠狠地劈在紫塔的顶上,每落下一道雷电塔身就会一颤,法阵忽明忽暗。

就在此时,另一道黑影闪电般从林中冲出,速度极快,笔直地冲向黑色车厢。

张凡和纪千明的注意力都在天空,发觉时已经来不及了,此刻黑影已然到了车旁,伸出一只手向车厢摸去。

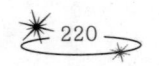

"北辰一刀流，须弥闪！"

一道黄色的身影突兀地出现在车旁，紧接着一抹雪白的刀光在黑影的眼前疾速变大。

黑影身形一顿，一道符文从他的胸口蹿出，化作一柄白色的小剑迎上羽生原的刀芒。

叮！

两者相碰，羽生原只觉得一股巨力从小剑的身上传来，霸道的剑意窜入他的身体，一口鲜血喷出，整个人倒飞了出去。

"哼。"黑影冷哼一声，手在黑色车厢上一摸，巨大的车厢竟然凭空消失。

"是纳戒！"纪千明立刻反应了过来。

这不是羽生原那种只能容纳一柄刀的仿品，而是货真价实的神界纳戒，直接连棺椁带车都收了进去！

几柄飞刀划过，笔直地刺向黑影，发出轻微的破空声。

黑影在收了车厢后立刻掏出另一张符箓，轻轻拍在自己的身上，整个人迅速地沉向地面。

三柄飞刀直接落空，只有一柄贴着他的腰际划过，留下一道深深的血痕，还斩下了大片布料。

"啊！"黑影惨叫一声，整个人彻底没入地底消失不见。

"遁地符！"

实战课中老师曾详细向他们介绍过神界的一些法宝，其中符箓的应用十分广泛，可以将各式法术直接锁入纸中，使用起来极为迅速。

但是这种符箓只能输入一些低阶法术，遁地符就是其中的一种，使用后可以带人在地底自由穿梭，乃是跑路的一大利器。

"该死！"纪千明几人的脸色极其难看。

此时，镇压云逸的宝塔已然被劈碎，御剑在天的玄袍男子见任务完成，催动飞剑化作一道流光，头也不回地飞向远方。

云逸冷哼一声，乘风而起，疾速地追了上去，走之前还飞快地留下了一句话。

"有通玄境界的神界强者插手，任务的危险评级大幅度上升，不是你们能应付得来的，你们速速撤回学院，不要再插手。"

看着两道流光一前一后划过天际，三人小队陷入了沉默。

晚风吹过，一阵清凉。

第一次任务就这么失败了？

纪千明怔了半响，缓缓开口："走吧，云逸学长说得对，通玄境强者相当于三阶能力者，这不是我们能应付得了的。"

纪千明走到了越野车旁，张凡和羽生原却依旧站在原地，望着天边。

"千明君，你甘心吗？"羽生原突然开口。

纪千明一怔，甘心？他怎么会甘心，当着他们的面抢走他们护送的物品，第一次出任务就遭到这种失败，谁会甘心？

"不甘心，可是——"

"纪千明说得对，继续执行任务太危险了。"张凡打断了纪千明的话，转身向森林中走去，"你们回去吧，我去随便转转。"

羽生原一愣，随即笑眯眯地开口道："我有点想念乌冬面了，这次出任务本来就打算吃一次，千明君你先回去吧，我吃好了就回来。"

◇

不是……这种拙劣的借口我会信吗？纪千明有些无语。

"等一下。"纪千明突然开口，那两人的脚步突然停下，张凡缓缓转过身，面无表情地开口。

"如果你是想阻止我，那还是——"

"不，我觉得这个任务并没有云逸学长说的那么危险。"纪千明认真地说道。

"刚才袭击的共有两个人，只有纠缠云逸学长的那个是通玄境界，而偷走棺椁的那个人实力并不强。"

张凡和羽生原的眼睛一亮。

不错，如果那个人也是通玄境的话根本没有必要偷偷摸摸，完全可以轻松干掉他们三人，再和另一个人联手解决云逸。

但是他从一开始就打着趁人不备窃走棺椁的主意，从头到尾只用了两张符箓，自身并没有展现出强大的实力。

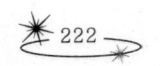

"你们看，我们的任务是护送棺椁，而不是追杀通玄境强者，所以我们只要……"

"只要找到偷走棺椁的老鼠，再将它抢回来就好了。"张凡顺着纪千明的意思说道。

"不错，而且那个通玄境强者正在被云逸学长追杀，一时半会儿根本无法对我们造成威胁。"纪千明笑着补充道。

张凡的眉头微微皱起："可是我们现在没有线索，去哪里找？"

羽生原沉吟了半晌，开口道："刚刚我和那人战斗的时候，看清了他的脸，再次见到的话一定能认出来。"

"不仅如此……"纪千明笑着走到刚刚黑影遁走的地方，捡起被张凡斩下的一块衣料，从中掏出了一张卡片。

"百乐门？"张凡走上前，轻轻念出上面的字。

羽生原眼睛一亮："这应该是酒吧的会员卡，可以从这里入手。"

三人心中的阴郁顿时一扫而空，彼此对视一眼，嘴角微微上扬。

"现在，理由和线索都有了，我们的第一次任务还没有结束，只是刚刚开始。"纪千明的脸上露出一个灿烂的笑容。

…………

百乐门。

已是午夜，百乐门依然灯火通明，形形色色的年轻男女出入其中。

一辆越野车缓缓停靠在百乐门的门口，从上面走下三个年轻人，引得周围的女性纷纷将目光投到他们身上。

其中大部分目光都聚集在身穿黑衣的年轻人身上，这个年轻人面容俊朗，身姿挺拔，气质像是一位高贵的王子，星辰般深邃的眼眸拨动着每个女人的心弦。

与此同时，日本俊俏少年也吸引了众多目光，他身披黄色羽织，黑色长发束至腰间，几缕飘逸的鬓，充满阳光笑容的面孔，一双月牙般的眼睛让无数人为之着迷。

至于他们中间的那个老鼠屎……嗯，就跳过了。

"老大，我怎么感觉他们都在看我？"纪千明面色古怪。

"你想多了。"张凡淡淡地开口，高冷的姿态引起了几个女人的尖叫。

223

棺椁被盗，他们也顾不得什么"尽量不要进城"的嘱咐，直接将车开到大路，一路狂飙到了卡片上写着的地址处。

三人走进百乐门，震耳欲聋的音乐声和尖叫声令他们齐齐皱眉，舞池中无数男女随着DJ的节奏扭动着身躯，肆意展现自己的青春与美丽。

在这样的环境中，场地边缘的三人组怔在原地，一时不知从何下手。

"老大！你来过酒吧吗？"

"你说什么？"

"我说！你来过酒吧吗？"

张凡摇了摇头，纪千明充满希望地看向羽生原，羽生原沉默了几秒。

"来过，不过是来杀人的。"

纪千明内心：……那还是不问你了。

纪千明拉住一个服务生，掏出那张卡片，大声问道："你们有没有登记每个会员的基本信息？在哪儿可以看？"

服务生警惕地看了他一眼，问："你是什么人？"

"我……我们是勾陈学院的，保护地球的！"

"神经病。"服务生翻了个白眼，直接往前走去。

突然，一柄尖锐的飞刀拦在他身前，张凡神情冰冷，淡淡开口："回答他的问题。"

服务生咽了口唾沫，紧张地说道："这些都是店里的机密，只有老板娘那有，我什么都不知道，真的。"

"老板娘是哪个？"

服务生颤巍巍地指向舞池中间："那个穿红衣服的就是我们的老板娘。"

张凡默默地收回了飞刀，三人同时向舞池中央望去，只见一个穿着红色皮衣，身材火辣的美女正随着音乐扭动身体，周围还有几个男人眼睛片刻不离地盯着她曼妙的身躯。

"哇，酒吧的老板是个美女啊。"纪千明瞪大了眼睛，之前还以为开这种店的都是油腻的中年大叔，这次算是长见识了。

"接下来怎么做？绑了她吗？"张凡面色平静地开口。

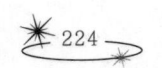

纪千明翻了个白眼，暗道：大哥，我们只是来查人的，又不是绑匪，这样过了吧！

"老大，像这样的美女只有你能征服她，只要你成了这家酒吧的男主人，会员信息一定能拿到手！"纪千明拍拍张凡的肩膀，一副"我看好你"的表情。

羽生原在旁边笑而不语。

张凡眉头微皱："可是我不会搭讪。"

"你只要正常发挥就行，以老大你的气质，越高冷越能勾起女人的兴趣！"纪千明见有戏，急忙吹捧道。

"好，我去试试！"张凡沉吟了几秒，迈开步子走进舞池。

张凡走进舞池，众人齐刷刷地望了过去，他冰山般的气质和火热的舞池格格不入，但饶是如此，几乎所有女性的眼睛都闪着光。

"小帅哥，要不要和我跳一……"一个浓妆艳抹，身材傲人的美女笑吟吟地拦在张凡身前，妩媚地说道。

然而，她的话刚说到一半，张凡就一只手将她推开了，看都不看她一眼。

"不好意思，你挡我路了。"他淡淡开口。

"你——"那女人愣了半响，指着张凡"你你你"了半天说不出话，满脸难以置信。

众人纷纷为张凡让开一条路，身穿红色皮衣的性感老板娘眉头微皱，疑惑地看着径直向她走来的张凡。

"你找我有事？"

"不好意思，我可以做这家店的男主人吗？"

◆

热闹的舞池顿时陷入了一片死寂，场外的纪千明绝望地捂住了眼睛。

苍天啊！我让你正常发挥没让你这么正常啊！

老板娘愣了一下，突然笑出声："像你这么搭讪的我还是第一次见，有点意思，可惜老娘不吃这一套。"

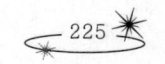

她的笑容逐渐收敛，挥了挥手："保安，把他给我带下去吧。"

几个身材魁梧的保安将张凡团团围住，神色不善。

张凡眉头一皱，正欲说些什么，却看到纪千明在场外给他疯狂打手势，犹豫了片刻还是老老实实跟着保安走出了舞池。

"为什么不让我继续说？"张凡出来之后向纪千明问道。

老大，你再说下去人家要报警了好吧！纪千明轻轻叹了口气，将目光移向了笑吟吟的羽生原。

羽生原的笑容一僵，开口道："我不喜欢这种女孩。"

"原，这不是你喜不喜欢的问题，现在到了你为小组献身的时候了，老板娘不喜欢张凡这种风格，我觉得你的希望很大。"

"可我还是……"

"再说，你就不想通过攻略老板娘来证明你比老大更厉害吗？"纪千明看着他的眼睛，抛出了撒手锏。

羽生原的眼睛一亮，轻轻点头，略微整理了一下头发，悄无声息地朝舞池走去。

舞池中再次恢复之前狂热的气氛，闪烁的灯光下是一场青春的狂欢。就在老板娘跳得正高兴的时候，一道身影突然贴上了她的后背。

"谁啊？"老板娘很不爽地回头。

只见羽生原英俊的脸蛋几乎快凑到了她的脸上，嘴角还挂着阳光般温暖的微笑，给人一种邻家大男孩的即视感。

"你谁？"老板娘眉毛一挑，说道。

"自我介绍一下。"羽生原微微鞠躬，用温和的声音轻轻说道，"我叫羽生原，我觉得你特别像一个人。"

"哦？像谁？"

"像我的心上人。"

"……"

纪千明顿时无语。这么老套的搭讪用语你都拿来用？不过至少比老大好太多了，说不定能行！

老板娘上下打量了他一番，疑惑地开口："日本人？"

羽生原绅士地点点头。

"滚，老娘最讨厌日本人。"

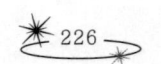

羽生原："……"

得，又凉了。纪千明无奈地叹息：这俩货真是白瞎了一副好皮囊。

羽生原讪讪回来，很无辜地一摊手："不是我的问题，至少比张凡君强多了。"

"那接下来怎么办？绑了她吗？"张凡沉默几秒，再次提议。

纪千明嘴角微微抽搐："老大，还有我呢。"

"你？"张凡和羽生原同时震惊，"谁给你的勇气？"

纪千明内心：……怎么的，我在你们心里的形象该有多丑陋啊！为了挽回自己的形象，让这俩不开窍的大哥长长见识，这次我拼了！

"喀，老大你帮我拿着这个。"纪千明从胸口掏出端木庆雨给他的锦囊，认真地开口，"一定要帮我收好，不然事情会很严重。"

张凡虽然不明白纪千明要干什么，但还是郑重地将锦囊收好。

"接下来，就是展现高端操作的时间了。"纪千明整理了一番衣服，用幻想家能力具象化一束玫瑰，径直向舞池走去。

绚烂的灯光下，一个少年捧着一束玫瑰，深情地向舞池走去。

突然间，整个酒吧女性的目光不约而同地转向了纪千明，一股异样的情愫涌上心头。

这个男人，身材普通，长相一般，浑身上下流露出贫穷的气息，但我……我为什么不自觉地脸红心跳？

这种感觉陌生而又熟悉，这一刻周围的所有男性全都黯然失色，纪千明已经成了她们世界的唯一。

小至十八岁（因为店里最小的顾客就是十八岁），大至四十五岁（清洁工），所有的女性不约而同地红了脸，四个大字从心底蹦出：

一、见、钟、情！

当然，也包括老板娘，在看到纪千明的第一眼她就沦陷了，眼神开始迷离。

——他，就是我要等的那个人！

死寂之中，纪千明缓缓走入舞池，一双清澈的眼睛深情地注视着老板娘。

"我不知道你的名字，不知道你是谁，但是我必须要和你说三个字，对不起！

"从刚刚第一眼看到你,我就控制不住爱上你,我心痒难忍,我心急如焚。"

"我跑到十条街之外给你买了这束花,就是想拥有一个机会,一个站在你的面前,表达我心意的机会。"

"你,能给我一个机会吗?"

老板娘怔怔地望着纪千明,整个人都痴了,几秒之后她终于反应过来,两颊浮起一抹红晕,手紧紧地攥着衣角,支支吾吾地说道:"可,可以……"

"我——反——对!"一个尖锐的声音响起。

只见从场下的卡座之中,一名身穿昂贵长裙,戴着闪闪发光的首饰的富家千金突然跃起,大步跨到纪千明的身边,深情地看着他。

"忘了她!和我在一起吧!我的一切都是你的!"

"我不允许你们抢我的梦中情人!"又是一个女声传来,身材火辣的美女冲上前,大声吼道。

"不行不行,他是我的唯一!"

"啊啊啊,再和我抢我今天就撞死在这儿!"

"老娘看谁敢跟我抢男人!"

"这位大哥哥你和我在一起好不好!"

…………

场内所有的女人都疯了一般涌上前,将纪千明团团围住。

与此同时,纪千明注意到自己脑海中镜面上刷出来一条条粉色的信息。

收集李燕魂气:+3。

收集张玲玲魂气:+3。

收集赵若男魂气:+4。

…………

纪千明呆若木鸡,他想过自己的桃花会旺,心里想着只要拿下老板娘就好了,但万万没想到有这么猛……直接把人家女朋友、老婆都勾引过来了啊!

全场的男人都震惊了!

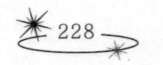

"老婆你！"

"这小子居然敢勾引老大的女人，兄弟们干他！"

"女儿！女儿别过去啊！"

几个文着文身的魁梧大汉猛地站起，将手里的玻璃酒瓶砸碎，凶神恶煞地朝纪千明冲去。

"保安！快保护好我的男人！"老板娘焦急大喊，整个人张开双臂护在纪千明身前。

"保镖呢！给我拦住他们！"

"谁敢动我男人！老娘可是亚洲拳王！"

…………

◇

整个酒吧顿时分成两大派，一派是准备揍给别人戴绿帽的小白脸的男人，一派是为了真爱护在纪千明身前要为他抵挡一切的疯狂女人。所有人都扭打在一起，陷入一片混战。

此刻纪千明脑海中红色和粉色的信息交替出现，版本更新的进度条像坐了火箭一样疯涨，眨眼之间就逼近1000点。

"这……"

张凡脸上第一次真正出现"震惊"这个表情，羽生原更是将自己的眼睛瞪圆了。

"现在怎么办？"羽生原茫然问道。

"当然是救人！"张凡抄起旁边的一个空酒瓶就往人堆里冲去。羽生原手中戒指一闪，握着白雪姬也加入了混战。

半晌之后，张凡和羽生原终于杀到了纪千明身边，此刻纪千明已经蒙了。

"这边有后门！"老板娘指了指人群的反方向。

在张凡和羽生原这两员猛将的守护下，他们终于杀出了重围，逃到了一条偏僻的小巷。

"吓……吓死我了！"

纪千明喘着粗气，一副惊魂未定的表情，他做梦也不会想到自己有一天会因为给人"戴绿帽"而被追杀。

还是一堆绿帽！

我的桃花劫竟恐怖如斯！要是没有封印住桃花运，自己可能真的就凉了！感谢端木大大！

"我……我还不知道你的名字。"老板娘从惊吓中缓过来之后，脸上又飞过一抹红晕，一双秋水般的眸子像是会说话一般，看着纪千明。

"呃，名字先不急，我其实是有一件事情想让你帮忙。"纪千明挠了挠头，有些不好意思地说道。

"郎君你尽管说，你有什么要求我都会满足你的。"老板娘羞涩地回答道，还冲他抛了个媚眼。

纪千明觉得有一股电流在身上流过，整个人打了个哆嗦，视线不由自主地瞄向老板娘的火辣身材。

啪！纪千明在心里扇了自己一巴掌，暗道：前方深渊啊，兄弟！

"我可以看看你酒吧……呃，我们的酒吧会员信息吗？"纪千明说了一半，觉得有些不妥，又换了个说法。

张凡和羽生原同时翻了个白眼，腹诽：以前怎么没看出来你是这么不要脸的纪千明呢？

"当然，我的就是你的！"老板娘听到纪千明说"我们"，整个人都高兴坏了，直接从兜里掏出了手机。

"嗯……会员信息都在这里了，你看看吧，郎君，你有什么困难我都愿意帮你。"

老板娘拨弄了两下手机，将其递给纪千明，诚恳地说道。

纪千明将手机递给羽生原，听到"郎君"二字又打了个哆嗦，挤出一个"别担心，我爱你"的笑容。

"是他！"羽生原突然开口，张凡和纪千明的眼睛顿时一亮。

终于有线索了！不枉我冒这么大危险摘下锦囊啊！纪千明有些欣慰。

"上面有地址，我们走！"羽生原将手机还给老板娘，转身就向越野车的方向跑去。

纪千明正准备跟上去，一只细嫩的手拽住了他的衣角，他僵硬地回过头，只见老板娘泪眼婆娑，满脸的不舍。

"郎君，你要去哪儿，天涯海角我愿与你同去！"

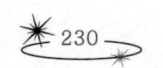

纪千明沉吟了两秒，从张凡手中接过锦囊，紧紧地贴在身上。

"现在你还愿意吗？"

老板娘一怔，似乎眼前的这个郎君没有变化，但自己心中澎湃的爱意却突然消失了，一股莫名的空虚感萦绕在她的心头。

"我……"

"无论如何，多谢！"纪千明诚挚地向老板娘道过谢，没有丝毫犹豫地转身离开，留下茫然的老板娘一个人站在那里。

晚风之中，纪千明突然觉得自己很有当"渣男"的潜质。

…………

坐在副驾驶坐上，纪千明按捺住激动的心情，陷入了脑海的画面中。

检测到魂气收集完毕，是否进行版本更新？

是/否。

纪千明没有丝毫犹豫，直接点击版本更新。

镜花升级至2.0版本。

开启能力镜瞳。

复刻开启二号复刻位。

能力非花升级至2。

能力镜瞳升级至2。

复刻能力幻想家升级至2。

看到镜面上刷出的几条系统信息，纪千明一愣，随后狂喜。

自己竟然又多了一个能力！难道说每一次系统更新都会解锁一个能力？这也太给力了吧！

纪千明迫不及待地点击新出现的镜瞳能力，一个弹窗迅速弹出。

镜瞳：完美模仿，完美记忆。

注1：模仿只对肢体动作有效。

注2：单次使用时间过长，会对视力造成不可逆的影响。

等级：2。

评论：是你！体操花！

纪千明开始认真地琢磨每一个字，这次的能力介绍异常简洁，似乎什么都没说，又似乎什么都说了。

乍一看很鸡肋，但仔细一琢磨……纪千明的眼睛逐渐明亮起来，他似乎已经明白这个能力的用法了。

这个能力，很强！很变态！

不过这评论还是一如既往地古怪……

纪千明暗中催动镜瞳，从镜子中观察自己的眼睛，乍一看似乎没有任何变化，但仔细一看就会发现他的瞳孔正清晰地映出眼前的一切，像是有一面镜子嵌入了其中。

他用镜瞳打量四周，每一朵云的形状，每一个石子的位置，就像电影一样烙印在他的脑海中，闭上眼睛随时就可以翻阅。

不仅如此，张凡开车时的每一个动作在他的眼中都被完美剖析，只要自己愿意，绝对可以分毫不差地模仿出来！

这是记录开车，若是用镜瞳来记录羽生原的剑术、热武器老师的枪法，甚至世界武术冠军的格斗法呢？

纪千明倒吸一口凉气，心头狂跳，这下又捡到宝了！

就在这时，纪千明的眼睛突然开始酸痛，眼前的画面也开始模糊，他立刻关闭了镜瞳。

他的瞳孔瞬间恢复了原本的状态，过目不忘和完美模仿的功能已然消失。

单次使用时间不超过十秒……纪千明看了一眼时间，暗自记住了这个特点。

这个能力还有一个缺陷，就是只能模仿肢体动作，不能模仿特殊技巧。不过这也正常，要是连叶纹能力都能模仿，自己就无敌了！

◈

"千明君，你在傻笑什么？"羽生原通过后视镜看到纪千明的表

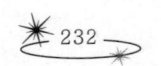

情，疑惑地开口。

"哦，马上就要到地方了，我有点激动。"纪千明轻咳一声，尴尬地说道。他又将注意力集中到镜面上，不出所料，所有能力的等级升到二阶。

别问，问就是实力暴涨！

当他的目光扫到魂气收集栏的时候，笑容顿时僵硬。

只见版本升级的进度条拉长了一大截，原本的升级要求1000点，现在直接暴涨到5000。

直接翻了五倍？纪千明的脸色难看起来，心想：看来这段时间是不可能再晋升到三阶了。

在他苦恼之时，御龙湾已经出现在三人眼前。

…………

御龙湾小区。

纪千明三人鬼鬼祟祟地站在小区门外，打量着这里的布置。

"这里每个门都有保安看守，围墙上方用的都是高压电网，还有遍地的摄像头，想潜进去恐怕不简单。"羽生原熟练地摸清了情况，说道。

张凡的眉头紧锁，此刻正是半夜，他们三人想跟着别人混进去几乎是不可能的。那该怎么办？

"这个不难。"纪千明笑呵呵地开口，他觉得自己今晚就是小组的MVP！

他找到了一处较为偏僻的墙角，控制一枚镜刀碎片遮住了摄像头，此刻这枚碎片正在具象化之前的画面，根本不会有人怀疑。

随后，他脑海中幻想家叶纹微微闪动，具象化出来一个长长的梯子，将其架在墙上。

"这不就解决了？"纪千明笑吟吟地说道。别看自己的能力杀伤力不强，但实用性都极高。

几人顺着梯子翻进小区内部，很快找到了记忆中的地址。

"402，就是这儿了。"张凡轻轻开口。

纪千明咽了口唾沫，控制镜刀悬浮在门旁，羽生原也将白雪姬握在手中，随时准备出鞘。

张凡见二人准备完毕，左眼的叶纹微微闪动，门的锁孔竟然自己发出了咔嗒声，随后缓缓打开。

羽生原闪电般地冲进去，纪千明和张凡紧随其后。

昏暗的月色下，空荡荡的屋子一片寂静。

几人挨个儿搜索了卧室、书房、卫生间，都没有丝毫的收获，那个窃走棺椁的神界探子毫无踪影，这里恐怕早就人去楼空。

三人默默地返回客厅，陷入了沉默。

事实上，这个结果他们早就想到了，这种探子在完成任务之后，除非是蠢，不然没有人会回到这种明面上的住所。

但这是他们唯一的线索，无论如何也要试一试。

"现在怎么办？"羽生原轻声开口。

张凡突然站起身，翻箱倒柜地寻找起来，"他既然在这里住过，就一定会留下痕迹，我们并不是完全没有希望。"

纪千明也默默起身，跟着找了起来。

东方渐白。

顶着大大黑眼圈的三人瘫在了沙发上，经过一夜彻彻底底的搜查之后依旧没有任何有价值的线索，不由得让人怀疑这里住的到底是人还是鬼。

"天亮了，我们该离开了。"羽生原看着东方的第一缕阳光，缓缓起身。

纪千明憔悴地从沙发上爬起，打了个哈欠："我们先找个地方休息会儿吧，然后再慢慢想办法。"

再次翻出墙头，三人顺着街道漫无目的地前进，身影缓缓消失在朝阳之中。

…………

俞庆群山。

天空，一道紫色的流光划过天际，随后一道白衣身影紧随其后。

"勾陈云逸，你已经从南州追到俞庆了，还不死心？"

御剑的玄袍男子面色难看，长时间的御剑让他灵力消耗巨大，然而云逸就跟狗皮膏药一样，怎么甩都甩不掉。

"勾陈与神界乃是死敌，见之必杀！"脚踩狂风的云逸淡淡地

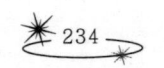

说道。

玄袍男子冷哼一声，突然停下，不再逃窜，一双冰冷的眼睛死死地盯着云逸。

"既然你一心求死，我就成全你！"他单手掐诀，灵力涌动。

云逸也停下身，双手抱于胸前，饶有兴味地等着玄袍男子出招。

"洪荒镇海印！"

玄袍男子的灵力以一种奇特的律动激荡着，他双手迅速结印，随后狠狠向前推出。

磅礴的灵力引动天地大道，一个巨大无比的玄奥手印排山倒海般向云逸砸来，气势无匹。

"印法，我还是第一次见。"云逸嘴角微微上扬，头顶翻滚已久的乌云电光大放。

几个球状闪电从云层中冲出，恐怖的雷光浓缩其中，整片地域的电荷都紊乱起来。

球状闪电直接迎上洪荒镇海印，浓缩在其中的雷霆之力轰然爆发，将整片天空映成蓝色，气势磅礴的洪荒镇海印更是被直接泯灭。

云逸轻轻挥手，又是三个球状闪电从云层中冲出，径直冲向御剑悬空的玄袍男子。

玄袍男子眉头微皱，反手掏出一个木匣，匣中静静地放着七柄牙签大小的小剑。

"北斗剑阵，起！"

一道法诀打在小剑上，七柄小剑迎风而起，迅速扩大，其上有点点灵光闪过，一看就不是凡品。

七柄飞剑迎着球状闪电飞去，在玄袍男子的操控下组成一道繁复的剑阵，直冲云霄。

三个球状闪电在接触到七柄飞剑的瞬间爆炸，然而剑阵却没有受到丝毫的阻碍，径直地冲入云层。

"只要这片云在，你就能无穷无尽地释放雷电，我将这片云毁去，看你拿什么和我抗衡！"玄袍男子冷笑道。

墨色雷云之中，七星剑阵的光芒大作，无穷无尽的蓝色剑气疯狂地切割乌云，眨眼之间乌云就破了一个大洞。

"哦？是吗？"云逸眉毛一挑，笑吟吟地说道。

此时，乌云已然被剑阵彻底毁去，就在玄袍男子得意之时，他的表情一僵。

只见在刚刚那片乌云上空，不知何时悬浮着一片更大更厚的乌云，像是一个罩子盖住了这片天地。

"这！"玄袍男子面色铁青，再次催动剑阵。

半响之后，这片乌云也被毁去，然而又有一大片乌云悬浮其上。

"你还是别费力气了，刚刚我就在这片天空布下了三十三层雷云，而且我招云的速度极快，你就是砍到明年都砍不完。"云逸悠悠开口，眼神中满是戏谑。

玄袍男子险些一口老血喷出来，怒目而视。

"好，既然毁不去云，那我就直接来杀你！"他眼中闪过厉色，脚踏飞剑闪电般地接近云逸，七星剑阵环绕其身。

云逸眉毛一挑，脚下狂风大作，他以更快的速度向后退去，同时两袖一甩，极度冰寒的暴风雪向玄袍男子席卷而去。

玄袍男子咬着牙前冲，剑阵将暴风雪中夹杂的冰刺碾成碎片，但始终追不上云逸。

剑阵能挡住冰刺，但挡不住低温，近零下二十摄氏度的低温将他冻得浑身僵硬。

"该死！"玄袍男子终于忍不住了，怒骂一声。云又打不散，身又近不了，还得被暴风雪冻成狗，这还打个屁！

"这是你逼我的！"玄袍男子恶狠狠地说道，猛地咬破舌尖，一口精血喷出。

"解灵化玄功！"

瞬间，他体内涌动的灵力暴涨，身体像气球一般逐渐变大，撑爆了玄色长袍，肆虐的灵力冲天而起，天地都为之色变。

云逸的表情终于凝重起来，这解灵化玄功他也知道，是神界修行者生死关头用来搏命的功法，在这种情况下，战力至少能翻两倍。

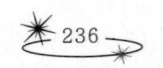

"风起。"云逸双手张开，眼睛中一抹白色快速扩散。

刹那间，狂风大作，围绕玄袍男子旋转起来。

"云涌。"

"雷生。"

三十三层雷云被卷入龙卷之中，狂暴的雷电在其中旋转，黑蓝之光涌动，将脚下的青山夷为平地。

和开学实战测验时同样的招式，唯一不同的是这次的规模是那时的五倍！

真正的毁天灭地！

"哈哈哈，勾陈云逸，我们天机处早就将你的情报掌握了，你的能力是很强，但有一个巨大的弱点，就是你自身也会被卷入其中。我只要近了你的身，你就必死无疑！"

玄袍男子见云逸使出这招，狂笑起来，一副胜券在握的表情。

他疯狂地催动灵力，脚下的巨剑猛然变大，七柄飞剑在他身边旋转，他被保护得密不透风。

"疾！"玄袍男子大吼一声，闪电般地向云逸冲去，速度与之前天差地别。

磅礴的灵力混杂着剑气，宛若流星般向云逸砸去，在这等攻势之下，哪怕是一座山峰也会被直接洞穿。

云逸静静地站在空中，丝毫没有闪躲的意思，看着他似笑非笑的表情，玄袍男子心中一惊。

毁天灭地的雷暴龙卷笔直地向二人撞来，恐怖雷霆在风中嘶吼，仅是看一眼就让人心生绝望。

这怎么可能！他是想和我同归于尽！玄袍男子瞳孔骤缩。

然而，此刻已容不得玄袍男子多想，雷暴龙卷撞到了二人中间，轰燃爆开！

轰轰轰！

无尽的雷霆在空中跳跃，巨大的爆炸将几座山头夷为平地，这场雷暴足足持续了两分钟才缓缓退去。

空中，一道被电得面目全非的身影笔直地摔落。

"你……"奄奄一息的玄袍男子见到毫发无伤的云逸，跟见了鬼一样，眼睛瞪得像铜铃。

"你的情报……是假的！"

云逸笑呵呵地走到他的面前，轻轻摇头："并不是，我的能力确实会伤到我自己，这也是我的弱点没错。"

"那你……"

"地球人虽然不能修炼，但有一个东西是你们无法理解也无法想象的，那就是科学。"云逸指了指自己的白色长袍。

"我一直穿这件衣服不是因为我喜欢白色，这件衣服是勾陈研发部科学家们的心血，能够让我在雷暴中毫发无损。

"不要太自以为是了，神界的修行者。地球人的手段，是你们无法想象的。"

云逸拍了拍身上的尘土，头也不回地潇洒离开了。

"情报，害我！"被烤焦的玄袍男子嘴巴微张，轻轻吐出一句话，随后脑袋一歪，彻底阵亡了。

"欢迎您收看早间新闻。

"据本台记者报道，俞庆周边的深山在今天早上五点出现了千年罕见的雷暴，不仅如此，还有龙卷风、暴风雪等天灾出现的痕迹。

"据一位醉酒的目击者称，他看到两个神仙在空中打架，这到底是罕见的自然现象，还是某些未知的力量造成的？

"本台记者为您持续报道……"

水汽蒸腾的浴室中，电视机的声音回荡，包场的三位少年眼中的困意一扫而空，死死地盯着电视屏幕。

"你们说这是不是……"纪千明咽了口唾沫，轻轻开口。

"一定是他。"张凡眼睛一眨不眨，没有丝毫犹豫地说道。

纪千明倒吸一口凉气："我就说他实战测验放水了吧！你们看那雷暴照片，简直就是世界末日啊！"

羽生原沉吟了半晌，缓缓开口道："他竟然一路追到了俞庆……不知道那通玄境的人死了没。"

"这肯定死了啊，在那样的雷暴下谁能活下来。"纪千明觉得理所当然。

"无论如何，我们都没能把棺椁追回来。"

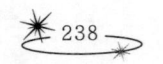

张凡淡淡开口，整个浴室顿时陷入一片沉默。

滴答、滴答……

水滴缓缓从天花板上落下，掉落在三人面前的水面上，听得人心烦。

"一会儿休息完了之后启程去找云逸学长吧。"纪千明率先打破了沉默。

没了线索，他们再怎么找也没有用，神界的人不是傻子，很可能已经将棺椁送回了神界，这次任务是彻彻底底地失败了。

张凡的神色不变，水下的手却攥成了拳头，平静的水面突然涌动起来，仿佛马上就要烧开。

"老大……这也不是我们的锅，谁知道会突然冒出通玄境强者抢东西啊。"纪千明开口安慰道。

"用能力来发泄情绪，真是无能。"羽生原瞥了一眼张凡，淡淡地说道。

纪千明心中一揪，坏了！

"你再说一遍?!"张凡猛地转头，左眼金光大放，一股杀气从眼中涌出。

波动的水面突然剧烈地激荡起来，像是台风来临时的海面，掀起一阵阵滔天巨浪。

"我说，你在浪费自己的能力，懦夫！"羽生原神情不变，说出的话却字字诛心。

轰！

浴池的水彻底沸腾，一道两人高的水浪狠狠地拍向羽生原，整个浴池里的水顿时少了一大半。

羽生原手上的戒指一闪，白雪姬出现在他的手中，他用刀鞘轻轻一转，顿时击退了大半的水浪，然而还是有部分水浪浇在了他的手臂上。

突然，纪千明和张凡同时瞪大了眼睛。羽生原眉头一皱，顺着他们的目光看向自己的手臂，瞳孔骤缩。

只见他左肩处的黑色叶纹……竟然褪色了！

一道晴天霹雳闪过纪千明和张凡的脑海。

他的叶纹……竟然是假的！

◇

战力惊人的羽生原，竟然是一个无能力者！

脑海中，第一次实战课上的画面再次浮现出来，羽生原双手一摊，笑眯眯地开口："我没有能力。"

当时二人只觉得那是一个玩笑，只是现在看到这一幕……

"原，你……"张凡怔了半响，正欲开口。

噌！

一道白光闪过，白雪姬修长的刀身已然架在了张凡的脖颈上，锋利的刀口将他的皮肤切开一道小口，缕缕鲜血从中渗出。

羽生原的眼中满是血丝，脸上的笑容消失不见，取而代之的是滔天的怒火与纯粹的杀意。

他真的想杀我！张凡看着羽生原的眼睛，心中突然闪过这个念头。

"我三岁那年，母亲便死了。父亲给我留下了这柄白雪姬就上吊自杀，去天国找母亲团聚了。

"我抱着白雪姬在街头乞讨，流浪，后来长大一些，我就开始查母亲的死因，我找到了母亲留下的笔记本。

"那时我才知道，世界上有神界，有勾陈。

"我母亲就是勾陈的一员，她为了守护百姓，英勇战死！

"从那时起，我就期待着有一天我也能拥有叶纹，将来成为勾陈的一员，去为母亲报仇！

"我等了十三年，这十三年我跑遍了每一个剑道馆，拜师，偷师，为了获得力量我用了所有肮脏卑劣的手段。

"然而直到我十八岁那年，还是没有等到属于我的叶纹。

"为了得到勾陈的线索，我加入了黑道，用我的剑术帮他们杀人，最后通过他们的情报网，我终于找到了传说中勾陈的使者。

"我拼命地恳求他让我加入勾陈，他却告诉我勾陈只招收叶纹能力者，哪怕我将白雪姬架在他的脖子上，他也没有松口。

"后来我在自己身上画了一枚叶纹，靠着自小苦练出的速度，伪装

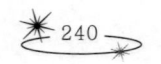

成能力者。

"两年后我再次碰到他，他告诉我他会上报。两个月后，我终于……等到了我的录取通知书！

"我赌上了一切才换来这么一个机会，我就是要成为勾陈最强者！我就是要用无能力者的身份，将天赋异禀的你打败！

"你张凡，凭什么拥有如此天赋?！

"你既然拥有了这样的天赋，为什么不承担与之匹配的责任?！

"你，配得上这份力量吗？"

羽生原状若癫狂，手中的白雪姬又往前刺了一下，只差分毫就要将张凡的血管斩断，鲜血顺着白雪姬的刀身滴落。

"原！你是想杀了他吗？"纪千明大喝一声，羽生原眼中的疯狂才稍稍退去，有了一丝冷静。

羽生原深深地吸了一口气，手上的戒指光芒一闪，白雪姬凭空消失。

张凡紧绷的身体骤然放松，却没有丝毫的动作，一双星辰般的眼睛静静地看着羽生原。

"别跟着我。"

羽生原头也不回地向外走去，留下一句冰冷的话。

滴答，滴答……

羽生原的身影消失在二人的视线中，纪千明快步跑到张凡身边，关切地问道："老大，你没事吧？"

"我没事。"张凡轻轻地回答道。他眉宇间透露着疲惫，看着羽生原离去的方向，不知在想些什么。

"老大，你别生气啊，我相信——"纪千明犹豫了半晌，还是替羽生原说起了好话。

"我不生气。"张凡直接打断了纪千明，"他和我是一类人，我理解他的感受。只不过，我比较担心勾陈对他的看法。"

纪千明瞪大了眼睛，问道："勾陈怎么会知道呢？他不是成功混进来了吗？"

"你忘了天眼吗？"张凡伸手指了指天，淡淡说道，"天眼是勾陈的眼睛，只有彻底调查清楚他的背景和能力，才会发出录取通知书，他

241

自以为天衣无缝的计划只怕勾陈早就清楚了。"

"可是老大，为什么勾陈只招收拥有叶纹的学生？我相信地球上武技高强的人并不少吧？比如什么少林寺扫地僧，为什么不让他们也来对抗神界？"

张凡轻轻叹了一口气："勾陈只收年轻人，你说的那些人固然厉害，但多半都年纪不小了。再说，武技的潜力是有限的，再怎么努力也不能像叶纹一样打破物理规则。勾陈其实有几个武技高强的客卿，但最多也只能抗衡三阶能力者，让他们去对抗神明？那不是送死吗？"

纪千明细细思索了一番，心里想：确实是这个道理，让练武的去硬抗飞剑，这谁顶得住。不说别的，人家一御剑自己追都追不上。

"那勾陈为什么还要录取原呢？"纪千明喃喃自语。

…………

勾陈学院，校长办公室。

"陛下，您终于回来了。"正在打扫卫生的庆涯见到来人，恭敬地鞠躬，苦笑着说道。

"嗯，亚当学院的那群疯子死活不让我走，真是麻烦。"

头发糟乱的张景琰骂骂咧咧，直接四仰八叉地往沙发上一躺，丝毫没有炎帝的形象。

庆涯似乎早就习惯了。他拿起桌上的文件，递给张景琰。

"嗯？"张景琰眉毛一挑。

庆涯很自觉地收回了文件，自己打开来，说道："陛下，您许久未归，这届新生早已分组完毕，有的已经出去执行任务去了。"

"哦？给我念念。"

庆涯扶了扶黑框眼镜，挨个儿念起每一小组的队员，以及他们自身的定位。

"……9号小组，张凡、羽生原、纪千明。"

张景琰轻咦了一声，似乎想到了什么，嘴角微微露出一丝笑意。

"这个分组有意思。"

"陛下，这个羽生原就是您保荐的那个日本少年吧？"庆涯突然想起来什么，开口问道。

"不错。"张景琰的眼中闪过一丝追忆，右手摸着胡子，笑着说

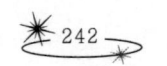

道，"敢把刀架在我脖子上的人，已经不多了。"

"陛……陛下，您说什么？"庆涯突然瞪大了眼睛，难以置信地开口。

"哦，没什么，这个少年很有意思，虽然没有叶纹，但我相信他的潜力。"张景琰轻描淡写地带了过去。

庆涯犹豫了半晌，还是说道："陛下，勾陈有规定，凡没有叶纹……"

○

"哼。"张景琰一声冷哼，直接打断了庆涯的话，"庆叨叨啊庆叨叨，你就是太死板了，规矩是死的，而人是活的，有本事你把制定规则的前辈复活过来让他揍我啊，现在我是校长，我的地盘，我做主！"

张景琰说着说着就摇头晃脑地哼唱起来。

庆涯一阵无语，实在受不了张景琰这个样子，他默默地退出了校长室。

待到房门关紧，张景琰突然沉默下来，缓缓闭上眼睛。

两年前，东京。

大雨滂沱。

一条小巷中，穿着黑色羽织的少年立在雨中，雨水顺着头发滴落，他的眼睛亮如星辰。

"勾陈使者？"少年的声音有些许的颤抖。

对面粉色的霓虹灯照进昏暗的小巷，映在张景琰的脸上，他的目光从招牌上收回，仔细地打量起面前的少年。

十五六岁，双手紧握，身上萦绕着血气，一定杀过许多人。

"有事？"撑着黑伞的张景琰淡淡开口。

"我想加入勾陈！"少年脱口而出，双手攥了攥，脸上充满了希冀。

张景琰眉头微皱，没有说话。

哗哗哗……

雨水像是从天上倾倒下来一般，落在巷内的石板路上，还有少年的身上。

"我想加入勾陈！"少年再次大声喊道。

"你从哪里知道的这个名字？"

张景琰冰冷的声音传来，少年不由得打了个寒战，脸上却没有丝毫的退缩。

"我母亲就是勾陈的一员！她死了，我想替她继续守护下去！"少年的肩膀微微颤抖，用尽全力地说道。

雨水混着泪水从他的脸颊上滑落，他青涩的脸上充满了坚定。

张景琰浑身一颤，缓缓地说道："你的母亲，叫什么名字？"

"井上麻衣！我的母亲是井上麻衣！"少年的眼中满是自豪。

是她……张景琰的脑海中顿时浮现出一个黑色长发的窈窕身影，他的瞳孔微微收缩。

"呀嘞呀嘞，小琰得好好努力呢，不然会被崔小胖甩下很远哟！"

"小琰，学姐生宝宝了！给你看看他的照片，是不是很可爱啊！"

"小琰琰，这次学姐回来给你做乌冬面，期不期待？"

一张温柔的脸浮现在他的眼前，笑容像是冬日的阳光，扫去他心中的阴霾。

麻衣学姐……这个少年就是你的孩子吗？

张景琰看着少年期待的眼神（虽然根本看不到），缓慢而坚定地摇头。

"不行。"

"为什么不行？！"

少年浑身颤抖起来，大声吼道。

"勾陈不收没有叶纹的学生。"张景琰冷冷地说道。

冰凉的雨水顺着少年的脖子滑落到胸前，他的胸膛正在剧烈起伏，一股不甘与愤怒涌上他的心头。

"我再说一遍！我要去勾陈！"少年咬着牙，一字一顿地说道。

透过从伞上滑落的雨水，张景琰静静地看着少年通红的脸庞。

"我也再说一遍，勾陈不收没有叶纹的学生。"淡淡的声音在小巷中回荡。

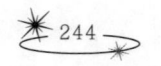

噌！

一声轻响，刀光像是一道匹练，眨眼间穿过雨幕，架在了张景琰的脖子上。

哗哗哗……

雨越下越大，雨水落在修长的刀上，发出连绵不绝的响声。

张景琰撑着伞站在雨中，身形没有丝毫的移动，一双温和的眼睛静静看着眼前的少年。

"你为什么不躲？"少年恶狠狠地问道。

"你不会杀我的，你是个好孩子。"

"放屁！"少年怒吼，手中的白雪姬再次前刺了一分，将张景琰的脖子划出一道淡淡的血痕。

"我作恶多端，这些年帮极道杀了不知多少人，你最好答应我的要求，不然，你真的会死！"

少年的咆哮声回荡在雨中，他脸上浮现出凶狠的表情，野兽般的眼睛死死地盯着张景琰。

张景琰沉默不语，只是将手中的伞微微前送，挡在少年的头顶。

雨水打在大黑伞上，发出噼里啪啦的声音。

"你……"少年恶狠狠地开口想说些什么，却始终说不出口。

雨水顺着张景琰的发梢滑落，打在他的风衣上，他轻轻开口："你母亲看到你这样，会很心疼。"

他认识我母亲！

少年浑身一震，脸上表现出痛苦与挣扎，他仰天大吼，稚嫩的脸上布满了泪痕。

咔！

一声轻响，白雪姬被少年收回鞘中，他深深地看了张景琰一眼，头也不回地离去。

"两年。"

"什么？"

少年身形停顿，头微微侧过来，似乎没听清他说什么。

"两年之后，等你成年，我会再回到这个地方，若是那时候你获得了我的认可，就可以进入勾陈学院。"

"你——"少年一怔，正要说些什么，却被张景琰打断。

"还有个要求，离开极道，静心修行，别再杀人了。"

张景琰说完这句话之后，深深地看了他一眼，将伞向少年扔去，随后身上闪过一道火光，整个人消失不见。

"两年……两年……"少年下意识地接过伞，愣愣地站在原地，脸上浮现出狂喜。

两年之后，一定要进勾陈学院！他攥紧双拳，暗自发誓。

…………

朝霞之中。

羽生原站在天台上，看着初升的太阳怔怔出神。

两年前的回忆依旧清晰如昨日，如今的他已经成了勾陈的一员，成了当时自己最想要的模样。

他做到了，没有叶纹又如何，凭自己苦练的剑术一样能守护当年母亲所守护的东西！

嘎吱——

天台的铁门缓缓打开，羽生原一动不动。

"不是告诉你们别跟着我吗？"他冷冷地开口。

张凡和纪千明对视一眼，纪千明率先开口："原，没有叶纹能力又怎么样？现在的你比勾陈的其他人强太多了！你就是我的偶像，是《海贼王》里的索隆，《鬼灭之刃》里的我妻善逸，《死神》里的更木剑八——"

"别拿我和更木剑八那个蠢货比较。"

"喀，总之你是我的偶像，没有特殊能力却依旧选择来守护地球，还能成为同届中的最强者——"

"我不是最强者。"羽生原缓缓转过身，一只手指指向张凡，淡淡开口道，"他才是。"

✦

张凡沉默了半晌，轻轻开口："你很强，我认可你。"

老大，你不会说话就不要说啊！纪千明都快哭出来了。

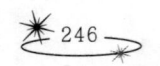

"认可我？你凭什么认可我，你这种天赋异禀的人根本不懂我的感受！"

"你错了。"张凡面无表情地走上前，一双眼睛紧紧地盯着羽生原，"我曾经确实是天赋异禀，拥有爱我的母亲，拥有光明的未来。后来一场病夺走了我的所有，四年的剧痛折磨，母亲为了我的病散尽家财，最终，我选择了自杀……"

羽生原的瞳孔骤然收缩。

"我从医院的楼顶坠亡，但突然获得叶纹能力的我在几天后又从自己的墓里爬了出来，身上的病痛完全消失。

"我以为是上天垂怜，然而……我的母亲却在我跳楼的当天，为了给我借钱被上邪会的傀儡师杀死！

"你口中的天赋异禀，是用我的未来，我四年经历的嘲讽与病痛，还有我母亲的性命换来的！

"如果可以，我愿意放弃一切，换我母亲平安……"

张凡平淡地叙说着，而羽生原却怔在了原地。

原来，我们是一类人。

纪千明轻轻叹气，原本他也想讲讲自己的悲伤小故事，结果这两个大佬一个比一个惨，他想自己还是不丢人现眼了。

"至于你之前说的，与能力相匹配的责任，我从来没有逃避过，以后你会知道的。"张凡走到羽生原的身边，看着他的眼睛认真地说道。

羽生原沉默不语，心中的怨念与不忿已然消失，他第一次认可了张凡。

"刚刚的事，我道歉。"羽生原突然开口。

张凡的嘴角露出一丝笑容，轻轻拍了拍他的肩膀。

"天亮了，我们去找云逸学长，回勾陈吧。"

"等一等！"纪千明突然蹦了出来，笑嘻嘻地说道，"刚刚，我突然想到了找到棺椁的办法！"

张凡与羽生原猛地转头，等着纪千明的下文。

"既然没有线索，那……是时候信一次玄学了！"纪千明掏出手机，翻出端木庆雨的电话，笑着说道。

玄学？张凡和羽生原的脸色古怪起来。

张凡沉吟了一会儿，开口问道："你是想找10号小组的端木庆雨吗？"

"我听说他的能力和占卜有关。"羽生原思考了一阵，补充道。

"不错。"纪千明点点头。

现在这个情况，确实只能试一试了。三人对视一眼，纷纷点头。

…………

"爸爸，儿子来电话啦！爸爸，儿子来电话啦！爸……"

"喂？"

在吴迪和王若依鄙视的眼神中，端木庆雨面色不变地接起了电话。

"占卜？"端木庆雨的眉毛一挑，说道，"我的收费可是很贵的。什么？没钱？没钱谁给你算卦！喀，行行行，我给你算还不行吗，别跟我提拿地压了……"

挂断电话，端木庆雨长长地叹了一口气，交友不慎啊！

"是谁？"王若依银铃般的声音传来，一双秋水般的眼眸好奇地看着端木庆雨。

"纪千明说他们出任务遇到麻烦了，让我给算一卦。"端木庆雨翻了个白眼，"还白蹭，我呸！"

王若依掩面而笑，吴迪露出不爽的表情，重重地捶了一下桌子，把对面的王若依吓了一跳。

"老子也想出任务！"

"不行，卦象说我们最近不宜出门，下个月再说。"端木庆雨坚决地说道。

忽略骂骂咧咧的吴迪，端木庆雨走到自己的房间，静心片刻，掏出揲蓍卜卦，手腕上的叶纹闪闪发光。

咔嗒！

卦象出现，端木庆雨露出饶有兴味的表情开始解卦："哼，让我来看看你们到底……"

看着看着，端木庆雨的神色变了，一双眉毛逐渐拧在了一起，神色凝重。

突然，他猛地起身，快步走到客厅拿手机直接拨了过去。

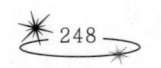

"喂，纪千明。"

"你算到了？我就知道你最棒！"

"你听我说。"端木庆雨表情严肃，"因为你身上带着我的封印锦囊，所以我算不出你的卦象，只能通过张凡的卦象来找你们要的东西。你们要的东西在西南方向，山之间，水之下。但是，张凡的卦象很不好！我算到……他此去会有死劫，十死无生的死劫！你听我的，任务什么的就算了，立刻回勾陈，这段时间哪儿都不要去！"

…………

纪千明浑身一震，沉默了半晌，挂断了电话。

"怎么？找到了？"羽生原好奇地问道。

纪千明的脸色铁青，准备开口说些什么，又摇了摇头。

"我们，不能去。"

"为什么？"张凡的眉头微微皱起。

"端木庆雨说，此时去老大有死劫，十死无生的死劫。"纪千明深吸一口气，郑重地说道。

天台的气氛顿时凝固了。

"我提议，放弃任务，直接联系云逸学长回勾陈。"纪千明率先举手，坚决地说道。

羽生原沉吟了半晌，也举起了手。

"没有必要冒险，回勾陈吧。"他眯着眼睛说道。

张凡看了二人一眼，心中出现一股暖意，嘴角微微勾起，无奈地点了点头。

"如果我有危险，你们说不定也会有危险，确实不能冒险。"

纪千明悬着的心终于放了下来，原本还担心老大不甘心，硬要往前冲，也是为了防止这个情况出现，所以他压根儿就没提端木庆雨说的地点在哪儿。

三人联系上云逸，确定了碰头的地点，开着越野车离开了。

…………

"端木，你不是已经警告过他们了吗，怎么还一副愁眉不展的样子？"端木庆雨挂掉电话后还是不停地在屋内踱步，不停地叹息，愁眉苦脸。吴迪实在忍不住好奇心，开口问道。

"警告，警告，能靠警告就避开的还能叫必杀之兆吗？"端木庆雨苦笑着说道，他轻叹一声，抬头眺望远方，"必杀之兆，命中注定。"

王若侬的小脸煞白，她和纪千明三人的关系一向不错，此刻满脸焦急。

"那怎么办？要不要告诉导师们，让他们去救人？"

"没用的。"端木庆雨沉思许久，"纪千明那臭小子气运古怪，或许能成为变数也说不定……"

✦

"贵城，看起来挺不错啊。"

出租车中，纪千明脸贴着玻璃，好奇地打量着窗外的城市。

三人在这里待了挺久，但大部分时候都在操心任务，现在三人放下心理负担，才有空欣赏这座山城的美。

张凡目不斜视地开车，羽生原坐在后座上双手插袖，眯着眼睛也不知道是睡着了还是醒着。

"云逸学长说的地方似乎在隔壁市，到那儿至少要三个小时。"纪千明开启了导航，说道。

"三个小时可能到不了，要下大雨了。"张凡淡淡开口。

纪千明瞄了一眼窗外，乌云不知何时笼罩了这座城市，看起来有点儿骇人。

"那我先睡会儿，醒了之后换你。"纪千明打了个哈欠，对着张凡说道。

张凡嘴角微微抽搐，似乎是想到了某段痛苦的回忆："不用，我开就好。"

还是老大好啊！纪千明将座椅放下了一点，舒服地躺了下去，他们已经一个晚上没睡过觉，刚闭上眼就沉入了梦乡。

不知过去了多久，纪千明悠悠睁开双眼。

窗外，已然是大雨滂沱，密密麻麻的雨滴打在玻璃上，发出哗哗的响声。

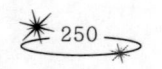

从厚厚的雨幕向外看去，隐约可以看到周围连绵的群山，已经看不到贵城的影子了。

突然，越野车缓缓停下，纪千明顺着窗户向外看去，只见前方的道路被荧光带封住，不远处还能看到坍塌的山体。

"前面好像山体滑坡了，这条路走不了了。"张凡的眉头皱起，平静地说道。

"我看看……这里还有条小路，应该可以绕过去。"纪千明切换了一条路线，说道。

张凡看了一眼路线，掉头向山上驶去。

与其说是小路，不如说是乡间泥泞的野路，宽度只勉强够越野车行驶，而且曲折地盘在山上，极其难开。

纪千明虽然相信张凡的技术，但心还是不由得悬了起来，这会儿车已经开到半山腰了，旁边就是陡峭的山壁，路边还没有丝毫的防护。

"老……老大，你稳一点。"纪千明咽了口唾沫，不自觉地扶着把手，一双眼睛紧盯着山崖之下。

张凡不说话，只是聚精会神地开车，纪千明通过后视镜看到不知何时羽生原也攥紧了把手……

不得不说，张凡开车真的稳，庞大的越野车就这么有惊无险地开了半程。

咔嚓！

一道狰狞的闪电从空中划过，滂沱的大雨像是从天上倒下来一样，灌在这座山上。

突然，这座山头上的泥土微微松动，开始下滑，越滚越快，越滚越多。

轰隆隆！

沉闷的声响传到三人的耳中，纪千明猛地看向山顶，只见大块坍塌的山体正从山上气势汹汹地滚来。

"山体滑坡！"他瞪大了眼睛，大声喝道。

张凡和羽生原猛地转头，齐齐色变。

该死，正好在它的路径上！

"快下车！往它的侧面跑！"张凡反应极快，果断地舍弃了越野车，打开车门跳下车。

羽生原和纪千明紧随其后。

大片坍塌的山体化作洪流，冲垮了一路上的树木和房屋，极快地向三人冲来。

眼看着就要将三人淹没，张凡左眼的金光大作，一只手伸出，对着泥石流艰难地扭动。

泥石流前段的滑落速度微微停滞，但后段的冲势更为凶猛，直接顶到了前段，摆脱了张凡的控制。

张凡闷哼一声，脚下一个踉跄，险些栽倒在地。

好在这短暂的停滞为他们争取到了时间，安全区域近在咫尺。

"老大！"纪千明看到张凡一个踉跄，停在了二人身后，根本来不及冲进安全区。

纪千明正要回头，羽生原却已如一道魅影冲了出去。

"你别回头，我去。"他的声音从大雨中传来。

纪千明的眼中闪过一丝挣扎，随后拼尽全力向安全区冲刺，以他的速度根本救不了张凡，甚至还会成为羽生原的拖累。

只见羽生原呼吸之间就到了张凡的身边，一把抓住他的衣襟，疾速地向安全区赶去。

刹那间，泥石流已然到了他们的身边，眼看就要将二人淹没。

羽生原深深吸了一口气，将手中的张凡奋力一掷，丢入安全区，随后轻盈地跳起。

"原！"纪千明大喊一声，口袋中十三枚镜刀碎片冲天而起，拼成两个小方块，闪电般飞向羽生原身前。

羽生原像是一只蜻蜓，一只脚轻轻在方块上点了一下，轻飘飘地向第二个方块跳去，他的脚下就是奔腾的泥石流。

就在这时，一道狂风从远处吹来，羽生原的身影被风吹得一轻，他从第二个方块上滑落。

羽生原像一只断了线的风筝，直接向泥石流上飘去。

坏了！纪千明瞳孔皱缩。

羽生原不愧是羽生原，在空中迅速调整身形，一只脚在泥石流中的断木上一踏，没有直接掉入泥石流中，但还是被奔腾的泥石流带向山下。

隐约中,纪千明看到他黄色的身影像是一只蝴蝶,在泥石流上飞舞。

"快下山,他还活着!"张凡艰难地从地上爬起,飞快地冲下山。纪千明紧随其后。

山下。

张凡和纪千明喘着大气,雨水混杂着汗水从脸颊上落下,他们身上满是伤痕,整个人都要脱力了。

这么高的一座山,他们从山腰直接冲下来,已经用尽全力了。

"他一定在这附近!"张凡没有停顿,迅速在周围搜寻起来。

"原!"纪千明扯着喉咙大喊,声音很快就被磅礴的雨声淹没。

两个衣衫褴褛的少年迅速地搜寻,纪千明用幻想家能力直接化出一个大喇叭,一边喊着羽生原的名字,一边四下寻找。

雨幕之中,他隐约看见一道黄色的身影被压在断木之下。

"原!"纪千明眼睛一亮,飞快地跑向断木。

"老大!这里!"纪千明跑到近处,看清了那身影的模样,立刻用喇叭大声吼道。

他快步跑到羽生原身边,用力将断木挪开,此刻张凡也像风一样跑来。

"他还活着,只是晕过去了。"张凡检查了一下羽生原的状态,松了一口气。

纪千明化出一把大黑伞,遮在三人头顶:"先找个地方躲雨。"

◇

张凡点点头,背起羽生原,四下寻找容身之地。

"有洞穴!"纪千明撑着伞,指着山侧的一个洞穴说道。

两人带着羽生原走进洞穴,说是洞穴,但他们走进去才发现,这是一处废弃的矿洞。

矿洞有两人高,内部用支架撑起,地上还铺着轨道,从两侧落满灰尘的灯来看,已经废弃许久了。

纪千明脑海中幻想家叶纹闪烁，一个燃烧的火把凭空出现在他的手中。

在幻想家升到二阶之后，他已经可以凭借自己的想象力化出任何物品，甚至还可以化出火焰这种元素。

有了火把，张凡将羽生原放下，解开湿透的衣服，开始检查他的伤势。

"断了一根骨头……嗯，其他的都是皮外伤，他是怎么做到的？"张凡越看越惊讶，心想：被泥石流卷入其中，从山腰冲下来，竟然只受了这么点伤？

一声轻哼响起，羽生原悠悠醒来，茫然地打量了一下周围的环境，这才回过神来。

"这是哪儿？"他轻声问道。

纪千明指了指头顶："似乎是一处废弃的矿洞。"

羽生原挣扎着从地上爬起，纪千明急忙搀扶住他，关切地说道："你骨头都断了，别逞强。"

"一根肋骨而已，我习惯了。"羽生原挥了挥手，毫不在意地说道。

纪千明和张凡没有再多说话，之前他们便见过他身上狰狞恐怖的疤痕，不知受过多少次重伤，这点伤对他来说可能真的不算什么。

"车没了，接下来怎么办？"纪千明看着外面的瓢泼大雨，无奈地叹了口气。

雨丝毫没有要停的意思，隐约之间还能听到阵阵雷声，三人就这么被困在深山中的矿洞里，不知该怎么办才好。

"等它停吧。"张凡神色不变，席地而坐。

羽生原的眼睛看向矿洞深处，眉头不自觉地皱起，不知在想些什么。

"这个矿洞不对劲。"安静的矿洞中，羽生原的声音突然响起。

纪千明的汗毛顿时根根竖起，他僵硬地转头看向阴暗的洞穴深处，咽了口唾沫。

"我们现在被困在这里，说鬼故事不太好吧？"

"那里有风。"羽生原指了指洞穴深处，平静地说道。

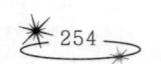

张凡的眉头微微皱起，从地面上抓起一把灰尘，轻轻松手，只见灰尘竟微微向洞口处偏移。

有风？矿洞的深处怎么会有风刮出来？难道他们把这座山挖空了，这里实际上是一条铁路？

纪千明的脑中瞬间闪过许多想法，但都被他一一否定。不说别的，这里的矿洞是向地下倾斜，不可能再从另一端挖回地面。

这下面，有什么东西？

"待着也是待着，去看看吧。"羽生原迈开步子向矿洞深处走去。

纪千明正想劝说几句，只见张凡也起身跟了上去，只好把话咽进了肚子。

火把的光映亮了矿洞，三人不知道走了多久，这个矿洞依然看不到尽头，纪千明回头望去，来时的路也陷入了一片黑暗。

"这到底是什么地方？为什么被废弃了？"纪千明受不了死寂的氛围，开口问道。

羽生原的脚步一停，伸手指向前方，道："马上就知道了。"

纪千明向前看去，只见前方的矿洞突然扩大，像是连接上了一片宽阔的空间。

不对啊，矿洞里怎么会出现这种地方？纪千明疑惑地想着，心中隐隐觉得有些不对。

奇怪，问题出在哪里……纪千明开始在脑中寻找这个感觉的来源，突然，他的瞳孔一缩。

他正准备说些什么，却被张凡一把捂住嘴，张凡指了指左前方。

纪千明顺着张凡的手指望去，浑身一震，心里咯噔一声。

只见一辆熟悉的黑色厢车停在前方，正是他们用来运送棺椁的那辆货车！绝不会错，车的侧面还有勾陈学院留下的印记。

纪千明想也不想，瞬间散去了化出来的火把，整个空间陷入了一片黑暗。

既然丢失的货车在这里，那偷走货车的神界修行者会不会也在这里？这种情况下还点着火把，绝对是死路一条。

"这里……就是端木庆雨算到的地方。"纪千明压低了声音，一字一顿地说道。

就在刚刚，他已经找到了不安感的来源，端木庆雨从卦象中算到："西南方向，山之间，水之下。"

这里便是西南方向，矿洞在山间，外面下着大雨，而他们此刻正在水之下！

该死！怎么还是回到这里来了！黑暗中纪千明的脸色极为难看。

张凡和羽生原同时陷入了沉默，张凡轻声开口："事在人为，卦象不可尽信，既然都来了，那就不能放着任务不管！"

纪千明张口想说些什么，却还是没能说出口。

不错，既然失窃的棺椁就在他们眼前，那就绝不能装作没看到，对他们来说，在成为勾陈学院的一员开始，危险就无处不在。

"这里暂时没有人。"不知何时羽生原已经将这里探了个遍，回到二人身边，小声开口。

没人？好机会！纪千明眼睛一亮。

"我留在这儿盯着，原躲在暗处随时准备出手，千明你去把棺椁背出来。"张凡略作沉吟，就想好了对策。

纪千明的嘴角微微抽搐。背棺……听起来就很瘆人啊！

好在他也是在鬼屋打过工的，心理素质不算弱，一狠心就冲进了车厢。

刺！

纪千明的手中化出一个小火星，微微照亮车厢，车厢内的陈设和之前没有什么不同，那口法老的棺椁还静静地躺在原地。

就在这时，纪千明突然意识到一个很严重的问题，这口石棺自己根本背不动啊！

这棺椁通体由石头打造而成，少说也得有三百公斤，自己全力推都不能推动半分，这怎么背得起来？

"有脚步声！都先躲好！"张凡的声音突然响起，三人顿时紧张起来。

这、这怎么办！纪千明急得团团转，从矿洞传来的脚步声越来越近，很快就要到达这个空间。

"千明！快！"张凡再次催促。

去他的，任务要的是有叶纹的尸体，不是这口棺椁，只要把尸体背

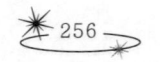

走也是一样的！纪千明在关键时候想出了办法。

◇

　　纪千明心一狠，将恐惧丢到九霄云外，一把推开棺椁，闭着眼睛把法老尸体背到身上，跳出车厢。

　　嗒嗒嗒……

　　脚步声进入了这片空间，有个人打了个响指，一个白色的光球悬浮在这片空间的顶端，洒下柔和的白光。

　　这片空间终于显现出真正的模样，这是一处巨大的圆形祭坛，边缘竖立着九根古老的石柱，在祭坛的中间是一座六边形的石台，此刻厢车就在石台和一根石柱中间。

　　躲在厢车底部的纪千明悄悄看了来人一眼，面容和老板娘手机上的照片十分相似，就是窃走棺椁的那个黑衣人！

　　老大他们躲在哪儿了？纪千明扫视了一圈，也没有看到他俩的身影。

　　窃贼，也就是刘三水，看了一眼时间，低头整理了一下衣服，满面春风。

　　"嘿嘿，终于可以回神界了，这地球虽有意思，但女人还是没有红袖阁的女修行者好，啧，真是想念啊。"刘三水舔了舔嘴唇，显得很猥琐。

　　他手上的纳戒银光一闪，几颗鸽子蛋大小的晶体出现在中间的石台上，每一颗都灵气氤氲。

　　那就是神界的灵石？纪千明想到了神界史课上学到的知识。

　　灵石是神界的硬通货，不仅可以用来交易，其中蕴藏的大量灵力也可被用来修行，不过这几颗要比上课看的图片上的成色好上许多。

　　灵石分四品，下品、中品、上品、极品，他手上的这几颗至少是中品灵石。纪千明暗自想着。

　　"时辰差不多了。"刘三水喃喃自语。

　　他将几颗灵石插进石台的凹槽后，手中出现一枚赤色令牌，又将其狠狠地插入石台的正中央。

顿时，一股玄奥的波动从石台上传来，石台上的几颗灵石齐齐裂开，灵气已然被抽尽，成为石渣。

"传送阵，开！"刘三水双手掐诀，对着石台一指，石台便抖动了起来。

石台表面的灰尘与石块纷纷落下，道道符文在上面依次亮起，石台的上空突然出现一个黑点，随后越来越大，眨眼间就扩大到一扇门的大小。

传送阵！

不仅是纪千明，就连躲在暗中的羽生原和张凡也心头一震。

神界与地球的连接处不多，都有专人看守，但偶尔还是会有修为不高的神界修行者跑出去，这些修行者大多来自同一个组织，目的便是为了收集地球的情报，同时想办法从地球这边解开封印。

这些修行者散布在世界各地，传送阵便是他们用来远距离传送的一种手段，可以直接从一个地方转移到另一个很远的地方，这也是神界探子很难被抓到的原因。

但是传送阵的布置极为复杂，两处地方同时开始修建，都至少需要一年的时间，而且每次开启消耗都极大，非特殊情况不会使用。

这里竟然有一处传送阵？传送阵的另一端是哪里？纪千明按捺下心中的震惊，揣测起来。

就在这时，一个身影从黑洞中穿出。

这是个身材魁梧的男人，足足有两米高，古铜色的皮肤，面容冷峻，浑身上下充满了爆炸性的力量。

"恭迎隔江大人。"刘三水恭恭敬敬地低着头，眼中充满了尊敬。

"嗯。"隔江上下打量了他一番，面色冷峻地开口，"你就是刘三水？东西准备好了吗？"

"已经准备好了，就等大人您来带走。"刘三水嘿嘿一笑，"大人，这次任务结束，我是不是可以回神界了？"

隔江微微点头："凡做出巨大贡献的死士，可以回归神界，这是幽阁的规矩。你对此有什么疑问吗？"

"不不不，小人不敢。"刘三水面露喜色，毕恭毕敬地回道。

隔江冷冷地扫了他一眼："东西在哪儿？"

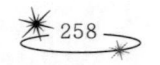

刘三水带着隔江走到黑色厢车旁，指着法老的棺椁，说道："东西就在这里。"

二人此刻距离纪千明不到两米，纪千明屏住呼吸，不敢发出丝毫的动静。

"大人，这是小人的一些心意，回神界的路上还请多照应。"刘三水悄悄将一袋灵石递到隔江手中，谄媚地笑道。

隔江的眉毛微挑，不动声色地接过灵石，轻轻掂了掂，脸上露出一个满意的笑容。

"不错，做得很好。"

"多谢大……"刘三水话音未落，一只暗金色的大手突然伸出，在他的头顶上轻轻一拍。

啪！

刘三水的头裂开了，红白混杂的液体顺着身子流下，隔江微微一戳，无头尸便倒了下去。

"想回归神界，转世回去就行了，这个功劳还是让给我吧。"隔江冷笑道。

厢车下的纪千明瞪大了眼睛，看着流在地上的血，他的胃部疯狂抽搐，险些直接吐了出来。

神界的人，都这么狠的吗？

隔江晃晃悠悠地走上厢车，打开棺椁看了一眼，笑容直接凝固在脸上。

"东西呢？敢耍老子？！"隔江的脸上出现愤怒的神情，怒吼一声，一脚跺在车上。

哐！

整个厢车发出一声巨响，四个轮胎齐齐爆裂，庞大的车身径直向下砸去。

纪千明瞳孔骤缩，想也不想，抱着木乃伊飞速地滚了出去。

"谁？！"暴怒的隔江敏锐地察觉到了纪千明的动作，从车厢内一跃而出。

只见一个少年带着一个木乃伊正趴在地上，大口地喘着粗气。

"有意思，居然还给我送上来了！上天垂怜啊！"隔江直接忽略了纪千明，看向木乃伊，脸上的愤怒一扫而空，大笑起来。

他随后将视线转移到纪千明身上，冷笑着开口："看在你给我立功的分上，我就让你死得痛快点。"

说罢，他的手上再次发出暗金色的光，化作一只巨大的磨盘向纪千明砸去。

"北辰一刀流，须弥斩！"

噌！

一道无匹的刀光突然从他的身后斩出，没有丝毫阻碍地落在了他的脖子上，举刀的羽生原脸上浮现出一丝喜色。

然而，吹毛断发的白雪姬却只没入了半个指甲盖的深度，就被死死地卡在了他的肌肉里。

羽生原的瞳孔骤缩，暗道：这是什么身体！竟然如此坚硬！

隔江的身形一顿，微微转头，看着震惊的羽生原露出了一个残忍的微笑。

✧

就在这时，地上的纪千明一跃而起，抱着木乃伊后退数步，十三枚镜刀碎片环绕其身。

纪千明脑海中幻想家叶纹闪动，一柄黑色的手枪出现在他的手中。

二阶的幻想家能够让纪千明化出更加精密的物体，可以说和一阶相比是质的飞跃。

纪千明迅速地举枪，瞄准，冲着隔江的头连开三枪。

砰砰砰！

隔江冷哼一声，猛踏地面，在地上踏出了一道裂痕，魁梧的身躯后隐约浮现出一尊法相，挡住了所有的子弹。

嘎吱——

就在此时，黑色厢车竟直挺挺地立了起来，几吨重的庞大车身狠狠地向隔江砸去。

隔江不屑地冷哼一声，右手上闪过暗金色的毫光，他猛地抬臂，一只巨大的拳头迎着厢车的底盘砸去。

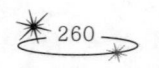

当！

隔江的拳头没有丝毫花哨动作地砸在了底盘上，发出一阵巨响，庞大的厢车竟从底盘处寸寸龟裂，随后整个儿飞了出去！

隔江的身形没有丝毫后退，就好像刚刚打飞的不是几吨重的货车，而是一个枕头。

"这个人是通玄境，还是最难缠的体修！"张凡从柱子后面走来，沉重地说道。

纪千明的心里咯噔一声，神界的通玄境修行者相当于他们的三阶能力者，虽说现在他们三人都有超越二阶的战力，但对上通玄境修行者还是没多大胜算。

何况还是以肉身为法器的体修？

"我们没有胜算，千明你快带着法老尸体离开，我和原来断后！"张凡冷静地开口。

"嘿嘿，就凭你们两个蝼蚁，也配和我战斗？"隔江像是听到了一个笑话，嘲讽地说道，"看来你们还是没有意识到我们间的差距。"

说罢，法相再次覆盖在他身上，澎湃的灵力在他身上激荡，仅是威压就让三人有些喘不过气。

噔！

隔江猛踏地面，整个人拖出几道残影，眨眼间就来到了纪千明面前。

好快！

三人只觉得眼睛一花，一只硕大的拳头流星般砸向纪千明的脑袋，这一下要是被砸中了，下场绝对会比刘三水更惨！

羽生原动作最快，白雪姬刹那出鞘，直接使出速度最快的拔刀斩，凛冽的刀锋直接向隔江的手臂斩去。

"无刀取，居合！"

只见隔江的后背突然伸出两只手，一只手上包裹着暗金毫光，迎着白雪姬的刀锋抓去，另一只手闪电般地砸向羽生原的胸口。

只听一声闷响，羽生原被一拳打飞，胸膛上出现了一个深深的拳印，而隔江握刀的另一只手却只是流了几滴鲜血。

几乎在他的拳头砸到纪千明的瞬间，纪千明手中的木乃伊突然一抖，木乃伊的头颅直接挡在了隔江的拳前，硬生生地吃下了这一击。

纪千明被这强大的冲击力震得连退数十步，一屁股坐倒在地。

"咦？"隔江的眉头微微皱起，似乎没想到自己的必杀一击居然被这小子挡下了。

不光是他，纪千明也是一脸蒙地看着旁边的木乃伊，刚刚那绝不是他的动作，那木乃伊是怎么突然到他的身前的？

该不会……诈尸了吧！纪千明打了个哆嗦，但无论如何，都是这木乃伊救了他一命。

"原！你没事吧？"纪千明快步跑到羽生原的身边。

羽生原大口吐着鲜血，挣扎着站了起来，表情扭曲："喀喀，还行。"

大哥，你的胸都塌下去了啊！这叫还行？纪千明面色焦急。

张凡此刻眉头紧锁，对方只用了两秒就重伤了两人，这样下去，他们真得团灭在这儿了。

"千明，带着他和木乃伊快走！"张凡的左眼突然爆发出刺眼的金光，死死地盯着隔江，大声吼道。

纪千明浑身一震，突然想到了什么，猛地转头。

"老大！你……"

话音未落，张凡一只手虚握，猛地一拉。

两根巨大的石柱突然颤抖起来，随后竟然拔地而起，带起大片的烟尘。

"快走！"张凡再次大吼，左眼的金光疯狂燃烧，一丝血泪从他的眼角滑落，他已然将自己的精神力透支到极点。

"原，与能力相匹配的责任，我做到了。"他最后看了一眼羽生原，淡淡地说道。

轰！

两根巨大的石柱悬浮到矿洞通道口，狠狠地砸下，石柱凭借自身的重量轻而易举地刺穿地面，完美地堵住了祭坛和矿洞通道的入口，纪千明二人被堵在了另一边。

"老大！"纪千明歇斯底里地大吼，两行热泪从他的眼角滑落。

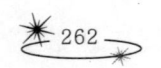

他怀中的羽生原呆呆地望着矿洞通道口，像是失了魂一般，还没有从张凡的那句话中缓过来。

…………

祭坛内。

"有意思，牺牲自己也要救同伴，我很欣赏你。"隔江饶有兴味地看着张凡，"所以，我会杀了你之后再出去杀了所有人，让他们一起下去陪你！"

"是吗？"张凡见纪千明二人成功脱险，嘴角的笑容转瞬即逝，随后面无表情地看向隔江，"你，做不到。"

他突然从自己的口袋中抽出一枚飞刀，闪电般刺向自己的左眼。

"你！"隔江被这一举动吓了一跳，随后整个人怔在了原地。

飞刀插在他左眼的眼球上，他的脸因剧痛而扭曲，他死死地忍住疼痛。

刺穿自己的眼球后，张凡忍着剧痛将刀拔出，他的眼球破开了一道口，一枚金色的叶纹在其中闪耀。

这枚叶纹被笼罩在金光之中，若仔细看去，会发现叶纹的表面覆盖着一道道黑线，此刻黑光闪烁，组成一个玄妙无比的法阵，绝大部分的叶纹被封印其中。

从张凡的眼球碎裂开始，一种无上的伟力便充斥着整片空间。

"这是什么？"隔江浑身剧烈地颤抖起来，膝盖控制不住地弯曲，他的眼中是深深的恐惧，要不是多年的炼体，此刻可能直接匍匐在地。

金色叶纹在张凡的眼眶中闪动，满脸血污的张凡静静地站在原地，神情冷漠，像是一个恶魔。

隔江看着眼前神圣与邪恶共存的少年，终于坚持不住，扑通一声跪倒在地。

张凡一只手缓缓伸出，指向隔江。

✦

"我愿你修为尽失，力如稚童。"张凡平静的声音回荡在祭坛上。

跪倒在地的隔江突然喷出一口鲜血，浑身的灵力肉眼可见地飘散在空中，修为也从通玄境一路下滑，最后灵根上直接出现一道裂缝，彻底断了修行之路。

与此同时，他魁梧的身躯开始剧烈萎缩，结实的肌肉不停地蠕动，呼吸之间就成了干干巴巴的瘦小身材。

原本不可一世的通玄境修行者，此刻彻彻底底地变成了手无缚鸡之力的凡人！

"不可能，这不可能！"隔江枯瘦的手臂不停地在身上摸来摸去，眼中满是恐惧与难以置信，他的声音都颤抖起来。

就在此时，张凡的声音悠悠传来。

"我愿你诸病缠身，心魔不止。"

话音刚落，隔江浑身上下都冒出各种各样的斑点，肿块。瘙痒和剧痛两种感觉同时出现，他的一双枯手疯狂在身上挠动，带起大片的鲜血与脓水。

"啊啊啊……哕！"他惨叫了半晌，随后吐出一口黑色的血液，紧接着七窍流血，五脏六腑分别出现不同的病症，浑身上下没有一寸肌肤是健康的。

这还没完，隐约之间他看到刘三水化作恶鬼，鲜红的眼睛紧紧盯着他，一把拽起他的头颅。

"为什么要杀我？为什么？"

在他身后还有大片的尸山，都是他曾经杀过的人，个个面目狰狞，似乎想将他生吞活剥。

"还我命来！"

"我只是挡了你的路，为何要杀我？"

"你还我妻儿的命来！"

"好痛，好痛，为什么要将我剥皮抽筋？"

…………

无尽的心魔淹没了隔江的心神，他的精神和肉体同时承受着人间最痛苦的诅咒，他想自杀，却做不到。

"我愿……"

"我求求你，给我个痛快吧！"

张凡刚吐出两个字，隔江便惨叫起来，在血泊之中打滚，苦苦地央

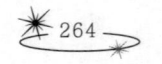

求起来。

"我愿……你心搏骤停，神魂俱散。"张凡犹豫片刻，改了原本的悲愿。

在血泊中挣扎的隔江浑身一颤，直挺挺地躺了下去，已然是神魂俱散，嘴角还挂着一丝解脱的微笑。

张凡终于忍不住了，无力地跪在地上，大口大口吐着鲜血，左眼内那枚金色的叶纹缓缓熄灭，融进破碎的眼球中。

强行破开封印使用能力，哪怕仅用了三句悲愿，也透支了他全部的精神力，他的身体已经开始崩溃。

"我……到此为止了吗？"他喃喃自语。

扑通！

他整个人倒在血泊之中，缓缓闭上眼睛，失去意识之前，他隐约听到一阵巨响。

轰！

矿洞通道口的两根石柱突然爆开，大块的碎石滚落在地，烟尘之中出现两个熟悉的身影。

"喀喀，这炸药威力还真足。"纪千明咳嗽了几声，大声吼道，"老大！我们来救你了！"

两人进入祭坛，看到眼前的景象，呆在了原地。

"老大！"纪千明的瞳孔骤缩，快步跑到张凡身边，大声喊道。

"他还有气息，不过衰弱得很快。"羽生原面色苍白，伸出手指探了一下张凡的鼻息，又检查了一下他的伤势。

羽生原浑身一震，脸色极为难看，就在这时他的脸上浮现出一抹不健康的红晕，又吐出了一口鲜血。

"喀，他……生机已散，已经没救了。"他抹去嘴角的鲜血，沙哑地说道。

纪千明呆在了原地，一双眼睛仿佛失去了焦点，喃喃自语："这怎么可能……他可是老大啊！他不可能就这么死了！"

羽生原看着奄奄一息的张凡，陷入了沉默。

"原，与能力相匹配的责任，我做到了。"

张凡说这句话时的眼神与语气再次浮现在眼前，羽生原死死地攥紧

265

手中的白雪姬，脸色决绝。

你做到了，我还没有。

羽生原摇晃着从地上爬起，一双眼睛死死地盯着石台上的传送门，握着白雪姬缓缓挪动过去。

"原！你要干什么？"纪千明注意到了羽生原的动作，赶忙大声喝道。

羽生原破烂的羽织微微飘动，满是血污的长发凌乱地散在肩上，他缓慢而坚定地前进，眼睛亮如星辰。

"去做我该做的事。"羽生原淡淡回答，"虽然不知道他用了什么方法杀死了通玄境修行者，但我是不会输给他的，他既然能和对方同归于尽，我也可以。这个通玄境修行者死了，门后还会有很多，我这就去杀几个，给他报仇！"

纪千明怔在原地，随即大吼："你这是去送死！而且老大现在还没死，他还活着，还有希望！"

羽生原仿佛没有听见似的，拖着伤残的身躯缓缓爬上祭坛，就在他即将触碰到传送门时，一个刀柄从远处飞来。

砰！

刀柄砸在了羽生原的后脑勺上，此时的他丝毫没有反抗的机会，只觉得眼前一黑，接着便直挺挺地倒了下去。

"对不起，我不能看着你去送死。"纪千明小声说道，他将羽生原背到张凡的身边，大脑疾速地转动。

老大还没死，我要想办法救他！一定要救他！

方法……到底有什么方法！生机散尽，生机散尽……

纪千明的手微微抖动，整个人就像是失了魂一样在二人身前踱步，眼中遍布着血丝。

就在他逐渐绝望的时候，一只手搭在了他的肩膀上。

"谁！"纪千明猛地回头，一柄手枪直接具象化，闪电般地抵在对方的眉心。

见到那人，他的瞳孔剧烈收缩，瞪大了眼睛，心跳都漏了几拍。

只见法老棺椁中的木乃伊正歪歪扭扭地站在他的身后，一只手搭在他的肩膀上，裹满绷带的身体看起来极为瘆人。

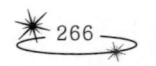

看着眼前的木乃伊，就像在看电影，纪千明强行按捺住开枪的欲望，说话的舌头都开始打结。

"你、你、你……你居然真的活了！"

木乃伊另一只手缓缓伸出，颤抖地指了指自己的胸前，又指了指纪千明。

什么意思？纪千明一愣，心想：这不会是在说看上我了吧？

木乃伊不停地点着自己的胸口，一根手指突然用力，将胸口的绷带扯开一条缝。

一道淡金色的叶纹出现在他的胸口。

"你的意思是，把它给我？"纪千明瞪大眼睛，感到难以置信。

（本册完）